悪役令嬢、ブラコンにジョブチェンジします6

浜　千鳥

23206

角川ビーンズ文庫

contents

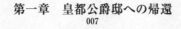

characters

エカテリーナ・ユールノヴァ

利奈が転生した乙女ゲームの
悪役令嬢。
「過労死」は敵。

アレクセイ・ユールノヴァ

ユールノヴァ公爵家の若き当主。
エカテリーナの兄。

ミハイル・ユールグラン

乙女ゲームのメイン攻略対象。
皇国の皇位継承者。

フローラ・チェルニー

乙女ゲームのヒロイン。
平民出身の男爵令嬢。

ミナ・フレイ

エカテリーナ付きメイド。

イヴァン・ニール

アレクセイ付き従僕兼護衛。

悪役令嬢、
Akuyaku Reijou,
ブラコンにジョブチェンジします
Brother Complex ni Job Change Shimasu.

ウラジーミル・ユールマグナ

ユールマグナ家嫡男。

本文イラスト／八美☆わん

第一章　皇都公爵邸への帰還

「閣下、お嬢様《じょうさま》、お帰りなさいませ」

　夏休みを領地で過ごし、若き公爵《こうしゃく》に敵対する抵抗《ていこう》勢力を一掃《いっそう》したり、山岳神殿《さんがくしんでん》への参拝の旅で魔竜王《まりゅうおう》ヴラドフォーレンと遭遇《そうぐう》して求婚《きゅうこん》されたり、皇子ミハイルを迎《むか》えて歓迎《かんげい》の催《もよお》しを開催《かいさい》したりして、忙《いそが》しく過ごしたエカテリーナとアレクセイ兄妹《きょうだい》が、夏休みの終わりと共に、ついに帰ってきた皇都公爵邸《てい》。執事《しつじ》のグラハムを筆頭とする使用人一同が、ずらりと並んで兄妹を出迎えた。

　グラハムは以前と変わりなく、美しい銀髪《ぎんぱつ》をきっちりと撫《な》でつけて、執事として完璧《かんぺき》な角度の礼をとり、四百年の歴史を誇《ほこ》る名家の執事らしい品格をたたえている。

　しかし公爵兄妹の帰還を迎える彼の笑《え》みは、完璧よりもほんのわずかに、深いようだった。

「出迎えご苦労」

　アレクセイは彼らしく簡潔に言う。

　そんな兄の隣《となり》で、エカテリーナは声を弾《はず》ませた。

「帰ってこられて嬉《うれ》しくてよ！　グラハム、皆《みな》、変わりはなくて？」

「はい、こちらは皆、つつがなく」

「そうね、皆、元気そうでよかったこと」

一同を見渡《みわた》して笑顔を振《ふ》りまくお嬢様に、使用人たちも笑顔を誘《さそ》われている。

「お嬢様も、お元気そうで何よりです」

そう声をかけられて、エカテリーナは声の主へ目を向け、ぱっと顔を輝《かがや》かせた。

「ハリル様！」

「お帰りなさいませ、閣下、お嬢様」

グラハムの後ろにいた、異国の風貌《ふうぼう》を持つユールノヴァの商業流通長ハリル・タラールが、エキゾチックな美貌に笑みをたたえて一礼する。

「お会いできて嬉しゅうございますわ。ハリル様にご相談したいことがたくさんありますの！」

「ええ、きっとそうだろうと思っておりました」

エカテリーナの言葉に、笑ってハリルはそう答えた。

まずはおくつろぎを、とグラハムに促《うなが》されて、兄妹は邸《やしき》の中へ入る。

「皇都に戻《もど》って嬉しそうだ。お前は皇都の方が好きか？」

エカテリーナの手を取ってエスコートしつつ、アレクセイが尋《たず》ねた。

「領地での日々も、楽しゅうございましたわ。ただ、この皇都邸は」

言いかけて、エカテリーナはふと言葉を切る。

この皇都邸で、前世の記憶《きおく》を取り戻した。そこから前世と今生が融合《ゆうごう》し、新たな自分になった場所だ。ここで、生まれ直したような気がする。

でもそれはお兄様には内緒《ないしょ》！

エカテリーナは兄を見上げて微笑《ほほえ》んだ。

「お兄様とこうして、過ごすことができるようになった場所なのですもの。皇都へ来たばかりの時、わたくし、倒《たお》れてしまいましたわね。この邸で気がついた時、お兄様に手を握《にぎ》っていただいて、世界がすっかり変わりましたのよ。わたくしの大切な思い出ですわ」

「……それは、私にとっても大切な、特別な思い出だ」

アレクセイは、妹の手をそっと握った。

「エカテリーナ、私の愛《いと》しい妹。領地であろうと皇都であろうと、お前がいる場所が、私にとって最上の楽園だよ」


談話室で一緒にお茶を飲んで落ち着いてから、アレクセイは執務《しつむ》室へ移動した。ユールノヴァ領から一緒に移動してきたノヴァクとアーロンも、そろそろ執務室に入ってハリルと情報のすり合わせを始めているはずだ。

エカテリーナは談話室に残り、グラハムから不在の間に起きたことについて報告を受けた。奥向きを司《つかさど》る女主人の役目だ。

といってもグラハムは、アレクセイの信頼《しんらい》厚い皇都邸の生き字引。報告という体裁《ていさい》で、邸の統括《とうかつ》に必要なことを教えてくれているわけだ。エカテリーナはありがたく拝聴《はいちょう》しつつ、公爵領本邸の最新情報を話して情報交換《こうかん》をした。

「さようでございますか。ライーサが、本邸の執事に……」

グラハムが感慨《かんがい》深げに言う。

「グラハムは、ライーサと交流があるそうね」

「はい、セルゲイ公からご紹介《しょうかい》いただきまして。あまりに利発で妹のように可愛《かわい》かったから、皆には妹ということにしてしまったと、冗談《じょうだん》めかして仰《おお》せでした。わたくしがセルゲイ公に仕え始めた頃《ころ》に、彼女は入れ違《ちが》いのように結婚してお邸を下がりましたが、我々《われわれ》は似た境遇でございますので。分かち合うようにとのご配慮《はいりょ》であったかと」

グラハムはかつて、旅の芝居《しばい》一座の役者だった。

彼を従僕に取り立てた祖父は、素性《すじょう》については、いつの間にか側《そば》にいた自分の守護精霊《せいれい》だなどと言ってはぐらかしたそうだ。寒村から来た下働きだったライーサを公爵家の血を引くかのようによそおったのと同様、本来なら公爵家で出世できる身分ではない彼らを、セルゲイは手段を選ばず引き立てたのだった。

「皇都邸と本邸のいずれも、お祖父《じい》様が愛してお取り立てになった人材が、執事を務めてくれることになったわね。お兄様が安心して守りを任せられるのですもの、わたくしもとても嬉しくてよ」

「有難《ありがた》いお言葉でございます。しかし、お嬢様がおられなければ、ライーサが執事のお役目に抜擢《ばってき》されることはなかったかと」

きわめて有能なアレクセイだが、斬新《ざんしん》な発想をするタイプではない。グラハムはそれを理解している。

「とはいえ、あのお若さで見事に領地を掌握《しょうあく》なさった閣下がおられなければ、ライーサの抜擢は不可能でしたでしょう。セルゲイ公が異例の人事などを押し通すことがお出来になったのは、慕《した》われると共に恐《おそ》れられてもおられたからです。あの方は、厳しい面もお持ちでした。それを恐れる者も多かったのです」

そうか、とエカテリーナは納得《なっとく》する。

お兄様が語るお祖父様は優《やさ》しい方だけど、まだ幼い可愛い孫には見せない顔も持っていたのは当然。お祖父様は、切れ者の政治家であり、統治者だったのだから。

ふと思い出す、前世の名著。マキァヴェッリ『君主論』。君主は愛され恐れられるのが最も望ましい、と説いていた。セルゲイお祖父様は、それを体現した人だったのかもしれない。

「閣下も、お嬢様も、セルゲイ公によく似ておられる。他の誰《ほかのだれ》も持ち得ないものを、受け継《つ》いでおられます。お二人にお仕えできて、なんと幸せなことか」

エカテリーナは、ぱあっと笑顔になった。

「グラハム、その言葉、お兄様にお話ししてちょうだい。きっとお喜びになってよ」

「仰せとあれば、お望みのままに」

と言って、グラハムは微笑んだ。

「お嬢様、わたくしが理解している本邸と皇都邸の最大の違いは、他家とのお付き合いの有無《うむ》でございます。皇都は、有力貴族のすべてが集《つど》う場所でございますので」

「そうね、確かに」

領地では、ユールノヴァ公爵家は唯一《ゆいいつ》の支配者。けれど、皇都では皇帝《こうてい》の臣下であって、貴族のひとつだ。

「当家がお付き合いしておりますいくつかのお家が、この夏はたびたびわたくしに接触《せっしょく》してまいりました。頼《たの》み事があるようでございます。皇帝陛下、ユールセイン公からのお使いが頻繁《ひんぱん》にハリル様を訪ねていらっしゃいましたこと、耳の早い方々には知れ渡っております」

「まあ……！」

皇后へ贈《おく》るガラスペンのデザインについて、エカテリーナとアレクセイが不在の間は、ハリルが皇帝とガラス職人のレフとの間を仲介《ちゅうかい》してくれていた。ユールセイン公からの注文の品についても、同様。

それが知れ渡っていて、うちと付き合いがあるほど有力な貴族たちが接触しようとしてくるということはつまり、彼らが我先にとガラスペンを欲しがっている、ということ？

さすが両陛下と三大公爵家の一角ユールセイン公、すでに広告塔《こうこくとう》の効果はバッチリだ！

よーし、このあとハリルさんとお話しして、ガラス工房《こうぼう》の件は私が担当に戻って頑張《がんば》ろう。

プロジェクトなんちゃら、再始動だー！

「ガラスペンのことを聞きつけて、有力貴族だけでなくさまざまな富裕《ふゆう》層が接触してきておりますよ。宝石のように美しく宝石よりも稀少《きしょう》な筆記具が、なんとしても欲しいと」

商業流通長ハリルにイイ笑顔《えがお》で言われて、よっしゃあ！　とエカテリーナは心の中でガッツポーズした。

グラハムとの話を終えた後、エカテリーナは自室で旅装を解き、楽な服――といっても公爵令嬢《れいじょう》の品位を損ねない範囲《はんい》だが――に着替《きが》えて、少し休んだ。

それから、アレクセイの執務室を訪《おとず》れて、こう頼んだ。

『皆様《みなさま》もお仕事はそれくらいにして、旅の疲《つか》れを癒《いや》してくださいまし。わたくし、ハリル様とご相談したいことがございますの。わたくしがお話しさせていただく間、皆様はご休息なさいませ。働きすぎはお身体《からだ》に毒ですわ』

エカテリーナが働きすぎを心配するのはいつものことだから、アレクセイも皆も苦笑《くしょう》する。

急ぎの報告は終わったところだからお前の望み通りにしよう、とアレクセイに言われて、タイミングの予測がばっちり当たった、と内心歓喜《かんき》したエカテリーナであった。

そして、冒頭《ぼうとう》の会話に到《いた》る。

「有力貴族以外の富裕層とは、どのような方々ですの？」

「今回の顧客《こきゃく》としては、まず富裕な神殿《しんでん》の神官長クラスです。太陽神殿の大神官など、真っ先に声をかけてきました」

なるほど。お兄様との皇都見物で連れて行ってもらった太陽神殿、めちゃくちゃお金持ってそうだったもんなー。

ユールノヴァの山岳神殿《さんがくしんでん》と違って、太陽神が神殿に降臨することはほぼない。そのため、神官たちはわりと好き勝手しているようだ。太陽神殿は、観光名所にして美術館、ていうかテーマパークと化している印象だった。

「大神官は、美しいものに目がない方ですから。多くの芸術家の、後援者《こうえん》でもあるのです。音楽家の庇護《ひご》者は音楽神殿、画家と彫刻《ちょうこく》家の庇護者は太陽神殿と言われています」

「そういえば、『天上の青』を顔料として大胆《だいたん》に使った巨大壁画《きょだいへきが》をお作りになる、というお話をうかがいましたわね」

太陽神殿の大神官といえば、白髪白髯《はくはつはくぜん》のいかにもファンタジーの神官チックなおじいちゃんだったけど、そんな面があったのか。

お兄様と一緒に見学させてもらった、千年以上の時を経たアストラ帝国時代の彫刻とか、世界遺産クラスの美術品を山ほど持っているくせに、まだ新たに作らせるってすごいなあ。ミケランジェロにシスティーナ礼拝堂の天井画《てんじょうが》を描《えが》かせた、ローマ教皇みたい。めちゃくちゃ散財しているんだろうけど、あの天井画『天地創造』みたいに人類の至宝を生み出せれば、数百年後まで世界中から観光客が集まって元が取りまくれるし。そうでなくても皇国の芸術レベルを引き上げているんだろうから、一概《いちがい》に無駄遣《むだづか》いとは言えないやつではあるな。アトラクションを更新《こうしん》するのは、テーマパークにとって客寄せに必要な投資だし。

あ、レフ君の作品を見たらファンになって、後援者《パトロン》になってくれちゃったりして。

「あの麗《うるわ》しい公爵ご兄妹《きょうだい》とも、またお会いしたいなどと仰せでしたね」

ちょ……。

いやいやそれは、と言いかけたところで、エカテリーナの中の社畜《しゃちく》が起動した。真顔で言う。

「ハリル様。お兄様のお時間を取らせるべきではないと存じますけれど、わたくしであれば……大きなお取引の交渉《こうしょう》の際などにご同席することで、お役に立てる場合はありますかしら」

前世でも営業はやったことなかったけど、社会人として、接待くらいこなしてみせます！

お嬢様に接待を志願されて、ハリルは珍《めずら》しく慌《あわ》てた様子で首を振《ふ》った。

「まさか、お嬢様にそんな。大神官はただ、美術品のコレクションをお目にかけたいと言っていただけで……」

が、言葉を切ったハリルは、エカテリーナと同じく真顔になった。

「……ただもし大神官のコレクションにご興味がおありでしたら、見学の日程はお任せいただければ幸いです。私がご一緒《いっしょ》いたしますので」

「もちろんよろしゅうございますわ」

商人の本能に逆らえないんですね、ハリルさん……。

ハリルさんが一緒にいてくれるなら色々と安心だし、太陽神殿のビッグプロジェクト獲得《かくとく》のため、おじいちゃんのコレクションを渾身《こんしん》の笑顔で褒《ほ》め称《たた》えますとも！

ごほん、とハリルが咳払《せきばら》いした。

「話を戻《もど》しましょう。富裕層といえば他には、大商会の商人たちです。ただしこちらは、自身の所有欲もありますが、商品として自分たちが扱《あつか》いたいと、目利《めき》きに来ているようです」

「それは……」

　思いがけない言葉に、エカテリーナは目を見開く。

　ええ……そんな参入してこられても。まだまだ数が作れないし、中間マージン持っていかれるだけでいいことなさそうなんですけど。うちの商業部門にサポートしてもらえば充分《じゅうぶん》ですよ。

　ハリルは微笑《ほほえ》んだ。

「現状では、彼らに扱いを依頼《いらい》する必要はございません。しかし今後、レフ以外のムラーノ工房の職人たちがガラスペンの製法を習得し、生産体制が整ったところで、他国の王侯《おうこう》貴族への売り込みをかけることも考えておいて良いと思います。大商会ならば、それぞれつながりのある国があります。ユールノヴァが販路《はんろ》を持たない国の王宮に売り込んでもらえるなら、手を結ぶことも考えて良いかと」

「そういうことですのね……！」

　なるほど！

　ガラスペンは現状、セレブ向けのラグジュアリー筆記具として、それはもう超《ちょう》高額な価格設定になっている。この価格で筆記具を購入《こうにゅう》してくれる顧客がどれだけいるか……国内だけでなく、他国のセレブもターゲットとして考えるべきなのは間違《まちが》いない。

　しかし王族王宮とくれば、たいていの国で御用達《ごようたし》の商人がガッチリとニーズを囲い込んでいるはず。そこを開拓《かいたく》する労力と費用を考えれば、中間マージンを払《はら》ってでも、すでにルートを持つ商会を通した方がむしろローコスト。

そういうことか！

「さすがですわ、ハリル様！」

目をキラキラに輝《かがや》かせて、エカテリーナは弾《はず》んだ声を上げる。

「各商会が独自の販路をお持ちであろうこと、わたくしでは全く思いが及《およ》びませんでしたわ。ガラスペンはいずれ廉価《れんか》版に移行しなければとばかり……商会の方々にはぜひ目利きをお願いして、将来のためによしみを通じておきとうございます。たいそう勉強になりましたわ！」

「……それは光栄です。しかし、エカテリーナ様の洞察《どうさつ》力にはいつも驚《おどろ》くばかりです。あらためて感服いたしました」

苦笑した後、ハリルは表情をあらためた。

「レフは素晴《すば》らしい職人ですね。皇帝陛下の使者から要望を聞いて、すぐに具体的なイメージを摑《つか》んでいました。それに、仕事が早い。お嬢様がお帰りになったらすぐに皇后陛下のガラスペンをお目にかけたいと、張り切っておりましたよ」

「まあ！　ええ、レフは本当に優《すぐ》れた職人ですのよ。きっと素晴らしいものを作ってくれたに違いありませんわ！」

さすがレフ君！

君の新作を見られるの、超楽しみだー！

翌日、レフが公爵邸《こうしやくてい》にやってきた。

顕微鏡《けんびきよう》の開発を担《にな》っているレンズ職人のトマも一緒で、性格の異なる二人だがすっかり仲良くなったようだ。

「お嬢様、お久しぶりです」

「お二人とも、ようこそ！　お待ちしておりましたのよ」

エカテリーナに輝く笑顔で迎《むか》えられて、レフは眩《まぶ》しそうな顔をする。

談話室で向かい合い、お茶も出たところで、エカテリーナはまずレフに謝罪した。

「レフ……わたくし、あなたに謝らなければ。あなたからいただいた青薔薇《あおばら》の髪飾《かみかざ》り、ある神様への捧《ささ》げ物にしてしまったの」

「えっ」

目を丸くしたレフに、エカテリーナは手短に死の乙女《おとめ》セレーネのことを語って聞かせる。

「たいそう喜んでおられたのよ。二千年もの間、触《ふ》れることができなかったお花に触れることができたと……なんてきれい、とおっしゃったわ。でも、親切に贈《おく》ってくださったものを、勝手にごめんなさいね」

「そんな……かえって光栄です。そんなすごい方に喜んでいただけるなんて、僕、嬉《うれ》しいです」

レフは本当に嬉しそうに笑った。

「また違う飾りを作りますから、使ってくださいますか」

「レフは優《やさ》しいのね。でも、あなたはこれから、とても忙《いそが》しくなってよ。お仕事以外は、ゆっくり身体《からだ》を休めてちょうだい」

「ガラスペンの意匠《いしょう》の参考にもなります。ですから、作らせてください」

いつも気弱なほど優しいレフがきっぱりと言ったので、エカテリーナは驚く。

「そう……？　お仕事の一環《いっかん》というのでしたら、作りたいものをのびのびと作ってくれてよくてよ。でも、お食事や睡眠《すいみん》は、きちんととること。それは、約束してくださるわね？」

「はい、ありがとうございます。お嬢様《じょうさま》にふさわしいものを、きっと作ってみせます。それだけで、僕は充分ですから」

レフは嬉しそうにうなずいた。その言葉の意味をちょっぴり掴みきれない気がして、エカテリーナは小首を傾《かし》げている。

トマが、レフの肩《かた》をぽんぽんと叩《たた》いていた。

トマには、ユールノヴァに届いた顕微鏡の礼を言う。

「わたくしの大叔父《おおおじ》様、アイザック博士がたいそうお喜びでしたのよ。わたくしがお願いした形状を、見事に再現してくださって……レンズの拡大率も従来より上がっていたようですわね、お見事ですわ」

「ええ、いや、恐縮《きょうしゅく》です」

照れ臭《くさ》そうに、トマは頭を掻《か》いた。ふてぶてしい性格の彼だが、お嬢様に手放しで褒められると、やはり晴れがましく思うようだ。

「ユールノヴァ家の商業部門の方に、いい鍛冶《かじ》職人をご紹介《しょうかい》いただいたおかげです。レンズを嵌《は》め込んだ筒《つつ》をねじで上下させてピントを合わせるなんて、難しいものをあっさり作ってくれたんで驚きました」

「ユールノヴァは金属の産地ですもの、金属加工に精通した職人とのつながりは多々あるそうですの。でも本当に、あちらの職人も素晴らしい技量でしたわ。ただ……」

大叔父アイザックの専門は鉱物だが、普通《ふつう》の鉱物は反射鏡つき顕微鏡で見るには向かないたまたまあの時に見たのが、透明《とうめい》で光を内包する虹石《こうせき》だったから使えたのだけど。

とはいえアイザックは『僕もちょっと考えてみるね。工夫《くふう》すればできると思うんだ』と嬉しそうに言っていて、なんとかしてしまいそうで頼《たの》もしいというか、天才怖《こわ》いというか。

「何か問題があったでしょうか」

「いいえ！　あなたには引き続き、お願いした特殊《とくしゅ》なレンズの研究をお願いしとうございますの」

トマに頼んでいるのは、アクロマートレンズを作り出す研究だ。色のにじみや像中心がぼやけるのを防ぐことができる、凸《とつ》レンズと凹《おう》レンズを組み合わせて作る特殊なレンズ。

「はい、頑張《がんば》ります。なかなかうまくいかないですが、楽しいですね」

「それはようございましたわ。まだ始めたばかりですもの、気楽になさってくださいましね」

という感じで連絡事項《れんらくじこう》が片付くと、エカテリーナはわくわくした笑顔《えがお》でレフを見た。

レフは心得顔でうなずくと、ベルベットの細長い箱を差し出した。

「お嬢様、皇后陛下のガラスペンです。お検《あらた》めください」

箱の色は真紅《しんく》。皇帝《こうてい》の色は紫《むらさき》、皇后の色は真紅とされている。

開くと、三本のガラスペンがきらめいた。

三本とも、基本の色はブルーグリーン。エカテリーナが珊瑚礁《さんごしょう》の海のようだと思った、マグダレーナの髪色を見事に表現している。

一本は、夏空のような青とブルーグリーンがツイストするもの。空の青と海の碧《あお》とが、抱《だ》き合うように。皇帝コンスタンティンへ献上《けんじょう》したうちの一本と、ほぼ同じデザインだ。

次の一本は、持ち手の部分が太く、後端《こうたん》へいくにつれて細くなる形状。太い部分だけが透明で、その内部に、帆船《はんせん》が描《えが》かれていた。

白い帆《ほ》をいっぱいに張って、波を蹴《け》立《た》てて全速で進む大型帆船。きっと、『神々の山嶺《さんれい》』の向こう、はるかな東の国々まで航海していける船だ。指の先ほどの小さな絵なのに、恐《おそ》ろしいほど緻密《ちみつ》に、生き生きと描かれている。

外側には白いガラスの線で白波が、と思いかけてエカテリーナは目を見張った。波と見えたそれは、連なる白百合《しらゆり》なのだった。皇后の生家、ユールセイン家の象徴《しょうちょう》は百合だ。

そして、最後の一本。

ブルーグリーンのペンの後ろ半分が、海の色から緑を増して百合の茎《くき》に変じ、そこから咲《さ》き出《い》でる白百合の中から美しい鳥が顔をのぞかせている。そういう意匠になっていた。

その鳥は、紋章《もんしょう》にも描かれている皇后の象徴。アストラ帝国の昔から、詩などで『獅子《しし》の伴《はん》侶《りょ》』と詠《うた》われる鳥だ。銀色をおびた白い体色、黒い飾り羽、目元は鮮《あざ》やかなオレンジ色。これも小さいのに、エナメルでの彩色《さいしき》で、細部までリアルに描き出されていた。

この鳥、見た目は美しいが、実は獰猛《どうもう》な性質。獅子さえ怯《ひる》む猛毒《もうどく》を持つ蛇《へび》を好んで食べ、威《い》嚇《かく》する蛇をものともせずに長い足の一撃《いちげき》でノックアウトして丸呑《まるの》みするという。そのため、本当の名前は蛇喰鳥《へびくいどり》だ。

蛇を嫌《きら》う獅子はこの鳥と共生関係にあり、鳥の巣を守る。たてがみを毛繕《けづくろ》いされて目を細め、鳥を背に止まらせたまま共に辺りを逍遥《しょうよう》することもある、とされている。かつては、その姿がよくタペストリーなどに描かれた。

――うろ覚えだけど、この鳥は、おそらく前世にも存在したと思う。某漫画《ぼうまんが》の神様が火の鳥のモデルにしたほど美しい鳥と、ネットに紹介されていた。日本語名は、ヘビクイワシといったはず。ライオンと共生関係という話は聞いたことがなかったので、それはこちらの世界だけのことなのだろう。

「なんて美しい……」

惚《ほ》れ惚《ぼ》れとそれらを眺《なが》め、エカテリーナはため息をつく。

「レフ、あなたの才能には驚くばかりですわ。ガラスでなんと緻密な細工を……ブルーグリーンから緑へのグラデーション、白百合、そして鳥……。これほど小さいのに、これほど精緻《せいち》に……なんて素晴らしい……」

「ありがとうございます。お気に召《め》して何よりです」

レフは嬉しそうに頭を下げた。

「工房《こうぼう》に先輩《せんぱい》たちが戻《もど》ってきてくれましたから、意匠を考える時にそれぞれの得意な細工について、アドバイスをもらえたんです。みんな、ガラスペンに興味津々《きょうみしんしん》なんですよ」

「そうでしたの！　さすがムラーノ工房、あなた以外の職人も優《すぐ》れた方々ですのね」

なんということでしょう……。

レフ君、レベルがさらに上がった！

そして他《ほか》の職人がガラスペンの製法を習得する日も近そう。これは楽しみ！

「皇帝陛下は希望通りのものを作れるよう助力を惜《お》しまないとおっしゃったそうで、参考にするよう帆船の絵を貸してくださって、皇室で飼育されている蛇喰鳥の見学まで許してくださいました。皇后陛下がお喜びになるものを、というお考えが伝わってくるようで……臣民として、なんだか嬉しかったです」

獅子も蛇喰鳥も、皇国には生息していない。はるか南の彼方《かなた》にある、別の大陸が生息地だ。

しかしときおりあちらの国から生きたまま献上され、皇室で飼育される。レフが見学させてもらったのは、そういう個体だろう。

「そうね、その気持ち、わたくしもよく解《わか》ってよ。陛下に献上したガラスペンが獅子の意匠だったことで、皇后陛下にはその対《つい》になる意匠をとお考えになったのね。両陛下がお睦《むつ》まじいのは、本当に嬉しいこと」

蛇喰鳥を皇后の紋章に描かせたのは、ピョートル大帝《たいてい》の正妻であった初代皇后リュドミーラ。

建国四兄弟の幼馴染《おさななじみ》で華《はな》やかな美女として知られるが、建国期の荒々《あらあら》しい時代、夫が不在のところへ敵襲《てきしゅう》があると、彼女は城代として反撃や籠城《ろうじょう》の指揮を執《と》ったそうだ。戦場で指揮を執るのがあまり得意ではなかったピョートルより、リュドミーラの方が指揮官として優れていたという見方もある。

現在では、皇后に求められるのは淑《しと》やかさ、優雅《ゆうが》さといったものだ。男勝《おとこまさ》りのマグダレーナは、皇后としての資質を疑問視されることもあった。だが歴史を振《ふ》り返れば、彼女は皇后の原点回帰とも言えるかもしれない。

とはいえ、皇帝コンスタンティンはマグダレーナが皇后にふさわしい女性だと示すつもりでこの意匠を選んだわけではないのだろう。皇后を表すなら、このガラスペンの色は真紅である方がふさわしい。しかしコンスタンティンは、色は妻の髪色《かみ》ブルーグリーン、さらに生家ユールセインの花を配することを望んだ。己《おのれ》の唯一《ゆいいつ》の伴侶を表すものを、贈《おく》りたいと望んだのだ。

「このガラスペンなら、きっと陛下のお気に召してよ。明日、お兄様が陛下に謁見《えっけん》なさる予定なの。その時にお渡《わた》ししていただくわね」

「はい、よろしくお願いします」

「ユールセイン公のガラスペンも、楽しみにしていてよ」

「時間がかかっていてすみません。……ご要望の美の女神《めがみ》をどう描くか、悩《なや》んでしまって」

何度描いても別の女神になってしまうんです、と頭を掻くレフに、職人のこだわりを感じてエカテリーナは微笑《ほほえ》む。

トマが再び、レフの肩《かた》をぽんぽんと叩《たた》いていた。

翌朝、アレクセイはエカテリーナから渡されたガラスペンをたずさえて、皇城へ向かった。

彼は前日、エカテリーナから渡されて皇后のガラスペンを確認《かくにん》している。彼も、この逸品《いっぴん》には感嘆《かんたん》しきりだった。

「お前の職人は、いっそう腕《うで》を上げたようだ」

「お兄様もそうお思いになりまして？　レフと出会えて、わたくし本当に幸運でしたわ！」

弾《はず》んだ声でそう言って、エカテリーナはたと思う。アレクセイにプレゼントしたガラスペンは、皇后陛下のものと比べると、見劣《みおと》りしてしまうのではないだろうか。ブラコンとして、それでいいのか。

「……お兄様のガラスペンも、あらためてお作りしとうございますわ。きっと今なら、さらに素晴《すば》らしいものになりますもの。お兄様には、最上の物をお持ちになっていただきたいの」

その言葉に、アレクセイは微笑んだ。

「私は最上の物を持っているとも。私の優《やさ》しい妹が、誕生日を祝って贈ってくれた物だ。……それまで私は、誕生日を祝うことを愚《おろ》かだと思っていた。ただの一日に過ぎないと……。だが、喜ばしいのはその日そのものではなく、その日を祝ってくれる人がいることだと、お前が教えてくれた」

アレクセイは手を伸《の》ばし、エカテリーナの藍色《あいいろ》の髪に触《ふ》れた。優しく梳《す》き下ろす。アレクセイのガラスペンの色は、彼の髪色である水色と、エカテリーナの藍色だ。

「お前のガラスペンを見るたび、私はそれを思い出して、心が温かくなる。皇后陛下のガラスペンがいかに素晴らしくとも、お前が私の誕生日を祝って贈ってくれた物が、私の最上。宝物だよ」

兄を見上げて、エカテリーナは大きな目をうるませた。

「お兄様……そのお言葉、わたくし、本当に嬉《うれ》しゅうございます」

うわーんものすごく嬉しいーー！

私のプレゼントを見ると、心が温かくなるってーー！

お兄様シスコンだから当然かもしれないけど、いろいろ頑張《がんば》って心をこめてプレゼントしたんだもの。そんなに大事に思ってもらえるって、すごい嬉しい！

「愚かなことを申しましたわ、お許しくださいまし。物の価値は、それぞれの心が決めるもの。わたくしの贈り物がお兄様のお心を温めていると知って、わたくし幸せですわ」

「いつも幸せでいておくれ、私の愛《いと》しいエカテリーナ。ガラスペンにも勝る私の宝は、お前の幸せなのだから」

そう言って、アレクセイはふと微笑んだ。

「もう少し後のことになるだろうが、ある画家を夕餉《ゆうげ》に招くことになっている。お祖父《じい》様と私の肖像画《しょうぞうが》を描《えが》いた画家だ。お前も夕餉を共にして、彼をもてなしてほしい」

だった。

「はい、お兄様のお望みの通りにいたしますわ」

プレゼントから急に話題が変わったような気はしたものの、はりきって答えたエカテリーナだった。


アレクセイを送り出した後は、約束していた客人を迎《むか》え入れる。

「お嬢様《じょうさま》、お声をかけていただきありがとうございます！」

テンション高めで挨拶《あいさつ》した客は、カミラ・クローチェ。ドレスのデザイナーだ。

彼女は今、飛ぶ鳥を落とす勢いらしい。エカテリーナが広めてほしいと頼《たの》んだ『天上の青』を活《い》かしたドレスが流行になり、いち早く紹介《しょうかい》した彼女には、注文が殺到《さっとう》しているそうだ。彼女が着ているドレスも、心なしか以前より凝《こ》ったものになったような。

それでも、エカテリーナが招くと駆《か》けつけてくれるようだ。

「ご活躍《かつやく》のほど、聞き及《およ》んでおりましてよ。わたくしどもの染料《せんりょう》を広めていただき、ありがとう存じますわ」

「そんな、もったいないお言葉……お礼を申し上げるのは、わたくしのほうですのに。おかげさまで、わたくしもデザインの幅《はば》が広がりました」

と言うカミラの目が、期待に輝《かがや》いている。エカテリーナは微笑んだ。

「領地にも、祖母のドレスが残っておりましたの」

「やはり……！　あ、いえ、では」

「こちらへ送らせておりますわ。ドレスの広間に出しておりますの、ご覧になって」

「ありがとうございます！」

カミラは深く頭を下げた。

そう。ユールノヴァ城の北東の翼《よく》、祖母アレクサンドラが暮らしていた場所に保管されていたドレスの数々を、エカテリーナは皇都に送らせていた。

発見した時には、これをどうしたら、と悩んだエカテリーナだったが、とりあえず皇都には確実にそれが役立つ相手がいるので。

それが、デザイナーのカミラ。彼女に、デザインの参考資料として活用してもらうのだ。

実は前にも、皇都邸《てい》に保管されていた祖母のドレスを、クラスメイトに持ち帰ってもらう前に、カミラに見せている。

皇国では、デザイナーは、自分がデザインしたもの以外のドレスをじっくりと見る機会が、なかなかないのだそうだ。考えてみれば、ドレスをまとった貴婦人たちが集《つど》う夜会などには、デザイナーは参加できない。デザイナー同士で情報交換《こうかん》なんて、商売敵《しょうばいがたき》同士でやるわけがない。

ドレスのデザイナーは、基本的に師匠《ししょう》に弟子《でし》入りし、師匠のデザインをある程度引き継《つ》いでいくものだそうだ。けれどカミラは、師匠なしで自分の感性だけで勝負してきたという。ゆえに、軌道《きどう》に乗るまでそれはそれは大変だったと。

それを聞いた時エカテリーナの脳内では、もじゃもじゃ頭のヴァイオリニスト氏が、情熱な大陸のテーマソングをかき鳴らしてしまったのだった。

こういう話、前世からのツボなのである。

カミラはもう自分のスタイルを確立していて、他《ほか》のデザイナーのデザインを丸パクリなんてしたら、怪《あや》しまれるだけで良いことなどない。消化して自分の感性の糧《かて》にするだけ。そう確信できる、というか理屈《りくつ》でそうなる。

そして、彼女がデザイナーとしての実力を向上させることは、彼女が活用する『天上の青』の売り上げ向上にもつながる。タダで広告宣伝効果の拡大を狙《ねら》える。

というわけで、クラスメイトたちを招いたガーデンパーティーの前に、カミラを招いてドレスを見せていたのだ。

カミラは泣かんばかりに感激しつつ、すごい勢いでドレスをスケッチし、気になる部分の構造を調べたりしていった。そしてしっかり、デザインの幅を広げたというわけだ。現在の飛ぶ鳥を落とす勢いには、それも寄与《きよ》していることだろう。

今回、カミラは手回しよくアシスタント役の弟子を二人連れてきていた。彼女たちにとってもいろいろなデザイナーが手掛《てが》けたたくさんのドレスを見ることは、いい勉強になることだろう。皇国の未来のファッション界への、貢献《こうけん》になるかもしれない。

「気になる物があれば、お持ち帰りいただいてもかまいませんわ。素材を新たなドレスに活かしていただくのも、よろしいかと思いますの」

「いえそのような……！」

「どうぞご遠慮《えんりょ》なく」

正直、扱《あつか》いに困っているので減ればラッキー。

「あの中には、祖母が袖《そで》を通すことすらなかったものがあるそうですの。どれも美しく、人の手がかかったものですのに、あまりに不憫《ふびん》ですわ。せめて一部でも活用して、どなたかの身を飾《かざ》って喜ばれることができれば、ドレスも喜ぶのではありませんかしら」

「まあ、お嬢様……」

エカテリーナの言葉に、カミラの目に涙《なみだ》がにじむ。

「ドレスのこと、作り手のこと、そのように考えてくださって……わたくし、お会いする度《たび》に、お嬢様への敬愛が増すばかりでございます！」

「あ、あら、いえ、それほどでも」

いや、いらないドレスをリサイクルしたい、というのが本音なんで。カミラさんの成功はうちの利益にもつながるし、とか思ってるんで。そんな感激されると困惑《こんわく》しかないんですが。

「これからも、どうかお嬢様のドレスはわたくしに。お嬢様のお美しさを最も引き立てるドレスを作るデザイナーとご評価いただけるよう、わたくし、全身全霊《ぜんれい》で精進《しょうじん》してまいりますわ！」

「よ、よろしくお願いいたしますわ……」

そんな一幕はあったものの、カミラは弟子たちと共に精力的にドレスをスケッチしまくって、ほくほくして帰っていった。

そしてアレクセイは、予定通りの時間に皇城から戻《もど》ってきた。

「あのガラスペンはやはり、大いに陛下のお気に召《め》した。感嘆《かんたん》しておられたよ」

「まあ嬉しい！」

朝に話をした談話室で、向かい合ってすぐそう言われて、エカテリーナは大喜びする。

「皇后陛下もお喜びになるだろう。皇帝《こうてい》陛下がそう確信しておられたのだから、間違《まちが》いない」

恋女房《こいにょうぼう》に最高のプレゼントをこまめにしてきた夫が確信しているというなら、それは間違いないだろう。

「陛下は、ガラスペンに取り入れるべき要素の指定はしたが、細かい意匠《いしょう》は任せておられたそうだ。独創的な意匠が素晴《すば》らしい、ガラスでこの大きさで、これほどの精緻《せいち》な細工が可能だとは思っていなかったと、仰《おお》せになった」

「そうでしたの。陛下にレフの才能をお認めいただけて、嬉しゅうございますわ」

陛下に絶賛していただけた……この世界では大国である皇国の、皇帝陛下に絶賛されたガラスペン。声をかけてきた商会の人たちに目利《めき》きしてもらう時、絶大なアピールポイントになる。各国の王侯《おうこう》貴族に宣伝してもらおう。

商人ハリルに感化されているエカテリーナである。

喜ぶ妹を優《やさ》しい目で見ていたアレクセイだが、ふと表情があらたまった。

「そして、領地で起きたことについて、陛下にご報告した」

「……」

エカテリーナは思わず座り直す。

領地で起きたこととは、玄竜《げんりゅう》こと魔竜王《まりゅうおう》ヴラドフォーレン、一国の軍隊にも匹敵《ひってき》する強さを持つ巨竜《きょりゅう》との遭遇《そうぐう》について違いない。遭遇と、そして——求婚《きゅうこん》について。

「お前から聞いたこと、そしてオレグ、ミナから報告を受けたことを、総合してお話し申し上げた。陛下は黙《だま》ってお聞きになり、そして、こう仰せになった」

『それほど強力な竜とあれば、縁《えん》を結んだなら皇国に利をもたらすであろうな。労せずして軍備増強ができる。実際に竜を動かすことができるかはわからぬとしても、諸外国への抑《おさ》えになろう。しかし余の印象では、余が命じてエカテリーナが嫁《とつ》ぐのでは、玄竜はかえって不快に思うのではないか。心が自分にない女を側《そば》に置くつもりはないと、そう言ったのであろう。なれば、エカテリーナの心が竜へ向いたなら、それでよし。向かぬなら、無理を強《し》いはせぬ。エカテリーナの心次第《しだい》、それでよい。

……年端《としは》もゆかぬ女子《おなご》一人に軍備の責を担《にな》わせるなど、皇国の名折れというものよ。皇国は、余の軍勢が守る。そうあるべきと、余は考える』

「そのように仰せくださいましたの……！」

粋《いき》！

いや、下手《へた》なことして怒《おこ》らせたら藪蛇《やぶへび》、っていう判断であって、慎重《しんちょう》でまともな考え方なんだけど。軍備を不確定要素である竜に頼《たよ》るなんて、為政者《いせいしゃ》として避《さ》けるべきってことなんだろうけど。

そして魔竜王様は確かに、陛下からの命令なんでーって私がのこのこ顔を出しても、それなら帰れって言いそう。おい、ってドラゴンつっこみいただけるかもしれない。わりと正統派なつっこみで。

アホな君主だったら、魔竜王様を味方にするための人身御供《ひとみごくう》になれ！　竜に隣国《りんごく》を次々に征服《せいふく》させろ！　とか言うのかも。そして魔竜王様が怒って皇国滅亡《めつぼう》……ひええ。陛下が賢帝《けんてい》で、ほんと良かった。

それにしても、言い方がかっこいいよね！

皇国の名折れというもの……くうっ、うちの陛下がかっこいい。私、皇国《うち》の子でよかった！

「わたくし、皇帝陛下への忠誠を新たにいたしましたわ。なんとご寛大《かんだい》なお言葉、そして的確なご判断でしょう」

「ああ、同感だ。あらためてユールノヴァは、皇室の最も忠実な臣下でありたいと思う」

ネオンブルーの目を細めて、アレクセイは微笑《ほほえ》む。

……まさか陛下のご判断によっては、ユールノヴァごと反旗を翻《ひるがえ》すつもりだったなんてないですよね。いくらシスコンお兄様でも、そこまでは。

ないと言い切れないから怖《こわ》いんだよね……。

「ところで、その」

アレクセイが小さく咳払《せきばら》いする。

「玄竜だが……お前はどう思っている？　先日、目にしたところでは、確かに見目良い姿をしていたが……」

「あら、お兄様のほうが素敵《すてき》ですわ。お兄様は一番素敵な殿方《とのがた》でいらっしゃいますわ」

一点の迷いもなく、エカテリーナは答えた。いくら魔竜王が絶世の美形でも、ブラコンたるもの、他に答えがあるだろうか。

「そ、そうか」

アレクセイはあからさまに安堵《あんど》した。

「お前はあいかわらず、こういう点では子供だな。嫁ぎたい相手が出来たら言いなさい。竜のことも他のことも気にしなくていい、お前の望みはすべて叶《かな》えよう」

「はい、ありがとう存じます。お兄様の仰せの通りにいたしますわ」

そんな日たぶん来ませんけどね、と気楽に答えたエカテリーナであった。


長かった夏休みもついに終わり、明日にはエカテリーナとアレクセイは魔法《まほう》学園の寮《りょう》に戻る。

荷物はミナたちがまとめて送っておいてくれるわけだが、本人にもなんだかんだと準備はあってあわただしかった一日を終えて、エカテリーナはベッドに入っていた。

暗くて見えないけれど、ベッドの天蓋《てんがい》には天上界の神々が描《えが》かれている。前世の記憶《きおく》が蘇《よみがえ》った時、目覚めて最初に見たのがその天蓋の絵だった。それを、天国と勘違《かんちが》いしたことが懐《なつ》かしい。

この皇都公爵邸《こうしゃくてい》に帰ってきてまだほんの数日なのに、もう去らなければならないのは残念だが、学園に戻るのは楽しみだ。マリーナやオリガなど、友人たちとは早く再会したいと思う。

思うのだけど。

学園へ戻ることは、乙女《おとめ》ゲームに戻ること。夏休みの間は乙女ゲームのシナリオとは無縁《むえん》で、破滅フラグはそれほど気にしないでいられた。けれど二学期に入ると、ゲームのイベントがいろいろある。学園祭とか、舞踏会《ぶとうかい》とか。その中で破滅のフラグを立ててしまわないよう、緊張《きんちょう》の日々を過ごすことになるだろう。

……と、思っている。思っているんだけど。

それでも……この世界で数ヶ月を過ごし、領地での日々も経《へ》て、思わずにはいられないことがある。

ゲームの悪役令嬢《れいじょう》エカテリーナは、お兄様と共に断罪され、爵位剝奪《はくだつ》、御家《おいえ》断絶、財産没収《ぼっしゅう》の憂《う》き目に遭《あ》うんだけど。

私とお兄様がそんなことになるって、あり得る……？

ユールノヴァ領で、ノヴァダイン伯爵《はくしゃく》家がまさしく爵位剝奪、財産没収という裁きを受けた。だけどねえ。決して自惚《うぬぼ》れではなく。ユールノヴァ公爵家は、他《ほか》の貴族とは格が違うのよ。

だって。これは、皇子がユールノヴァ領へ遊びに来てくれて、ふと気付いたことなんだけど。すごく縁起でもないというか、不吉《ふきつ》すぎて誰《だれ》も決して口にしないことだけど。皇子の身に何かが起きて、他の誰かが皇位を継承《けいしょう》する、なんてことになった場合――。

お兄様が皇位継承者になる可能性、かなり高いと思う。

三大公爵家は、万一皇帝に世継《よつ》ぎがなかった場合、皇帝を出せる家格。その三家にはそれぞれ、陛下の後継者に適した年頃《としごろ》の男子がいる。

ユールセイン家には男子が二人いるらしい。上は二十五歳くらい、下は詳《くわ》しくわからないけどどちらも二十代のはず。皇后陛下の実家ということで、皇帝皇后両陛下と養子縁組《えんぐみ》して皇位を継承する、という流れが自然な相手ではある。兄弟のどちらかが皇室に養子にいっても、もう一人が公爵家を継ぐことができる。

なんだけど、ユールセイン公ドミトリーさんの奥様は『神々の山嶺《さんれい》』の向こうから嫁いできた王女様なので、奥様の母国との関係をどう考えるかという問題がある。

そしてぶっちゃけこっちのほうが問題だと思われるのが、息子《むすこ》さんたちもちょっとエキゾチックな容姿らしいこと。だからこそすごいイケメンだと、学園のクラスメイトが噂《うわさ》しているのを聞いたけど。

ユールグラン皇国四百年の歴史上、異郷の容姿を持つ皇帝陛下は存在したことがない。現実問題として、国民の支持を得られるかどうかは……。

前世の某《ぼう》自由の国でも、国の代表は二十一世紀まで人種が多様化することはなかったよね……。まあちょっとセンシティブな話なので、これくらいで。

ユールマグナ家はウラジーミル君。

幼い頃から神童と呼ばれたほどの頭脳の持ち主。今でも学園の定期試験では、トップを譲《ゆず》ったことがないらしい。それどころか、マグナのアストラ帝国研究機関で研究者の一人として論文を発表しているそうな。

マグナの子息は彼一人だから、彼が陛下の後継者になると、公爵家の後継ぎをどうするかという問題が発生する。けれどそれは、妹さんのエリザヴェータ嬢が継ぐなり、彼女の結婚相手が継ぐなりすればいいこと。

それより彼の最大のネックは、昔の大病以来、病弱であること。学園では武術の実習はすべて免除《めんじょ》されているとか、月に数日は寝込《ねこ》むとか、噂で聞いたことがある。それで皇帝という大任に耐《た》えられるか、大きな疑問符《ぎもんふ》がつくと思う。

我がユールノヴァ家のお兄様は、身体頑健《がんけん》、頭脳だって明晰《めいせき》。

すでに公爵の位を継いでいるから、皇帝になるには公爵位を誰か（最有力は私……）に譲る必要があるけど、そこはウラジーミル君同様、大きな問題ではない。

お兄様の大きなアドバンテージは、我が家に皇女であった祖母《ババァ》が嫁いできていたことで、皇室の血がユールマグナ家より、ユールセイン家より、濃《こ》いということ。マグナもセインも皇女の降嫁《こうか》を賜《たまわ》ったことはあるはずだけど、もっと世代を遡《さかのぼ》るから。

皇子の後の皇位継承順位がきちんと決まっているのか、訊《き》いたことはないんだけど。そんな不吉なこと訊けない空気があるんだけど。

お兄様の皇位継承順位、下手すると二位だよ！

そんな人から爵位剥奪なんて、あり得るかー！

そんな人から財産没収して平民に落とすなんて、あり得るかー！

中国清朝《しん》のラストエンペラー溥儀《ふぎ》は、晩年を一市民として生きたそうだけど。時代背景が違う。いくらなんでも無茶《むちゃ》！

で……ユールノヴァ領で死の神様から聞いた創造神の件で、この世界は前世でプレイした乙女ゲームの元ネタであって、乙女ゲームの世界そのものではない可能性が高くなった。そりゃね、プログラミングされたゲームの中に生まれ変わるって、話がおかしいもの。

なら、ゲームの悪役令嬢が陥《おちい》った断罪破滅は、前世のゲームクリエイターが付け足したものであって、私とお兄様の身にそんなことは起こらない。破滅フラグなんて立つはずがない、そんなものに怯《おび》える必要はない。そう考えるべき。

……なんだけど。なんだけどね！

こうやってつらつらと『ゲームのあのイベントって、ホントにあり得るの？』って考えたこと、前にもあるんだよね。

魔法学園に魔獣《まじゅう》が出現する前にね！

で、出現したんだもん。ゲームに出てきたのとそっくりな魔獣が。この世界の常識では、出るはずのない場所に。

駄目《だめ》だ！　そんなのあり得ない、って安心することなんてできない！

ならば、あり得ると仮定して、あの断罪を考え直してみる。なにがどうなったら、私とお兄様がそんな罰《ばつ》を受けることがあり得るのかを。

悪役令嬢エカテリーナの罪は、ヒロインを殺害しようとしたことだった。人を雇《やと》って殺させようとしたんだから、罪名としては殺人教唆《きょうさ》なのかな？

公爵令嬢だろうと、殺人教唆は重罪。まあ身分制社会のアレなところで、相手が平民ならば、罪というほどの罪にはならないと思われる。けれど、平民出身とはいえフローラちゃんは今は男爵令嬢で、れっきとした貴族。

公爵と男爵という身分差はあれど、貴族を殺害しようとすればさすがに罪に問われる。

そういえば前世でも、若返りのために女性を惨殺《ざんさつ》しその血を浴びるという残虐行為《ざんぎゃくこうい》で血の伯爵夫人と呼ばれたバートリ・エルジェーベトは、平民の女性をどれだけ手にかけても放置されたのに、貴族の女性を殺害したことで罪に問われたのだったはず。皇国も、そのへんの価値観は近いのだろう。

特に今は、魔法学園で机を並べる学友同士。学園内では身分に関係なく、平等に勉学に励《はげ》むべしというのが建前で、どんな身分でも問題を起こした時の処分は同じ、ということになっている。まあ、裏ではいろいろあるのだろうけど、公式にはね。

それに、証拠《しょうこ》を掴《つか》んで罪を問うてきたのは皇子で、公爵家の上をいく身分だった。

ただ、これもおかしいんだよね。

お兄様はすでに公爵。対して皇子は皇位継承者とはいえ、今現在は私やお兄様を裁く権限なんて持っていない。なのにゲームでは、皇子が勝手に、処分を決めてしまっていた。

そしてお兄様は、そんなおかしなことには冷静に容赦《ようしゃ》なく反論するはずのお兄様は、何も言わずに妹を抱《だ》きしめているだけだった……。

だからやっぱりあれはゲームクリエイターの創作、乙女ゲームにありがちな悪役令嬢の末路をシナリオに組み込んだだけなのかもしれないけど。

でも……。

男爵令嬢殺害を指示した公爵令嬢に下される罰として、一番考えられるものは……幽閉《ゆうへい》、なんだよね。

そこはやはり身分制社会で、公爵令嬢の待遇《たいぐう》は、それほど過酷《かこく》なものではないだろう。また公爵領の別邸で、誰とも交流せず閉じこもって暮らすというだけで、たぶん邸《やしき》の中や庭くらいは出歩ける程度。衣食にこと欠くようなことはない、お母様と暮らしていた頃の最後の方よりはよほどましな暮らしができるくらい。そして数年したら恩赦《おんしゃ》がもらえて、幽閉を解かれる。

それくらいが妥当《だとう》なはず。

まあ、女性として花の盛《さか》りの時期が潰《つぶ》れることになるし、ろくな結婚《けっこん》もできなくなるだろうから、だいぶ人生を損するけど。

ていうか、ずっと幽閉されて生きてきたエカテリーナが、ようやく自由の身になったのに、すぐまた幽閉に逆戻《ぎゃくもど》り……あいたたた。

でも。

実際にエカテリーナを幽閉するのは、公爵家の当主なのよ。

罪人エカテリーナへこのような処置を行うこと、という指示が監督《かんとく》責任者である当主に対して出て、当主はその通りに実施《じっし》する。そういうもの。

あのシスコンお兄様が、妹を幽閉するなんて。そんなこと、できる？

領地で皇子から聞いたお兄様との関係性から考えると、皇子はエカテリーナの犯罪の証拠を摑んだ時点で、お兄様に前もって話すのではないか。根回しをするとも言えるけど。君の妹を処罰《しょばつ》する、と。

なんか……すっかり仲良くなったから、皇子に断罪とか処罰とかされることを想像するとあらためて辛《つら》くなっちゃうけど。前世の記憶《きおく》がないエカテリーナだったら、皇子とは仲良くなっていない。

ゲームの中のエカテリーナは、ワガママで贅沢《ぜいたく》でヒステリックで……。

考えてみたら、祖母にそっくりだったかも。本来の令嬢《れいじょう》エカテリーナの性格とは、かけ離《はな》れていた。

あれは、祖母の侍女《じじょ》ノンナとかが、貴婦人の振《ふ》る舞《ま》いはこうだと吹《ふ》き込んでたんじゃないか。ずっと引きこもって暮らしていたエカテリーナは、学園でどう振る舞ったらいいか分からなくて、言われるがままの操《あやつ》り人形になってしまっていたような気がする。

だとしたら、ゲームのお兄様がエカテリーナを全肯定《こうてい》していたのは、操り糸が切れたら人形エカテリーナが舞台《ぶたい》で崩《くず》れ落ちてしまうからなんだろう。引きこもったまま誰《だれ》とも口もきこうとしなかった妹が、まがりなりにも公爵《こうしゃく》令嬢として学園生活を送れていたのは、操られていればこそだったから、ノンナたちから引き離すことはできなかった。そういうことじゃないか。

……ん？　じゃあ殺人教唆も、ノンナたちがエカテリーナに勧《すす》めたんじゃ？　令嬢エカテリーナは、そんなこと思いつきもしないぞ。

祖母の侍女たちって、マグナと繋《つな》がってたり……あちらが裏で糸を引いて、兄妹《きょうだい》を陥《おとしい》れた、とか……。

うわ、ありそう。お兄様が公爵を継《つ》いで、もううちからお金をかすめとることができなくなっていたはずだもの。お兄様を排除《はいじょ》して、その隙《すき》に入り込もうとした？

うー！　駄目だ、ここでは起きていない出来事だから、ただの想像にしかならない！

とにかく、ゲームでは皇子から見たエカテリーナは、ミニアレクサンドラだった。領地での言葉の端々《はしばし》から考えると、皇子って祖母のこと嫌《きら》いだったっぽい。アレみたいにいろいろな人の迷惑《めいわく》にならないうちに、エカテリーナを排除したほうがいいと思ったのかもしれないな。

けれど、エカテリーナを処罰する、君に幽閉してもらうことになる、と言われたお兄様は、どうするだろう。

そう考えていくと、可能性が見えてくる。あり得ないはずのゲームの断罪シーンが、現実になる可能性。針の先ほどの、ほんのわずかな可能性だけれど。

お兄様が、望んだとしたら。

爵位と財産を没収《ぼっしゅう》されて平民落ち。でもその場合、自由は——保たれる。

妹を幽閉に逆戻りさせないために、爵位も財産も投げ出して、どうかエカテリーナを閉じ込めないでほしいとお兄様が頼《たの》んだとしたら。昔からの友人の懇願《こんがん》に、皇子が心を動かされたとしたら。

二人で示し合わせて道筋を作り、あの断罪を……演じ、皇子が言った通りにエカテリーナを処分できるよう、周囲を動かしたのかもしれない。

本当にわずかな可能性だけど。

お兄様が身分を捨てるなんて、あまりにも突飛《とっぴ》であることは変わらないんだけど。

皇子だって、爵位や財産なんかより、人材としてのお兄様のほうが価値があると思うはずだ。

……いや、だからこそ、だろうか。エカテリーナを常識的に処罰してお兄様との関係を悪くするより、お兄様の望みを叶《かな》えたほうがいいと判断した。

数年してほとぼりが冷めたら、兄妹とも恩赦で家へ戻すつもりだったとか？　これも想像でしかないけど。

埋《う》まらないピースはまだあるけれど、それでも、あり得ないがあり得るに変わる。本当に針の先ほどの、わずかな、わずかなものだけど、けれど、可能性は「ある」に変わる。

妹のために自らすべてを投げ出す。お兄様なら、できる。できてしまう。

うわーん！

思いついちゃったらもう、こういうことだったとしか思えないー！　お兄様のシスコンは天下一品だもん！　褒《ほ》めていいことか、よくわからないけど！

でも妹《わたし》のために犠牲《ぎせい》になんかなっちゃイヤ――っ！

あの破滅《はめつ》には、裏があるのかもしれない。でも、妹のせいでお兄様が辛《つら》い思いをしたのは、間違《まちが》いないんだもの！

イヤ――っ！　ダメ絶対！

だからやっぱり！　破滅フラグには最大警戒《けいかい》！　悪いことなんか、絶対しません！

もしも破滅の黒幕がマグナだったとしたら、むしろ悪いことをしていなくても、隙を見せただけで陥れられる可能性があるってことなんじゃないの？　隙がすなわち、破滅のフラグ。

ヤバい、難易度が上がった。

清く正しく美しく！

あ、これはちょっと違う？　少女歌劇団のモットーだったかも。

と、とにかく！　少なくともゲームの断罪シーンを乗り切るまでは、破滅もあり得るものと思って、フラグを立てないよう気を付けて生きよう。

最低でも今年度いっぱい、お兄様が学園にいる間は。

お兄様が学園を卒業したら、お兄様が抱きしめていてくれる、あの断罪シーンはあり得なくなるから……もう、破滅に怯《おび》えなくてもよくなるんじゃないかな。

それまでは、とにかく品行方正。君子危《あや》うきに近寄らず、李下《りか》に冠《かんむり》を正《ただ》さず。皇子になるべく近寄らないのも、権力闘争《とうそう》に近付かないって意味でそれに当たるかな？　マグナはあちらの令嬢を皇后にしようとしているそうだし。

すっかりグダグダな破滅フラグ対策だけど、学園に戻ったら、仕切り直して頑張《がんば》るぞー！

第二章　魔法学園

久しぶりの教室ー！

「ごきげんよう、皆様《みなさま》」

フローラと一緒《いっしょ》に教室に入ったエカテリーナは、浮《う》き立つ内心とは裏腹に、公爵令嬢らしく上品に言った。

「エカテリーナ様、フローラ様！　お久しぶりです」

「お二人とも、お元気そうで何よりです」

仲のいいマリーナ・クルイモフとオリガ・フルールスが、笑顔《えがお》で声をかけてくる。他《ほか》の生徒たちも口々に声をかけてきたり笑顔を向けてきたりして、かつてのぼっち二人がすっかりクラスの人気者だ。

エカテリーナも、それぞれに笑顔を返した。高校生のすごいところで、久しぶりに会うクラスメイトたちは、夏休みに入る前とは顔つきだったり身長だったりがちょっと違うような気がする。

それでもアラサー目線では、みんなまだまだ子供だ。

（あー、なんかホッとするわー）

皇都公爵邸《てい》はすっかり自宅という感覚だし、公爵領のユールノヴァ城だってふるさとという気がして身体《からだ》が馴染《なじ》んだものだったけれど。そこではエカテリーナは公爵令嬢であり、女主人だ。数多くの使用人たちの上に立つ者として、それらしく振る舞わなくてはならない。

けれど、ここではただの生徒の一人だ。他の皆と同じ立場であって、上下関係がない。

それが、解き放たれたような感覚を与《あた》えてくれる。

いやー、身分が高いってありがたいことなんだけど、それに伴《ともな》うもので、知らず知らず疲《つか》れてたんだなあ。この皇国に魔法《まほう》学園があってくれてよかった。

皇子もこんな感覚でいるのかな。代々の皇帝《こうてい》陛下や皇族も、その他大勢（といっても特別だけど）っていう感覚にホッとして、それもあって建国時からずっと学園が存続してきたのかも。

「夏休みは、いかがお過ごしでしたの？」

「わたくしは領地で過ごしましたの。どうということのない日々でしたわ！」

と言いつつ、マリーナは元気満タンという感じだ。以前から運動神経良さそうなかっこいい系女子だったが、いっそう引き締《し》まって、また少し陽《ひ》に焼けたような。金色の混じった赤毛のセミロングも、一段とキラキラして輝《かがや》かしい。

学園では猫《ねこ》を五枚被《かぶ》っているらしいマリーナは、実家で猫を脱《ぬ》ぎ捨てて、彼女らしく活発に過ごしたのだろう。

クルイモフ家の領地は、魔獣馬《まじゅうば》の産地。ユールノヴァ領で教えてもらった、祖父の愛馬ゼフィロスの話を思い出して、エカテリーナは胸がつまる思いがする。

けれどマリーナは、アレクセイが言っていた通り、ユールノヴァ家とクルイモフ家の因縁《いんねん》など何も知らないようだ。

エカテリーナは、ただ微笑《ほほえ》んだ。

「わたしは、寮《りょう》に残っていました」

オリガが言う。つややかな栗色《くりいろ》の髪《かみ》をリボンで束ねた、若草色の瞳《ひとみ》が可愛《かわい》らしい小柄《こがら》な少女は、恥《は》ずかしそうに頰《ほお》を染めて、目を伏《ふ》せていた。

魔法学園の生徒は、夏休みには基本的に実家に帰る。特に一年生は、生まれて初めて家を離《はな》れて暮らしているので、ホームシックに泣きながら夏休みの帰省を指折り数えて待ち、一学期が終わるや否《いな》やすっ飛んで帰っていくのが普通《ふつう》だ。

しかし、帰らない者、寮に残る者も一定数いる。

まずは、単純に家が遠い者。

ユールノヴァ領も、馬車であれば片道二週間かかる距離《きょり》だ。快速船という交通機関がなければ、エカテリーナとアレクセイも領地には帰らなかっただろう。皇都に邸《やしき》を構えるほどの家の子なら、寮からは出て皇都の家で過ごすことになるが、そうでなければ寮で過ごすしかない。

そして、そこまで遠くはなくとも、往復の旅費を節約したい者。

二週間までかからなくとも、乗合馬車で数日揺《ゆ》られ数泊《はく》しなければならない場合、旅費は馬鹿《ばか》にならない。魔法学園の生徒は貴族ばかりだが、家によって事情はさまざまだ。領地が災害に襲《おそ》われたりして、借金まみれになるのはよくある話。

オリガは男爵令嬢《だんしゃくれいじょう》で、家は決して裕福《ゆうふく》ではないらしい。

「同じく残った方々と、皇都をあちこち見物して過ごしたんです。とっても楽しくて……音楽神殿《しんでん》では毎日のように素晴《すば》らしい音楽が奉納《ほうのう》されていて、毎日お祭りみたいで、ずっと居たいと思ってしまいました。皇都はすごいです」

太陽神殿と同様に、音楽神殿も人気のテーマパーク的存在らしい。太陽神殿が美術館的スポットなら、音楽神殿は皇都の人々が日常的に音楽を楽しむ、やや庶民《しょみん》的な場所のようだ。

神殿内に野外劇場のようなステージがあって、腕《うで》に覚えのある音楽家がそこで神に音楽を奉納する。音楽家といっても多くは、これから音楽で食べていきたいと希望や野心を抱《いだ》く新人たち。入場は自由なので、皇都の音楽好きがいつもそこにたむろしていて、奉納される音楽に聞き惚《ほ》れたり、容赦《ようしゃ》なくブーイングしたりする。あまりに下手《へた》だと、神の不興を買わないよう神官たちが音楽家を舞台《ぶたい》から引き摺《ず》り下ろすこともあるというから恐《おそ》ろしい。

しかし時には観客に劇場の関係者などが交じっていて、スカウトされたりするらしい。

だが音楽家たちの一番の目標は、このステージから音楽神のもとに召喚《しょうかん》されて、神の庭で演奏することだそうだ。真に才能がある者だけが、その栄誉《えいよ》に浴することができる。

人さらいー！

ではなく、一曲演奏すれば帰してもらえる。普通は。

そして、音楽神に招かれた音楽家として神殿に迎《むか》えられ、国家行事で音楽を担当したりして、一生音楽だけで生きていけるようになる。

もうそれ、要するにオーディション会場だな！

なお、歴史上数名だけ、あまりに気に入られて帰ってこなかった者もいて、彼らは音楽神に準じる存在として、彼ら自身が信仰《しんこう》の対象になっているそうな。

声楽を習いたいっておねだりした時、お兄様が、お前が音楽神の庭に招《よ》ばれて還《かえ》らないのでは……なんて言っていたのは、そういうレベルのことを言っていたわけで……。

あらためて、聴覚《ちょうかく》型のシスコンフィルターも恐ろしいほど高性能ですね！　さすがお兄様！　時間差で感動しました！

と、そこへクスクスと笑い声が聞こえてきた。

「まあ、いやあね。音楽神殿で一日過ごすなんて、お金のない庶民のやることですわ」

「そうよ、そうよ」

君たちも元気そうだね……無駄《むだ》に。

ソイヤトリオ！

「きっとユールノヴァ様なら、ご自宅に最高の音楽家をお呼びになって音楽をお楽しみになりますわね！　貴族たるもの、そうでなければ」

得意げにトリオの一人、ソイヤ一号（エカテリーナ命名）が言う。

いや君の家もたいがい借金漬《づ》けだろ。ネタはあがっとるっちゅーねん。

私に取り入って、音楽家を呼ばせて自分が楽しみたいのが見え見えだっつーの。それでなんで君が得意そうになってるんだよ。

領地でいろいろあったから、このわかりやすさがもはやカワイく思えてきそうで怖《こわ》いわ。

エカテリーナは、ふっと笑った。

そして視線だけを巡《めぐ》らせ、目の端《はし》でソイヤトリオを捉《とら》える。久しぶりに低い声を出した。

「わたくし、お話し中ですのよ……？」

久しぶりに背景が暗雲と稲妻《いなずま》。

お、まだやれるわ私。

いや喜んでる場合か。悪役令嬢は卒業しなきゃいけないんじゃ？　清く正しく美しくはどこ行った。

思わず背景の暗雲をぱたぱた手であおいで追い払《はら》うエカテリーナであった。

「もも申し訳ございません」

素直《すなお》にビビるソイヤトリオのことはもう見もせず、エカテリーナはオリガに優《やさ》しく微笑みかける。

「オリガ様は、音楽がお好きですのね」

「は……はい。我が家はセレズノア侯爵《こうしゃく》家の臣下なのですが、侯爵領では音楽がとても盛《さか》んなので、我が家でも」

「そういえばオリガ様は、歌がお上手ですわね。音楽の授業で、合唱の中でもとりわけ素敵《すてき》なお声と思った記憶《きおく》がありますの」

前世で合唱部だったため、同級生の歌声についついチェックを入れていたエカテリーナである。ちなみにフローラの歌の上手《うま》さに気付いたのも、授業中だった。

「今度、歌声をお聞かせくださいまし」

「いえそんな！」

オリガは真っ赤になってぷるぷる首を振《ふ》ったが、マリーナが手を打ち合わせる。

「そうだわ！　再会と新学期の始まりを祝して、クラスで音楽の夕べを開催《かいさい》するのはいかがでしょう」

「まあ素敵！」

マリーナの思いつきに、エカテリーナもノリノリになる。

音楽は大好きだけれど、今生ではそんなに楽しむ機会がなかった。そんなイベント、きっと学生時代のいい思い出になる。音楽は貴族の教養のひとつだから、自信のある生徒が歌や楽器の腕前を披露《ひろう》すれば、それなりに楽しめるのではないか。

などとはしゃいでいたら、近くの男子生徒にじろっと睨《にら》まれてしまった。

「あら……失礼。声が高《たこ》うございましたわね」

そう詫《わ》びたが、男子生徒はふんっとそっぽを向く。

レナート・セレザールというこの男子、純白の髪に菫色《すみれいろ》の瞳、前世だったら某《ぼう》男性アイドル事務所が放《ほう》っておかないのではと思うくらい、可愛い顔をしている。けれど、とにかく愛想《あいそ》がない。

でも、彼もいい声をしていることは、チェック済みだ。伸《の》びのあるテノールだったはず。

そんな素直じゃない態度を取らなくても、お姉さんはちゃんと誘《さそ》ってあげるよ。お子ちゃまだね！

アラサーお姉さんぶりを発揮して、ふふん、とか思うエカテリーナであった。

昼休みには、久しぶりに料理を作った。

フローラと一緒《いっしょ》に厨房《ちゅうぼう》へ行くと、厨房のスタッフたちが、お久しぶりですと声をかけてくる。彼らと挨拶《あいさつ》を交《か》わしながら、手早く季節の野菜とベーコンを刻んで炒《いた》め、卵を溶《と》いてオムレツを作った。それをパンで挟《はさ》んで、オムレツサンドの完成。

貯蔵の技術や物流が発達していた前世と違《ちが》って、使える野菜は季節ごとに変わる。今は夏野菜の終わり頃《ごろ》であり、秋野菜のはしりが出る頃だ。今回はトマトと玉ねぎ、それにきのこを入れた。香辛料《こうしんりょう》をほどよく利《き》かせて、食欲をそそる味付けにする。フローラが、彼女を引き取ってくれた男爵夫人から習ってきたレシピだ。

久しぶりでも、かまどの火加減も問題なくできた。内心得意になったエカテリーナである。

えへへ、お兄様に手料理を食べてもらうの、ひさびさ〜。嬉《うれ》しいなあ。

温かいオムレツサンドを大きなバスケットに詰《つ》めて、アレクセイと側近たちが仕事を始めているはずの執務室《しつむ》へ、エカテリーナはフローラと共にいそいそと向かった。

きゃっきゃとおしゃべりしながら廊下《ろうか》を歩いていたエカテリーナは、廊下の曲がり角で急に出てきた人にぶつかりそうになって、あわてて立ち止まった。

向こうも立ち止まり、目を見張っている。ストレートロングの青みがかった銀髪《ぎんぱつ》、青紫《あおむらさき》色の切れ長の目、色白で細身の美人で、姿勢の良さがいかにも身分の高いご令嬢という雰囲気《ふんいき》だ。

「まあ、失礼いたしましたわ」

「いえ、こちらこそ」

エカテリーナの言葉に小さく頭を下げて微笑《ほほえ》んだ令嬢は、こちらもバスケットを手に下げていた。

「もしや、ユールノヴァ公爵家のご令嬢でいらっしゃいまして?」

「ええ、エカテリーナと申しますの。こちらはチェルニー男爵家のフローラ様でいらっしゃいます」

フローラがそっと一礼する。

「わたくし、セレズノア侯爵家のリーディヤと申します」

リーディヤの言葉に、エカテリーナははっとした。オリガの家の主君にあたるという、セレズノア侯爵家の令嬢であるらしい。

そしてセレズノア侯爵家といえば、ピョートル大帝《たいてい》の寵臣《ちょうしん》を祖とする建国以来の家柄《いえがら》。三大公爵家に次ぐ格式を誇《ほこ》り、皇后を出したこともある名家だ。

そして……今、微妙《びみょう》にフローラをスルーした。

「お初にお目もじいたします」

「お話しできて嬉しゅうございますわ。同じ一年生ですのに、クラスが違ってなかなかお会いできず、残念に思っておりましたの」

にこやかに話しかけてくるリーディヤと、ごく自然に一緒に歩き出す流れになる。

社交界における、令嬢《れいじょう》スキルなのであろう。より身分の高い相手と、自然に会話し行動を共にするための……うぬう、勝手に作られた流れから抜《ぬ》けられないぞ。この令嬢、できる！

などと思っている間に、エカテリーナがどうしようと思っていた地点へ、対策を考えることもできないまま到達《とうたつ》してしまった。


どうしよう。

わんこがおる……。

廊下側の窓から身を乗り出して、ミハイルがにこにこ笑っている。頭の上にピンと立った耳が、背後にブンブン振っている尻尾《しっぽ》が、見える気がする。

ええい、ユールノヴァでの完全無欠なロイヤルプリンスっぷりはどこ行ったー！

うう……皇子に近付かないようにしよう、お昼もなんとかスルーしよう、とか思ったけど。

くそう、わんこには勝てない！

そもそも近付かないなんて、最初から思ってたけど駄目《だめ》だったよね。とっくに手遅《ておく》れなんだわ。思うだけアホだったわ自分。

それに、君子危《あや》うきに近寄らず、皇子イコール権力闘争《とうそう》だから近付かない。なんて、思えば失礼というか……彼は一人の男の子なのに、人間扱《あつか》いしてないみたいで非道《ひど》い考えだったわ。君はほんとにいい奴《やつ》なのに。ごめんよ皇子。

「やあエカテリーナ、フローラ。ユールノヴァは楽しかったね、旅の疲《つか》れは取れたかい」

「ご機嫌宜《きげんよろ》しゅう、ミハイル様。領地での日々を楽しんでいただけて、嬉しゅうございます。わたくしはもう、すっかり元気ですわ。フローラ様も、そう仰《おお》せでしたわね」

「はい、私も元気です」

忘れずに友を会話に引き込むエカテリーナに、フローラは可憐《かれん》な笑顔《えがお》で答える。

「そうやって、食事を持っていく姿も久しぶりだ。今日は何を作ったの？」

「オムレツサンドですわ。チェルニー男爵夫人のレシピを、フローラ様が教えてくださいましたの。まだ温こうございましてよ」

「美味《おい》しそうだ」

にこっとミハイルが笑う。

これで分けてあげなかったら、私って鬼《おに》や……。

エカテリーナがバスケットを開けて差し出すと、ミハイルは嬉しそうにオムレツサンドをひとつ取った。

それを手に持ったまま、エカテリーナの隣《となり》に目を向ける。

「やあ、リーディヤ。久しぶりだね」

「お久しゅうございます、ミハイル様。夏休みの間お会いできず、寂《さび》しゅうございました」

リーディヤが顔を輝《かがや》かせて、ミハイルに甘い声で答える。

あら、名前呼び。リーディヤちゃん、皇子と親しいんだ。

「ミハイル様、よろしければこちらもお味見なさいませんこと？　我がセレズノア家の伝統菓《が》子《し》ですの。皇太后陛下が、特にお好みのものですわ。クラスの者が味を知りたいと申しましたので、持ってまいりました。ミハイル様はよくご存じですが、せっかくですので」

にこやかに言って、リーディヤがミハイルにバスケットを差し出した。

最初からこれがやりたくて、エカテリーナの連れになったのだろう。恐るべし令嬢スキル。

が、ミハイルは手を出さなかった。

「ありがとう。でも、このあと食堂へ行って食事もとるつもりだから」

「さようでございますか」

礼儀《れいぎ》正《ただ》しく微笑んで、リーディヤはバスケットを引っこめる。

「クラスメイトにお土産《みやげ》なんて、優《やさ》しいね。早く持っていってあげるといい」

「……それでは、失礼いたします」

リーディヤはミハイルに一礼した。その動作が美しい。

本来なら跪《き》礼《れい》をとるところだが、バスケットを下げていてはスカートをつまむことができないので、変則的な儀礼になるわけだ。それを戸《と》惑《まど》う様子も見せず、美しくこなせるのは、生まれながらの上級貴族ならではと言えるだろう。

エカテリーナに対しても会釈《えしゃく》をして、礼儀にもとることはなかった。

ただ、フローラには最後まで知らぬ顔だった。

リーディヤの後ろ姿を見送って、ミハイルはぱくりとオムレツサンドを食べる。

「美味しい。こうやって食べるのは、とても楽しいよ」

「学生生活ならではですわね」

エカテリーナは微笑む。

領地でミハイルのロイヤルプリンスぶりを目の当《ま》たりにしたことで、あらためて学園での彼が普段《ふだん》といかに違うかが解《わか》った。気軽に食べ物を受け取って、立ったまま食べる。彼にとっては、貴重な経験なのだ。

学生でいる間は、その気楽さを、存分に楽しんでほしいと思う。

「ミハイル様……先ほどの方、よろしゅうございましたの？」

ちょっと悩《なや》んだが、尋《たず》ねることにした。

「セレズノア侯爵《こうしゃく》家といえば、皇太后陛下のご実家……親しくお付き合いしておられたのでは」

そう、セレズノア侯爵家出身の皇后とは、現在の皇太后だ。

だから、リーディヤがミハイルと親しげなのは、当然。

ミハイルに食べてほしくて、伝統の菓子を持ってきた。ミハイルはそれを、すげなく追い払《はら》ってしまった。

答えず、ミハイルはオムレッサンドを食べ終わった。

それから、おもむろに言う。

「エカテリーナ……もしもリーディヤと何かあったら、必ず僕に話してほしい。それは、僕が対処すべきことだから」

エカテリーナは首を傾《かし》げた。

「何か……とは、どのようなことでしょう」

「どんなことでも。彼女は君に関《かか》わってはいけない、そういう不文律がある。もし彼女自身ではなく、彼女の周囲の誰《だれ》かだったとしても、必ず僕に話してほしいんだ」

え……なにそれ。

リーディヤちゃんが私に関わってはいけない不文律って、なんぞ？

エカテリーナの頭上には、ひたすら疑問符《ぎもんふ》が飛んでいる。

ミハイルはにこりと笑った。

「お願いだよ」

執務室《しつむ》のドアをノックすると、すぐに現れたイヴァンが、エカテリーナとフローラのバスケットをさっと持ってくれた。

「お嬢様、フローラ様、どうぞ」

「ありがとう、イヴァン」

執務室に入ると、エカテリーナを見たアレクセイが微笑《ほほえ》み、すっと立ち上がる。

そして、軽く両手を広げた。

「おいで」

そう言われれば、兄の腕《うで》の中に飛び込まないという選択肢《せんたくし》は、ブラコンにはない。

なので、遠慮《えんりょ》なく飛び込んだ。

「お兄様！」

「私のエカテリーナ」

無邪気《むじゃき》に抱《だ》きつく妹を、アレクセイはそっと抱きしめる。

「昨日からお会いできなくて、寂しゅうございましたわ」

「私もだよ。美しいお前の姿を見ることができないせいで、世界が暗く思えていた」

お兄様のシスコンフィルターは光度調整機能も備えているんですね！　やっぱり高性能です。

などとやっているが、兄妹《きょうだい》が寮《りょう》に入ったのは昨日。会わなかったのは一日弱である。

とはいえ、夏休み中はほぼ、朝食と夕食は兄妹で顔を合わせて一緒《いっしょ》にとっていた。二人とも寮では特別室に入っていて、食事は食堂に行くのではなく自室でとっている。よって昨日の夕食から一人で食事をしていたわけで、寂しく思うのも無理はない——のかもしれない。

そんな二人の横で、イヴァンとフローラがほのぼのと昼食の準備をしている。

「フローラ様、どうぞお掛《か》けになってお待ちください」

「じっとしていると落ち着かなくて……お仕事をとってしまってごめんなさい」

ここでアーロンがしみじみと言った。

「これぞ学園、という気がしますねえ」

そうか？　と問う声は、この部屋にいるメンバーからは上がらない。ツッコミ不在の執務室であった。


「こういう、手料理の昼食が恋《こい》しかったです」

オムレツサンドを前に、ハリルが嬉《うれ》しそうに言った。

「夏休みの間、ハリル様はどのようなお昼をとっておられましたの？」

「たいていは、さまざまな商会の者たちと会食です。よいレストランでの豪華《ごうか》な昼食になる時もありますが、味の良《よ》し悪《あ》しは商談の行方《ゆくえ》次第《しだい》ですね。満足できる成果は最上の美味です」

エカテリーナの問いに、ハリルは答えてふふと笑う。

商人ハリルさん、さすがです。

しかしそんななごやかな空気も、エカテリーナが先ほどの一幕を話すと変わった。そうなるとわかっていたので話したくはなかったのだが、報連相は大切なので。

「……セレズノア侯爵家のご令嬢《れいじょう》か」

アレクセイのネオンブルーの瞳《ひとみ》が光る。

「お兄様、ご存じですの？」

「皇都の社交界では確固たる立場にあるようだ。そうだな、ノヴァク」

「はい。皇太后陛下のご実家ということで、社交界にデビューしている未婚《みこん》のご令嬢の中では、最も高い家格であられますので。——これまではそうだった、という話ですが」

ノヴァクの言葉に、執務室の一同はそろってエカテリーナを見る。

あ……私が皇都に来たから、私が一番家格の高い未婚令嬢になったんですね。

えっと、ユールマグナにも令嬢が……確かエリザヴェータちゃん。でも年齢《ねんれい》がまだ十歳だっけ？　だったら社交界デビューはしていないか。皇国ではデビューの年齢は、魔法《まほう》学園入学前の十四、五歳が普通《ふつう》なはず。

私はユールノヴァでの祝宴《しゅくえん》でお披露目《ひろめ》してもらったことで、社交界デビューを果たしたとみなされる。ヴィクトリア朝イギリスとかでは、女王に謁見《えっけん》したのちデビューのために開かれる舞踏会《ぶとうかい》にデビュタントとして参加することが社交界デビューだった気がするけど、皇国ではもっとゆるくて、ある程度の格式のあるパーティーに参加すればそれで社交界デビューとなる。

「ノヴァク伯《はく》が、皇都の社交界についてご存じですの……」

言いかけて、エカテリーナははたと気付いた。

ノヴァクが皇都の社交界に詳《くわ》しいとしたら、それはおそらく、アレクセイの結婚相手を検討する過程で得た知識だ。

身分の釣《つ》り合いで考えれば、リーディヤちゃんは候補の筆頭にいても不思議はない。それに美人だし、貴族令嬢としてのスキルは最高クラス。お兄様のお相手として、非の打ちどころがない……ない、けど。

うにゃー！

あ、でもリーディヤちゃんは皇子のファンっぽかったな。

「エカテリーナ、心配はいらない。セレズノア家はユールノヴァと縁《えん》を結ぶことは考えていないから」

アレクセイが妹を気遣《きづか》うように言う。

「セレズノア家は、再び皇后を立てることを悲願としているんだ。三大公爵家に権力が集中しすぎている現状は健全ではないと主張し、自分たちをもっと取り立てて皇国の権力構造を健全化すべきだとする一派の中心だ。そのために皇后を出し、外戚《がいせき》として権力を握《にぎ》る。それが彼らにとっての正義らしい。リーディヤ嬢は、その悲願を体現するような存在だ。セレズノア家が考える、皇后にふさわしい女性たるべく育てられた。本人もその自負を強く持っているようだ」

「そうでしたの。仰《おお》せの通り、あの方はミハイル様に親しげでしたわ」

我《われ》ながら現金だと思うほど、ほっとするエカテリーナであった。

そして皇子のほうは、リーディヤちゃんにつれなかった。あの子、フローラちゃんをスルーしてたもんね。それがセレズノア家の考える、皇后にふさわしい女性ってことかしら。

でもマグダレーナ皇后陛下は、全然そんな女性じゃないぞ。その皇后陛下と恋愛結婚《れんあいけっこん》した皇《こう》帝《てい》陛下だって、そんな真似《まね》をする子を評価するとはとうてい思えない。皇子は両親を尊敬していて、その価値観を受け継《つ》いでいる。

うわー、リーディヤちゃんもセレズノア家も、無駄《むだ》な努力？

そう考えると、可哀想《かわいそう》にも思えるな。

「それにしても、あの方がわたくしと関わるべきでない不文律とは、どういったものなのでしょう」

エカテリーナが呟《つぶや》くと、アレクセイも戸惑《とまど》った表情になった。

「私も特に聞いたことがない。ノヴァク、知っているか」

「いえ。申し訳ございませんが、セレズノア家と当家の間にそうしたものがあるとは耳にしておりません。それに、閣下がご存じないことを皇子殿下《でんか》が承知しておられるのは不可解ですな」

と、ハリルが咳払《せきばら》いする。

「……おそらく、当家とセレズノア家との間ではなく、皇子殿下に関する不文律ではないかと」

「話せ」

アレクセイが彼らしく簡潔に命じた。

「夏休み中の皇都の社交界で耳にした噂話《うわさばなし》なのですが、未婚の皇族に親しい異性ができた場合、他《ほか》の異性がその方に危害を加えることがあれば、それは厳しく咎《とが》められると言われているそうです」

なんですと⁉

「かつて皇国が不穏《ふおん》であった時代、将来の皇后の座をめぐって鞘当《さやあ》てのあげく令嬢が事故死、それをきっかけに家同士が武力で争う内乱状態に発展したことがあったのだとか。以後、皇族の方が周辺の異性が争うことは忌避《きひ》されるようになり、一人親しい関係の異性ができれば、その方にいかなる形であれ危害を加えることは許されないそうです。ある令嬢がささいなことで生涯《しょうがい》謹慎《きんしん》を命じられた、家が関《かか》わっていた場合は領地を取り上げられた例がある、などとまことしやかに囁《ささや》かれておりました」

そ、それって、やっぱりゲームの破滅《はめつ》があり得るってことでは――!?

こないだあれこれ考えたけど、実は破滅の理由はその不文律だった!?　ぎゃー、だったらやっぱりヤバいやん！

「……殿下がユールノヴァにいらしたことで、エカテリーナがその不文律に守られる身になったということか」

たいへん不機嫌《ふきげん》そうにアレクセイが言う。ハリルは苦笑《くしょう》混じりにうなずいた。

そしてエカテリーナは、あれ？　と内心で首を傾《かし》げた。

その不文律に守られるの、悪役令嬢の私なの？　……でもそうか。皇子がそう言ってただろ、しっかりしろ自分。

「おそらくは。れっきとした婚約者であればその立場によって守られますが、あくまで親しい友人というだけではっきりした立場ではない状態では、危害を加えられても守ることができないため、明確な規則でなく伝説めいた不文律が出来上がったのでしょう。そんな段階で危害まで加える例が、本当にあったのかは不明ですが、皇位継承《けいしょう》者の周辺に不審《ふしん》な事故が頻発《ひんぱつ》するなど、あってはならないことですから」

あー……そりゃ親しげだからコロスって、どんなサイコパスだよって感じですよね。ぶっちゃけ皇族の婚約者って、家の力で決まることがほとんどなんだから。そんな真似したら、相手の家から報復を受けるのは必至という愚策《ぐさく》。本当にそんな事例があったのかは、怪《あや》しいかも。けど、おちおち友達も作れないんじゃ困る、っていうことで作られた伝説かしら。早く帰らないとオバケが出ますよー的な。そりゃせっかくの学生生活、友達も作れないなんて困るよね。やべえ皇子に近付かないようにしようと思ったのに、親友ポジションに付くべく外堀《そとぼり》が埋《う》まっていたでござる。

あいかわらず残念な思考を展開するエカテリーナであった。

しかしセレズノア家、皇太后陛下を出していながら、今も皇后を立てるのが悲願ってどういうことだろう。

「セレズノア家は皇太后陛下のご実家。侯爵《こうしゃく》家の中でも最も家格が高いお家になられていますのに、さらに皇后を立てることが悲願とは、不思議なことに思えますわ」

エカテリーナが小首を傾げて言うと、アレクセイはうなずいた。

「その疑問はもっともだ。通常、皇后陛下の実家は外戚として強い力を得るからね。むしろ皇室は、皇后本人の資質以上に、実家の力を利用するためにその時々で求める力を持つ家から、皇后を選んできた歴史がある。しかしクレメンティーナ皇太后陛下は、セレズノア家を外戚にすることを目的に選ばれたわけではない。昔お祖父《じい》様が話してくださったが、若き日の先帝陛下が、皇太后陛下の歌声を聞いて恋に落ちたのだそうだ。皇太后陛下は、かつて音楽神の庭に招かれたほどの歌い手なんだよ」

「まあ、そうでしたの！」

思わず、エカテリーナは目を丸くする。

なんとびっくり！

音楽神の庭に招かれるのは、真に才能ある者のみと聞いたけど。まさか、皇太后陛下がそういうお方だったとは！

歌い手……うわあ。その歌声、聞いてみたい……。

でも、音楽神に招かれるという世俗《せぞく》を超越《ちょうえつ》した出来事と、皇太后という人間世界の頂点とは、両立するものなの？

「音楽神のお招きを受けた方は、神殿《しんでん》に迎《むか》えられると聞き及《およ》びましたわ。皇太后陛下は神殿にお入りにならなかったのでしょうか？」

「音楽神殿に入ることは、義務ではないんだ。本人が望まないなら、元通りに暮らすこともできる。とはいえ言われてみれば、違和感《いわかん》があるな。皇太后陛下の慎《つつ》ましいお人柄《ひとがら》であれば、神殿に入ってひたすら音楽に浸《ひた》って生きることをお望みになりそうなものだ……」

アレクセイが眉《まゆ》を寄せる。

皇太后陛下は、そういうお人柄なんですか。ついさっきのリーディヤちゃんと重ねてイメージして、貴族令嬢《れいじょう》として完璧《かんぺき》だけど微妙《びみょう》に引っかかる、という方かと思ってしまいましたけど。

「一度は神殿にお入りになったそうです。そして建国記念の式典で歌を披露《ひろう》し、先帝陛下のお目に留まったとか。我々の世代では、有名な話です」

そう言ったのは、ノヴァクだった。

「あの当時は、あやかって良縁《りょうえん》を得ようと令嬢たちがこぞって声楽を学んだり、音楽神殿に若い男女があふれるなどいたしまして、人々が熱狂《ねっきょう》したものでした」

あー……そういえば昭和《しょうわ》の日本でも、似たような経緯《けいい》でテニスが大流行したとかなんとか、昭和の文化を振《ふ》り返る番組で見たような。

「皇都育ちのフローラ嬢であれば、お聞きになったことがあるのでは」

「はい、昔そういうことがあったと、音楽神殿に行った時に聞いたことがあります」

フローラがうなずくと、ノヴァクはかえって苦笑した。

「遠い昔のことになったと、実感いたしますな」

五十三歳らしい感慨《かんがい》を吐《は》いたものの、すぐにいつもの実務家の表情に戻《もど》る。

「セレズノア侯爵家はピョートル大帝の角笛の奏者を開祖とし、建国以来続く名家ですが、それまで皇后を出したことはありませんでした。セレズノア領は古参の臣下たちを徹底《てってい》して優遇《ゆうぐう》し、皇国の建国以前から続く土着の者たちを差別する政策を続けております。たびたび反乱や内紛《ないふん》が起きるため、国政に参与《さんよ》する余裕《よゆう》はなかったようです」

そう。皇帝から領地を与《あた》えられた貴族の中には、子飼いの臣下を優遇し、領地に元々住んでいた人々を差別する政策をとる家がある。それを知ったエカテリーナは、家臣を上士と下士に分けていた江戸《えど》時代の土佐《とさ》藩山内家《はんやまうち》を思い出したが、セレズノア家はそうした貴族のひとつであり、その中では最も高位の家なのだった。

「ところが、家を離《はな》れて音楽神殿へ入ったご令嬢が、思わぬ幸運を引き当てた。セレズノア侯爵家は当初、狂喜乱舞《きょうきらんぶ》したようです。皇后の外戚《がいせき》として権力を振るい、三大公爵家に成り代わるのも夢ではないと。しかし現実には、先帝《せんてい》陛下が国政を委《ゆだ》ねたのは、義理の兄となったセルゲイ公。ユールノヴァ公爵家でした」

ああ……確かに。

結局三大公爵家が優遇されるのか、と歯痒《はがゆ》く思ったのかな。

……いや待て。領地では古参の臣下を優遇しておいて、自分たちは下克上《げこくじょう》を狙《ねら》ってどうなのよ。

「先帝陛下の時代、セレズノア家はたびたび当時の皇后陛下に働きかけて、提言した政策を通そうとしたり大臣などの役職を得ようとしたりしたようですが、ほとんど思い通りになることはありませんでした。クレメンティーナ陛下は、閣下が仰《おお》せになった通り慎ましい、控《ひか》えめなお方だそうですので。皇后として振る舞《ま》うことも苦手で、そのため義理の姉である大奥様、アレクサンドラ様が皇城で権勢を振るうのを許すことになりました。音楽神の加護がおありということで、さすがのアレクサンドラ様も陛下への不敬は控えておられましたので、むしろ任せることができるのを喜んでおられたようですが」

「……皇太后陛下は、先ほどお会いしたセレズノア家のご令嬢とは、まったく違《ちが》うご性格のように思われますわ」

思わずエカテリーナが言うと、ノヴァクはうなずいた。

「皇太后陛下は、三姉妹の次女としてお生まれになりましたが、上と下に美貌《びぼう》で知られた姉妹がいらしたそうで、あまり重視はされていなかったようです。充分《じゅうぶん》にお美しい方なのですが。音楽神に招かれたことでもお家の名を高めたはずですが、セレズノア家は当時はどちらかといえば武辺の家柄でしたので、しかるべき評価を受けられなかったのかもしれません。音楽神殿にお入りになったのは、お家から離れたかったのではないか、と考える者がおりました。それが、先帝陛下のお心を得たことで、突然《とつぜん》セレズノア家の浮沈《ふちん》を担《にな》う身とされて、あれこれ期待をかけられるようになったわけです。領地を挙げて音楽が盛《さか》んになったのも、それからのことで。そんな手のひら返しで頼《たの》み事ばかりされても、まあ無理というものですな」

ノヴァクさん、時々しれっと毒を吐きますね。

でも、ええ、まったくその通りですね！

「むしろ皇太后陛下は、先帝陛下と同じくセルゲイ公を兄と慕《した》っておられました。実の兄上がおられたのですが、ご実家から無理を言われた時に、庇《かば》ってさしあげるのはセルゲイ公でしたので。それに、先帝陛下との仲を取り持ったのもセルゲイ公であったようです」

出たな、お祖父様のセレブな仲人趣味《なこうどしゅみ》……。

「それゆえセレズノアは、お家を盛り立てることのできる皇后を出すことを悲願としているのです。リーディヤ嬢はそのために育てられたご令嬢です。また皇太后陛下と同じく音楽の才能がおありだそうで、音楽神の庭に招かれるべく研鑽《けんさん》を積んでおられるとか。音楽神に招かれたなら、その加護によりミハイル殿下《でんか》のお目に留まることができると、信じておられるようです」

いや、なんでやねん。音楽神様って、縁結《えんむす》びの神様と違うやろ。

ああでも、神様の加護があるというのは、実家の力関係とは別で皇后に即《つ》ける価値があることになるのか……。あの祖母さえ、手出しを控えたほどだもんね。そうか……。

「それだけに、ミハイル殿下が夏休みをユールノヴァ領でお過ごしになったことで、内心衝撃《しょうげき》を受けられたのでしょう。それゆえ、不文律に抵触《ていしょく》しない範囲《はんい》で、様子を見に来られたと思われます」

ノヴァクの口の端《はし》には、にんまりとした笑《え》みがある。それに気付いて、なぜだろうと首を傾《かし》げるエカテリーナであった。

そんな妹の手を、アレクセイが取って握《にぎ》る。

「不文律がどうあろうが、お前への非礼は私が許さない。リーディヤ嬢がお前に何かしたなら、いや、良からぬものを感じでもしたら、すぐに私に言うんだよ」

「はい、お兄様。お言いつけの通りにいたしますわ」

良からぬものを感じでもしたら……疑わしきは罰《ばっ》せずの真逆ですね。

さすがシスコンお兄様です。

その後はリーディヤからの接触はなく、平穏《へいおん》な学園生活が続いた。

夏休み中は忙《いそが》しくてあまり予習ができなかったから、エカテリーナは放課後フローラと一緒《いっしょ》に予習復習に励《はげ》む毎日だ。一学期には学年三位以内の成績を取れたとはいえ、普通《ふつう》は五歳から受けるはずの教育を受けられなかった、長年のハンデがあることを忘れてはいけない。

魔力制御《まりょくせいぎょ》の授業は、二学期からちょっと高度になった。実習では、魔力属性ごとに細分化された課題に挑《いど》んでいる。

フローラの聖の魔力は、一世代に一人いるかどうかの稀少《きしょう》属性のため、学園でもカリキュラムが確立されていない。そのため、本人がいろいろ調べ、教師と相談しつつ自分で課題を設定していた。

実は、それに力を貸してくれる人物がいる。アナトリー・マルドゥ。今はユールノヴァ騎士《きし》団の参謀《さんぼう》となった、かつてのエカテリーナの家庭教師だ。元々、ユールマグナ公爵《こうしゃく》家が設立したアストラ帝国研究機関の研究者であり、学術院への就職を志していた彼にとっては、文献《ぶんけん》をあさるのはお手の物。過去の聖の魔力保持者たちがどうやって魔力を伸《の》ばしたかを調べて、わかりやすくまとめた手紙を送ってくれる。

忙しい日々だから、エカテリーナはなかなかマルドゥと再会できていない。けれどフローラは、夏休み中に何度か会ったそうだ。品のいい妻と、小さな可愛《かわい》い娘《むすめ》、家族ぐるみで。

フローラは手製のお菓子《かし》をお土産《みやげ》に持っていって、三歳の娘に大喜びされたそうだ。『ふたりめのおかしのおねえさん』と呼ばれているとのこと。

ちなみに一人目のお菓子のお姉さんは、エカテリーナではなくミナである。

というそんなこんなで、フローラが現在設定している課題は、治癒《ちゆ》だ。

聖の魔力は、怪我《けが》を治すより病気を治すほうで、より効果を発揮するらしい。

魔竜王《まりゅうおう》が言っていた、聖の魔力の本質は循環《じゅんかん》だ、という言葉から考えると、生命エネルギー的なものを体内で循環させて活性化させるのかもしれない。

魔竜王の言葉をフローラに伝えた時、彼女は紫水晶《むらさきずいしょう》の目を見開いて、何度もうなずいていた。

「解《わか》る気がします。土の魔力は土に魔力を流し込む感覚とおっしゃいましたけど、私の聖の魔力は少し違って……世界と接続する、という感じなんです」

とすると、体内だけでなく、周囲の世界からも魔力を取り込んで身体《からだ》の内外での循環を生み出し、それがさらに大きな循環へと繋《つな》がっていくのかもしれない。

バタフライ・エフェクト？

などと想像して、ちょっと楽しかったエカテリーナである。

マリーナが言い出した、クラスの親睦《しんぼく》会的な音楽の夕べも、ぼちぼちと準備を進めていた。

言い出しっぺのマリーナは清々《すがすが》しいまでのノープランで、思いついても企画《きかく》を実行に移すのは苦手なタイプらしい。なんとなくそんな気はしていた。

なので、実際問題どう実施《じっし》するかは、エカテリーナが主体になって考えている。アラサーとして、学生時代のこういうイベントがどんなにいい思い出となり得るかを知っているから、多少の面倒《めんどう》は苦にならない。まあ、この働き者な性格が、前世の死因と言えなくもないのだが。

ともあれ今は、クラスに楽器や歌が得意な者がどれくらいいるかをヒアリング中だ。可愛い顔をしてツンツンなクラスメイト、レナートにも声をかけたのだが、ぶすっとした感じで僕は出られないと言った。何か用事があるらしい。まだ日取りも決まっていないのに、どういうことか。

と内心で首をひねりながら、とりあえず得意な楽器はあるかを尋《たず》ねると、彼は傲然《ごうぜん》と言ってのけた。

「音が出るものなら、なんでも」

後でオリガが教えてくれたが、レナートの家セレザール子爵《ししやく》家は、セレズノア侯爵《こうしやく》家の分家なのだそうだ。

皇太后が先帝に見初《みそ》められてのち、領地をあげて音楽が盛んになったセレズノア領では、彼は有名な存在らしい。あらゆる楽器を自在に弾《ひ》きこなし、天才、神童の呼び声も高いと、オリガは頰《ほお》を染めて熱心な口調で語った。

ゆえに本家のご令嬢《れいじよう》であるリーディヤのお気に入りで、毎日放課後にはリーディヤのもとへ行き、声楽レッスンの伴奏《ばんそう》を務めているのだそうだ。音楽の夕べに参加できないのは、それが理由なのだろう。

そっかー、自信満々な台詞《せりふ》をぶっ放された時には「厨二《ちゆうに》?」とか疑ってしまったけど、ガチだったか。正直すまんかった。

そしてリーディヤちゃん、毎日レッスンしてるのか。そこは偉《えら》いな。

でもレナート君は、えらくぶすっとしてて、もしかしたらこっちに参加したいんじゃないかって気がしたけど。リーディヤちゃんのレッスンに付き合うの、あんまり嬉《うれ》しくないのかな。

本人も天才と言われるほどの弾き手なら、自分の練習がしたいのかも。

「それほどの才能がおありなのでしたら、ぜひ音色をお聞きしとうございますわ。なんとか、セレザール様のご都合の合う日に開催《かいさい》できればよろしゅうございますわね。オリガ様はご参加くださいまして？」

「はい、リーディヤお嬢様の御用《ごよう》のない日であれば、ぜひ参加させていただきたいです」

ん？

思いがけないオリガの返事に、エカテリーナは思わずフローラと顔を見合わせる。

「あの、オリガ様。御用のない日とは、どういう……」

「はい、寮《りょう》のお部屋をお掃除《そうじ》したり、お茶をお持ちしたりしなければなりませんので」

当然のように答えるオリガからさらに話を聞いて解ったのは、セレズノア家では伝統的に、令息令嬢が魔法学園に在籍《ざいせき》している間は、臣下の家の子がメイド代わりに身の回りの世話をすることになっている、ということ。

「……」

内心、ドン引きしてしまったエカテリーナだった。

同じ生徒をメイド代わりって、心理的にめっちゃ抵抗《ていこう》あるんですが。同級生をパシリに使うとか、そういうダメ絶対なやつっぽく感じてしまうんですが。

魔法学園では、寮の特別室に入ることを許された皇族か公爵家の令息令嬢だけが、メイドまたは従僕を伴《ともな》うことが許される。それ以外の生徒は、たとえ侯爵家の令息令嬢であろうと、自分の身の回りのことは自分でやる規則になっているのだ。まあ、食事は食堂があるし、洗濯《せんたく》はカゴに入れて出せば洗ってもらえるそうだから、自分でやる必要があるのは掃除くらいだが。

けれどもしかし、この身分制社会で、侯爵令嬢が掃除とかあり得ないのはわかる。同じ生徒をメイド代わりにすることに引くのは、前世の感覚でしかないんだろう。

他《ほか》の侯爵家も同じなのかな……。私自身はミナがいてくれるおかげで掃除とかしたことがないんだから、リーディヤちゃんにドン引きなんて、する資格はないんだけど。

こないだフローラちゃんを完全スルーしたことも併《あわ》せて、どうにもモニョるわー！

さらに、ふと思いついてエカテリーナは尋ねてみた。

「オリガ様のお家は、古くから今のご領地に？」

「はい、皇国の建国よりも前から。我が家は、歴史だけは古いそうです」

恥《は》ずかしそうにオリガが答える。

つまり、セレズノア家がピョートル大帝《たいてい》から領地を拝領するより前からいた、土着の家柄《いえがら》……差別的な扱《あつか》いを受けている家の子ということだ。

うーん。

魔法学園の授業では、たびたび教室移動が必要になる。

魔力制御の実習、ダンス、音楽、美術、武術（男子のみ）、裁縫《さいほう》（女子のみ）などで、戸外の実習場や専用の教室へ移動しなければならない。貴族仕様で部屋も建物もいちいち大きい学園では、移動にも時間がかかる。

そのためか、授業と授業の合間の休み時間は前世よりも長い。ちなみに昼休みも長い。休み時間が長いぶん、二十一世紀の日本の高校と比べると、授業のコマ数は少ない。

魔法学園が設立された四百年前は、正確な時計がほとんど普及《ふきゅう》していなかった。そのため、万事《ばんじ》のんびりした時間設定だったのだろう。今でも学園のカリキュラムは、エカテリーナの感覚では、かなりゆったりしている。

そんな教室移動から戻《もど》る途中《とちゅう》で、エカテリーナはアレクセイと行き合った。

「お兄様！」

「エカテリーナ」

呼びかけてきた妹に、アレクセイが片手を差し伸べる。もちろんエカテリーナは、隣《となり》のフローラに断りを言っていそいそと兄に歩み寄る。

そして差し伸べられた手を取るのみならず、その腕《うで》にぺたっと抱《だ》きついた。前にもやったことのある、コアラ状態だ。

「どうした？」

「少し、寂《さび》しい心地《ここち》でしたの」

モニョる気持ちをどうにも出来ずに、もやもやと抱《かか》えていた。この世界では普通であること
が、前世の記憶《きおく》があるゆえに、受け入れがたく感じてしまう。それが自分を世界の異物のよう
に思わせて、寂しかったのだと思う。

でもお兄様に会えたら、寂しさとか吹《ふ》っ飛びました！

お兄様の妹でいられる人生バンザイ！

ふっと微笑《ほほえ》んで、アレクセイはエカテリーナが抱きついているのとは別の手で、妹をさらに
抱き寄せた。

「まだ寂しいか？」

きゃーー！

「きゃーー！」

「いいえ、お兄様のお側《そば》にいるのですもの、寂しさなど」

そう言いながらも、なんか今きゃーって声しなかった？ と内心で首を傾《かし》げるエカテリーナ
である。声がしたとおぼしき方向をちらりと見ると、数名の女生徒がそそくさと去っていくと
ころだった。おそらくアレクセイの同級生。

はて、なんぞ？

そこへ、声がかかった。

「やあ、相変わらず仲がいいな」

「ニコライ様」

長身の兄よりさらに背の高い、燃えるような赤毛の筋肉質の青年ニコライ・クルイモフを見上げて、エカテリーナは笑顔《えがお》になる。アレクセイの腕から離《はな》れて、軽く礼をとった。

「お久しゅうございます。お会いできて嬉しゅうございますわ」

「ああ、久しぶりだ」

にっと笑うニコライは、アレクセイとは違《ちが》うタイプのイケメンで、いかにも頼《たよ》れる兄貴という印象。

妹のマリーナとは違い、ニコライはユールノヴァ家とクルイモフ家の因縁《いんねん》について知っているだろう、とアレクセイは言っていた。けれどその件について、触《ふ》れたことも匂《にお》わせたこともないと。

今も、見上げるエカテリーナに、ニコライはただ笑顔を返してくる。

「うちの猿《さる》の思いつきで、厄介《やっかい》をかけているらしいな。申し訳ない」

「そのようなこと。素敵《すてき》なご発案ですわ、わたくし、わくわくしておりますの。もしお時間がおありでしたら、ニコライ様もマリーナ様の歌声を聴《き》きにおいでくださいまし」

マリーナは楽器の心得はないそうで、歌で参加すると言っている。音楽の授業での合唱を聞く限り、豊かな声量の持ち主だ。ちょっと音程は不安定そうだが、そこはご愛嬌《あいきょう》だろう。

なお、アレクセイが聴きに来るかについては、言うまでもない。なんなら、執務室《しつむ》の面々まで聴きに来そうなのを、学外の方はさすがに、とやんわり止めているくらいだった。

「あいつの声なら、行かなくても学園中に響《ひび》き渡《わた》りそうだがな」

ははは、とニコライが笑った時。

「おい！　返せよっ！」

という怒鳴《どな》り声と、廊下《ろうか》を走る足音が聞こえてきた。

走ってきたのは、エカテリーナと同じクラスの男子二人。逃《に》げているほうが追っているほうのノートを奪《うば》っていったようで、逃げるほうはへらへら笑い、追うほうは必死の形相だ。

逃げる男子が横を駆《か》け抜《ぬ》けようとした時、ニコライが腕を伸《の》ばしてその襟首《えりくび》をひょいと摑《つか》んだ。すごい動体視力と腕力《わんりょく》だ。

「ごえっ⁉」

襟首を摑まれた男子は一気に首が絞《し》まって脚《あし》が浮《う》き、貴族男子のイメージから遠い声を上げてべしゃりと尻餅《しりもち》をついた。

エカテリーナはすぐに彼に歩み寄って、さっとノートを取り上げた。

「もう、いけない方ね。人の嫌《いや》がることをするなど、紳士《しんし》のふるまいではありませんことよ。それに、廊下を走るものではありませんわ」

しゃがんでノートを胸に抱え、手のひらでぺちっと彼の額を叩《たた》くふりをする。本当に叩くのは失礼なので、ふりだけ。

そして立ち上がると、追ってきたほうの男子に笑顔でノートを差し出した。

「どうぞ。お返しいたしますわ」

「あ……ありがとうございます」

クラスは同じでも話したことのなかった男子は、へどもどしてエカテリーナからノートを受け取る。

その間に尻餅をついていた男子は、よろよろと立ち上がっていた。

「申し訳ありませんでした……」

さすがにしっかりと頭を下げ、急ぎ足で——逃げていく。

ノートを受け取ったほうの男子も、その後を追うように去っていった。

「まだ一年生とはいえ、ガキだな」

ニコライが苦笑《くしょう》する。アレクセイが顔をしかめた。

「お前と同じクラスに、あのように騒《さわ》がしい者たちがいるとは。よそへ移させようか」

「どうぞおやめくださいまし。きっとご実家から戻ったばかりで、子供時代に戻っておしまいになったのですわ。すぐに、当学園の生徒らしくなられましてよ」

二学期になってからクラス編成を操作するとか、やめてください。先生方が泣いちゃいます。

それに男子なんて、十五歳やそこらだったら、あんなもんでしょう。お兄様や皇子やニコライさんは、特別製ですよ。

……いやさすがに高校生であれは、幼いかな。小学生レベル？　うーん、どうだっけ。

「エカテリーナ様、そろそろ」

フローラがそっと声をかけてくれて、はたとエカテリーナは我《われ》に返る。

「お待たせして申し訳のう存じますわ、フローラ様。お兄様、ニコライ様、お会いできて嬉《うれ》しゅうございました」

そしてフローラと共に足取り軽く、エカテリーナは教室へ戻っていった。


追いかけっこをしていた男子二人は、教室に戻ると隣同士の席について、どちらも机に突《つ》っ伏《ぷ》した。

ノートを返してもらった男子は、そのノートを胸に抱きしめた状態だ。これは実は、夏休みに実家から引き上げてきたもの。昔せっせと考えた、自分に特別な魔力《まりょく》が目覚めた時のための呪文《じゅもん》と魔《ま》法陣《ほうじん》(それっぽいだけの出鱈目《でたらめ》)が書き留めてある。

ぱっとしない貴族の次男三男あたりには、ちょいちょいある黒歴史だ。この世界にも、厨二《ちゅうに》病はしっかりがっつり存在するのである。

兄や姉に見つかったらどうしよう、と思って実家から持ち帰ってきたそれを、間違えて授業に持ってきてしまった。こそこそ隠《かく》そうとしたせいで、仲の悪い隣の奴《やつ》にかえって目をつけられて奪い取られて。追いかけている時には、こんなもの絶対焼き捨てる! と決意していたのだけれど。

『どうぞ。お返しいたしますわ』

ユールノヴァ公爵令嬢《こうしやくれいじよう》が、手渡してくれた。

直接声をかけられたのは、初めてだ。にこっと笑いかけてくれた。近くで見るとますます、美人だった。紫《むらさき》がかった青い瞳《ひとみ》が本当にきれいだった。

それに……それに……。

（ユールノヴァ嬢が、『あの』胸に抱《だ》いたノート……！）

憧《あこが》れの青薔薇《あおばら》の君。

などと美名を奉《たてまつ》っていても、脳裏《のうり》を埋《う》めるのは胸の映像が主な青少年である。人目がなければ、ノートに顔を埋めて匂いとか嗅《か》ぎたい。と切に思っている。

「ぶって欲しかった……」

隣《となり》からそんな声が聞こえて、思わず顔を上げた。

視線を感じたのか隣も顔を上げ、聞かれたことに気付いてぎくりとした表情になる。

それへ、ぐっと親指を立てて見せた。

（わかる！）

あの白い手でぺちっ、とか、ご褒美《ほうび》だよな！

『いけない方ね』

って言葉もいい。すごくいい。ちょっと睨《にら》んで言って欲しい。赤くなって言ってくれたりしたら、めちゃくちゃいいんじゃないだろうか。

そんな心の声はしっかり伝わったらしく、隣はゆっくりと笑顔になった。

こうして誕生したしょうもない友情は、意外と一生続くことになる。


音楽の夕べの準備は、とどこおりなく進んだ。

日本でこういう催《もよお》しをやろうとすると、演者を揃《そろ》えるのに苦労したかもしれない。謙譲《けんじょう》の美徳が尊重される社会だったから、腕《うで》に自信があっても自分から前には出ないものだった。しかし皇国は、そこはそうでもないようだ。

もともと貴族は、音楽会などを好んで開催《かいさい》する。音楽家を呼んで聴くだけでなく、自分たちで演奏したり歌ったりすることも多い。ついでに言うなら音楽だけでなく、自作の詩を持ち寄って朗読会をやったり、脚本《きゃくほん》を書いて自分たちで小劇を演じたりもする。

ネットもＴＶも存在しないこの時代では、娯楽《ごらく》は自分たちで作るしかないということだろう。プロの演奏はめったに聞けないから、求められる技量が高くないというか、多少下手《へた》でもけなされたりはしない。皆《みな》おおらかなのだ。

そんなわけで、ちょっと声をかけただけで、歌に自信がある者、楽器の演奏ができる者が、ほどよい人数で集まった。

会場は学園と掛《か》け合って、音楽室を放課後に使わせてもらえることになった。

飲食物の持ち込みも、大っぴらには言えないが目こぼししてもらえるようなので、こっそり軽食を持ち寄ることにする。演奏しない、聴衆《ちょうしゅう》として参加する同級生は、そうでもしないと手持ち無沙汰《ぶさた》だろうから。貴族であろうと、学生は食欲のかたまりなのだ。

日取りは、可愛《かわい》い系ツンツン男子レナートの都合に合わせようとしてみたが、都合のいい日は『ない』の一言。

ならばと、当日もし時間ができれば、終了後《しゅうりょうご》の飛び入り参加でもぜひ……ということにした。

そうこうしているうちに話が他《ほか》のクラスにも伝わって、聴衆が増えそうな感じだ。

皇子ミハイルもその話を聞きつけていて、エカテリーナと昼休みに顔を合わせた時、楽しみにしているよと言った。聴《き》きにくる気満々らしい。

「以前、快速船でフローラと一緒《いっしょ》に歌っていたよね。いい声だと思っていたんだ」

「わたくしたちは、まさにあの歌をご披露《ひろう》するつもりですの。もうお聞きになったものですから、きっとつまらなくお思いですわ」

「もう一度聞きたいと思っていたから、かえって嬉しいよ。あの歌は、とても耳に残ったんだ。快速船の乗組員たちが、口ずさんでいた」

おお。さすが、前世の世界的大ヒット曲。

「あれは、君が作ったの？」

ひー！

「い……いいえ。どこかで耳にしたものですわ。その……わたくしの母から、小さい頃《ころ》に教わったものではなかったかと」

お母様ごめんなさい。

でも私、世界的大ヒット曲を『私が作詞作曲しました』なんて言うの、耐《た》えられません～。

「そうか……君の母君は、貴族女性の鑑《かがみ》と言われたほどの方だったそうだけど、素晴《すば》らしい感性の持ち主だったんだね」

「お、恐《おそ》れ入りますわ」

痛い。胸が痛い！

「先帝陛下《おじいさま》は、音楽をとてもお好みなんだ。君にとっても大叔父《おおおじ》にあたる方なんだし、そのうち訪ねてみてはどうかな。その時、聞かせてさしあげれば、お喜びになると思う」

ぴー！

エカテリーナは突如《とつじょ》、ユールノヴァ領の特産というかゆるキャラ、甜菜《てんさい》と化した。

先帝陛下を訪ねるって、なにそれ怖《こわ》い！

……でもそうか、祖母の弟なんだから、大叔父様だ……。親戚《しんせき》なんだから、顔を合わせておくのは当然って話だ……。

うわーんどうしよう。

頭上の葉っぱをぱたぱたさせて、甜菜エカテリーナはわたわたしている。

行幸で皇帝皇后両陛下と言葉を交《か》わしており、皇子とは友人関係でありながら、今さら先帝と会うことに動揺《どうよう》してどうするのか。

いや行幸だって事前にはかなり動揺したのだから、仕方ないのかもしれないが。

「あ、兄と相談いたしますわ……」

「うん、そうして。大丈夫《だいじょうぶ》だよ、優《やさ》しい方だから。それに、僕も一緒に行くから、心配しなくていい」

「ご配慮《はいりょ》ありがとう存じますわ……その折には、お願いしとうございます」

思わずそう言ってしまって、自分から皇子に関《かか》わりを持ってもらってどうする、と後でへこんだエカテリーナであった。


そんな順調な日々に影《かげ》が落ちたのは、音楽の夕べまであと数日となったある日。

「エカテリーナ様、申し訳ありません。わたし、参加できなくなりました」

悄然《しょうぜん》と肩《かた》を落として、オリガが言ってきた。

驚《おどろ》いたエカテリーナが理由を尋《たず》ねると、これからはリーディヤの部屋の掃除《そうじ》は毎日オリガがすることに決まった、と言われたのだそうだ。

いや待ってオリガちゃん、疑問が渋滞《じゅうたい》してる！　何から訊《き》いたらいいんだ！

「オリガ様……それは、一体どのような理由ですの？」

「わからないんです。でも、お嬢様のご意向ではないかと……」

うん、ではないかと、というのがね。

「セレズノア様ご自身が、仰《おお》せになったのではありませんの？」

「わたしは、お嬢様と直接お話しすることはできないんです。土豪《どごう》の家の者ですから。姿を見られることもないよう、お掃除はお嬢様がご不在の間に終わらせなければなりません。ですからそのお話は、セレザール様からうかがいました。あの、セレザール様も困ってらしたみたいでしたけど……」

「……」

だいたい察した。

セレズノア家には、土着貴族の家の者は、主家である侯爵《こうしゃく》家の者と直接言葉を交わしてはならない、というルールがあるのだろう。

姿を見られないように仕事をするって、完全にメイド扱《あつか》いだな……。

本物のメイドであるミナは、私と毎日顔を合わせて話をしているけども。これは、学園在学中の特殊《とくしゅ》な状態であって、普通《ふつう》は公爵令嬢はメイドと直接話すことはない、というのは知っている。

まあ私は、領地でもメイドの皆さんと毎日のように直接会話してましたけれども。女主人は、業務連絡《れんらく》とかいろいろあるんだもの。

でもセレズノア家のルールも、一般《いっぱん》的ではないと思うぞ。オリガちゃんは、皇国の基準でれっきとした貴族の娘《むすめ》。その場合、メイドではなく侍女《じじょ》として扱われるはず。姿も見せてはいけない、というのは……。

つーか、毎日掃除しろって。めっちゃ嫌《いや》がらせ感。

なんの証拠《しょうこ》もない直感だけど、本当の攻撃《こうげき》目標は、オリガちゃんではなく私じゃないの？　あ、音楽の夕べ、ってことで、挑戦《ちょうせん》されたように感じてしまったとか……？　皇子も聴きに来るって言ってるし。

いや、ほんとにそんなのじゃないんだけど。

でも、まともに反論というか、抗議《こうぎ》めいたことをしても、あちらは取り合わないんだろうな。本人が直接言ったわけじゃないし。そのようなこと言っておりませんわ、とか言われて、下手をすればオリガちゃんが嘘《うそ》つき扱いされたり……うぐぐ。

「エカテリーナ様、すみません。わたしも楽しみにしていたんですけど……お掃除といっても、お嬢様《じょうさま》がお部屋にいらっしゃる間はずっと待たなければならないので、どれくらい時間がかかるかわからないんです。だから参加は無理かと……急に予定が変わってしまって、ご迷惑《めいわく》を」

しょんぼりしているオリガに、エカテリーナはあわてた。

「オリガ様、どうぞお気になさらないでくださいまし。わたくしはただ、できることならオリガ様にもご一緒いただきたいと、考え込んでしまっただけですの。わたくしにできることがないか、しばし考えてみたいと思いますわ」

オリガちゃん自身が楽しみにしてくれていたなら、なんとか参加してもらう方法を考えたい。

セレズノア家とことを荒立《あらだ》てずにすむような、穏便《おんびん》な形で。

でも、まだまだ貴族同士の争いは不慣れ。正直、苦手分野なので。

報連相してみようと思います。


報連相は、社会人の基本。

基本とはいえ、永遠の課題とも言えるのではないだろうか。

直属の上司に報告さえすれば、役立つアドバイスをもらえて問題を解決できる——というのは、まあ新入社員というか、若手の頃の話。いずれそれでは足りなくなって、自分で築いた人脈で、解決したい問題について影響《えいきょう》力のある人や知識のある人に相談して、問題解決の糸口を摑《つか》んだりそれをたどっていったり、できるようにならねばならない。

問題は、その時その時でさまざま。どんなに経験を重ねても、すべての問題をいつでも解決できる人なんて、きっといない。人脈を広げたり、アプローチをもっと上手にできるようになったり、ずっと研鑽《けんさん》を重ねていかなければならないものだ。

と、前世社畜《しゃちく》はしみじみ思う。

で、今回ですが。

報連相できる先はふたつ。

ひとつはお兄様。ある意味、直属の上司とも言える存在。お兄様への報告は当然する。私の立場では、それは義務。

ユールノヴァ公爵であるお兄様は、大きな影響力を持っている。前世で喩《たと》えたら、旧財閥系《きゅうざいばつけい》巨大《きょだい》グループ企業《きぎょう》のトップに匹敵《ひってき》する存在なのではないか。

そんなお兄様がシスコン……あらためて考えてみたら、とんでもないことだ……。

本当にどうしよう。私のブラコンでは追いつけない！　お兄様のシスコンに対抗できるブラコンを構築するには、どうしたらいいんだ！

そういうアホな悩《なや》みは暇《ひま》な時にとっておけ自分。

うむ、いずれ真剣《しんけん》に考えよう。

だから。とりあえずそれはおいといて。

すごい存在であるお兄様だけれど、今回の問題はリーディヤちゃんであり、セレズノア家。

セレズノア家は、ユールノヴァとはまた別の、独立した存在だ。お兄様に報告して、それで即《そく》、問題が解決できるはずはない。ましてや今回の問題は、セレズノア家の内政的なところへ絡《から》むものであって、ユールノヴァが口出しすれば、内政干渉《ないせいかんしょう》と受け取られる恐れもあるだろう。

それはまずい。

超《ちょう》有能お兄様は、そんなまずいことはしないはず。けれど普通ならしないまずいことを、シスコンゆえにやってしまわないとは言い切れない！

いかん。お兄様には報告はするけど、相談はすべきじゃない。

というわけで。

セレズノア家に影響を及《およ》ぼせるであろうところへ、相談すべし。

そんな検討の末に、エカテリーナは昼休み、例によってお昼をねだったミハイルに、こう声をかけた。

「ミハイル様……もしよろしければ、放課後に少々お時間をいただけませんこと？」

「もちろん、いいよ」

ミハイルは、すぐさまうなずいた。


「そうか。私も行こう」

昼食の席で話を聞くやそう言い出したアレクセイに、エカテリーナはズルッとすべりそうになった。

すべらないけどね！　お嬢様ですから！

「お忙《いそが》しいお兄様の貴重なお時間を割《さ》いていただくなど、とんでもないことですわ。わたくしのクラスの催《もよお》しに関する、小さな問題に過ぎないのですもの。ただ、ご当主であるお兄様にはすべてを知っていただくべきと考えて、お話ししたに過ぎませんの。どうか、お捨て置きくださいまし」

「いい子だ。そうだ、私はその問題について把握《はあく》しておく必要がある。セレズノア家が勢力拡大を狙《ねら》って、我がユールノヴァ家に対して、動きを見せたということなのだから。……それ以上に、お前に不快な思いをさせるとは許し難《がた》い」

最後の一言を微《かす》かな笑《え》みと共に言うアレクセイ。

お兄様……そんな凄《すご》みをシスコンで出さないでください。

そしてノヴァクさん他《ほか》、側近の皆《みな》さんがみんなうなずいてますけど!?　皆さんの立場として、ここはお兄様を止めるところですよね!?

「ともあれ、未婚《みこん》の男女が二人きりで話すなど、避《さ》けるべきことだ。保護者として、私が同行する」

あうう。

無敵の常識でこられてしまった。貴族令嬢としては、まったくおっしゃる通りなんですよ。

でもなんか、社畜の感覚としては、別ルートに相談する時に直属の上司が一緒《いっしょ》に来るのは、すごく違《ちが》う感じなんです……。

なんて絶対に言えない！

ただ、お兄様が普通に兄だったら、同行してもらうのは貴族の常識通りなんですが。当主であり公爵という存在が同行というのは、ちょっとバランスが悪いはずでは。

「閣下、私がエカテリーナ様とご一緒します」

顔を上げたフローラが、断固として言った。

「いずれエカテリーナ様のお側《そば》でお仕えすることができれば、こういう時はお供するのが当然になると思います。相手がミハイル様であっても、エカテリーナ様にふさわしい敬意を払《はら》っていただけるように、しっかり気をつけます！」
フ、フローラちゃん、燃えてる？
「フローラ様……卒業後は当家においでいただければ嬉《うれ》しゅうございますけれど、今はわたくしたちは、あくまで学友ですわ。わたくしの私用に、そのようにお付き合いいただくのは」

「クラスの催しですから、私もお役に立ちたいです。それに、オリガ様とっても楽しみにしていらしたのに、あんなの可哀想《かわいそう》ですし」

あ、反論できない。あと、そうだよねオリガちゃん可哀想だよね。

「閣下、俺もご一緒します。お嬢様の御身《おんみ》は、必ずお守りします」

いやイヴァン、放課後に友達とちょっと話をするだけなのに、私の身を何から守る必要があると……。リーディヤちゃんが攻撃を仕掛《しか》けてくるとか、ないと思うよ。

「……ならば、よかろう。ミナも連れていくように」

「はい、お兄様の仰《おお》せの通りにいたしますわ」

渋々《しぶしぶ》ながらもオッケーが出たので、エカテリーナは急いで言う。

しかしそんな鉄壁《てっぺき》の守りの必要性は、まったく理解できないままであった。

前世アラサーの経験値は、こういう時にはどこへいってしまうのか。ワークライフバランスが悪すぎた前世が悪いのか。

個人の資質の問題かもしれない。

ミハイルとは、学園内にある東屋《あずまや》で待ち合わせていた。

三人ものお供（保護者かも？）を連れていくことになって、驚《おどろ》かれてしまうだろうな……と思いながら、エカテリーナはその東屋へ急ぐ。身分制社会であるからして、待ち合わせには身分が低い側が早めに行って待つのがマナーなのだ。そのあたりの感覚が、ちょっと身に付いてきたような気がする。

そしてミハイルは、身分が高い側のマナー通り少し遅《おく》れてきた。さほど待たせない、ほど良い頃合《ころあ》いであるのがさすがだ。

「やあ、待たせてすまない」

「お出《い》でくださってありがとう存じますわ」

そう言葉を交《か》わしつつ、エカテリーナはミハイルの背後にちらりと目をやる。彼も、一人ではなかった。

「あれは気にしないで。野次馬《やじうま》みたいなものだから」

珍《めずら》しく、笑っていないと解《わか》る笑顔でミハイルが言う。俊敏《しゅんびん》そうな細身の青年、ミハイルの従僕ルカが、糸のように細い目をさらに細めて、なにやら楽しげに笑っていた。

「その、わたくしも、供が多くて申し訳ございません」

エカテリーナがそう言ったのは、イヴァンの立ち位置が従僕としてはいささか前に出過ぎているためだ。いつもにこにこと愛想《あいそ》のいい彼が、今はなぜか隣《となり》のミナよりも厳しい雰囲気《ふんいき》で、ルカと相対するような位置を取っている。

イヴァン、どうしたの……。

あ、そういえばイヴァンとルカは、ユールノヴァ領でもこんな風に、皇子と話している時に近くにいたような。狐《きつね》が出たとかなんとか。

緑豊かなこの学園なら、敷地《しきち》内に狐の巣穴くらいありそうだから、ここでも出そうなのを警《けい》戒《かい》しているとか？　狐ってそんなに警戒する必要あるのかなあ。

「フローラが来てくれたのなら、ルカたちには少し離《はな》れていてもらおうか」

ミハイルがそう提案してくれたので、それならイヴァンも警戒を解くことができるだろうと、エカテリーナはほっとしてうなずいた。

東屋の中で、エカテリーナとフローラは小卓《しょうたく》を挟《はさ》んでミハイルと向かい合った。

東屋には壁《かべ》はなく、屋根とそれを支える柱だけの簡素な建物であるからして、三人の姿は外からもよく見える。イヴァン、ミナ、ルカは、東屋の外から三人を見守っている。貴族令嬢《れいじょう》の基準から見てもまったく問題のない、健全きわまる状況《じょうきょう》だ。

なお、まだ燃えているフローラには、小卓を挟んで座る位置関係を少し直された。

なぜ直されたのかよくわからないが、皇子ミハイルにも堂々とものを言うフローラの姿に、エカテリーナはほんのり感動している。

フローラちゃんもすっかり皇子と親しくなったんだなあ……もしかするとこの先、ルートに入ることもあるのかも？

この思考のずれっぷり。一周回って、ある意味心配いらないのかもしれない。

ある意味では心配しかないが。

それはともかく、エカテリーナはミハイルにオリガの件を相談した。

「そう……リーディヤは、そう出てきたか」

ふっ、とミハイルは嘆息《たんそく》する。

「相談してくれてよかった。セレズノア家などの旧守派は、身分差を明確にすることが国家安寧《あんねい》の礎《いしずえ》になるという考え方をしていてね。セレズノア領では、身分に応じて着るものや髪型《かみがた》、家の広さに様式まで、事細かに領法で定められているんだ」

「まあ……」

うわあ。

と思うけど、そういえば前世のヨーロッパでも日本でも昔は、奢侈《しゃし》禁止令とかいう名前で、そんなような法律があった気がする。時代と国によって、程度はさまざまだったけど。

この世界にもそういう考え方があって、何も不思議はないか。

「だから、もし君が自分でリーディヤに、そのフルールス嬢への扱《あつか》いについて抗議《こうぎ》でもしていたら、大きな議論を呼ぶことになったかもしれない。学園全体で旧守派と改革派が対立することになって、クラスの催しどころではない騒《さわ》ぎになった可能性もあるね」

マジか……。

それが、リーディヤちゃんの狙いだったわけ？

学園を、いやもしかしたら学外の大人たちも巻き込んで、私への批判を巻き起こそうとした
……とか？

ミハイルの言葉に、目を丸くするエカテリーナであった。

隣のフローラも絶句している。驚異《きょうい》のポテンシャルを持つゲームヒロインであるフローラだが、こういうことにはさすがに、不慣れどころか無知だ。

「フローラと親しい様子を見て思い付いたのだろうけど……リーディヤとしては、騒ぎを狙《ねら》うというほどでもなく、君の出方を見ようとしたんだろうね。そういうことができるのが、優《すぐ》れた貴族令嬢だと、彼女は思っているから」

う－ん……。

いや、いかん。こういうことは前世の価値観で評価はすべきじゃないだろうから、なんも言えません。

ただ、モニョる！

「ミハイル様は、そうはお思いではないようですわ」

エカテリーナの言葉に、ミハイルはただ微笑《ほほえ》む。

こういうあたり、明確な評価はしないではぐらかすのが当然か。

と思ったが、ミハイルは不意に頭を一振《ひとふ》りして、真面目《まじめ》な顔で言った。

「ある意味では優れていると思うよ。ただ、総合的な評価としては、良くはないと思う。自分の望みのために、大きな波風を立てて恥《は》じないのは、どうだろうね」

あ、良かった。うん、君はそう思うよね。

「ミハイル様は、やがて皇国の安寧を担《にな》うお立場でいらっしゃいます。その視点で見れば、当然のお考えですわ」

エカテリーナがにっこり笑うと、ミハイルは笑顔《えがお》になった。

「それで、君はどうしたいと思っているの？」

「わたくし……セレズノア家のご領内のことに、物を申すつもりはございませんの。長年それを続けてきたからには、それなりの必要がおありなのでしょう。ご事情も知らずに勝手な口出しなど、すべきでないことはわきまえております」

個人的には、めっちゃモニョりますけども。

あちらにはあちらの歴史があり、事情があるんだから。さっきも思った通り、前世の価値観でどうこう言うべきじゃない。

いや前世でだって、恐怖《きょうふ》政治をやっていた中東の独裁者を排除《はいじょ》したら、その国がかえって悲《ひ》惨極《さんきわ》まりないことになったり、していたもんね。

それに下手《へた》に口を出すと、オリガちゃんのためになるどころか、板挟《いたばさ》みになってしんどい思いをさせてしまうだろうし。

「ただ、同じクラスでよき友人であるオリガ様に、クラスの催《もよお》しを共に楽しんでいただきたい。

それだけなのですわ」

リーディヤちゃんが聞いたら、笑うんだろうなー。

政治力とか、何それおいしい？　の、ド庶民《しょみん》の感覚ですよ。

でも、なんだろうね。私、彼女を、凄《すご》いとは思えない。

皇后という立場を狙うにしては、いずれ全員が自分の臣下となる者たちに争いを起こすなんて、長期的に見て得策かな？　って思うんだよね。Win-Win が最上だよ。

本当にこれからの長い人生を、皇后という国を担う立場になって過ごす覚悟《かくご》があるのなら、今はせっかくの学生時代。大人の真似《まね》をするより、短い子供時代をいとおしみ、楽しめばいいのに。

目の前にいる、皇子がまさにそうしているみたいに。

「できることなら、リーディヤ様にも、催しにご参加いただければ嬉《うれ》しゅうございますわね。クラスの親睦《しんぼく》を図《はか》る催しですので、難しゅうございましょうけれど。せっかくの学生生活を、お楽しみになっていただきとうございますわ」

エカテリーナの言葉に、ミハイルは微笑んだ。

「わかった。なら、君のクラスの催しではない音楽の会があればいいんだろう。リーディヤがそちらに参加するように、手配をするよ」

おおっ。それなら、リーディヤちゃんがいない間に掃除《そうじ》を済ませて、オリガちゃんは音楽の夕べに参加することができる。

「でも、ひとつ条件があるんだ」

えっ。

「リーディヤを呼ぶために、僕も、君のクラスの音楽の夕べは聴《き》きに行くことができなくなるからね。代わりに、別の機会を作って、君の歌声を聴かせて欲しい」

そう言って、ミハイルはちょっと悪戯《いたずら》っぽく微笑む。

きっと彼は、こちらが借りができたと思って遠慮《えんりょ》をしないで済むように、こんな条件を出したのだろう。そう考えて、エカテリーナはぱっと笑顔になった。

君って本当にいい奴《やつ》だよ！

「そのようなことでしたら、いくらでも。わたくしの歌などを聴いてくださるなら、嬉しいばかりですわ」

「ありがとう。楽しみにしてる」

にこっと笑ったミハイルの前で、エカテリーナはフローラに顔を向けた。

「フローラ様、勝手に同意してしまって、申し訳のう存じますわ」

「いえ、私も光栄です。一緒《いっしょ》に頑張《がんば》ります！」

いい笑顔で、フローラがぐっと拳《こぶし》を握《にぎ》って言う。

「えーと……二人で？」

笑顔が顔に貼《は》り付いた状態でミハイルが言うと、美少女二人は笑顔でうなずいた。

「わたくしたち、二重唱で練習しているのですもの。フローラ様の素敵《すてき》な歌声を、ぜひお聴き

ください まし！」

「素敵なのはエカテリーナ様です。完璧《かんぺき》な音感を持っていらして」

きゃっきゃと褒《ほ》め合う少女たちに口出しできるはずもなく、ミハイルは苦笑《くしよう》した。

「まあ、いいか」

繰《く》り返すが、東屋《あずまや》には壁がなく、彼らの姿は外からよく見える。通りかかった者がいれば、学園内では珍《めずら》しいメイドと従僕の姿もあって、目を引かれるだろう。

そして、皇子ミハイルと公爵令嬢《こうしやくれいじよう》エカテリーナが話し込んでいたことを、記憶《きおく》に留《とど》めるだろう。誰《だれ》にはばかることもない、健全な歓談《かんだん》だとしても、親しげな様子だったと。

ミハイルとしては、まあいいか、なのだった。

だって。

二学期になって、エカテリーナの人気はますます上昇《じようしよう》しているようだし。

歌よりもただ彼女を見つめるために、その日を楽しみにしている男子が山ほどいるようだし。

彼女はあいかわらず、どこまでも無邪気《むじやき》で、無防備だから、これくらいの牽制《けんせい》は、しておかなければ。

エカテリーナではなくリーディヤと過ごすことで、社交界はさぞ、色めき立つだろう。エカテリーナが軽《かろ》んじられるかもしれないと考えただけで、腹立たしい。

リーディヤは優秀《ゆうしゅう》な貴族令嬢だ。そしてそれゆえに、権力を争う貴族たちの一員でしかない。

エカテリーナは、それとは違《ちが》う視点でものを見る。普通《ふつう》のようでいて、より高く広く、見渡《みわた》す視線を持っている。だから、彼女と話すのは楽しい。

それに……今日も彼女は、きれいだった。


翌日、オリガが嬉々《きき》としてエカテリーナに言ってきた。

「エカテリーナ様、わたし、音楽の夕べに参加できるようになりました！」

音楽の夕べを開催《かいさい》する日に、リーディヤがミハイルに請《こ》われて、歌声を披露《ひろう》することになったのだそうだ。

リーディヤは大喜びで、オリガのことなどどうでもよくなったらしい。

さらに、伴奏《ばんそう》のためにミハイルが皇城の音楽家を手配したので、レナートもお役御免《やくごめん》で時間ができたと。

「ようございましたわ、わたくしも嬉しゅうございます」

オリガに優《やさ》しく言いながら、皇子ありがとう！　と思うエカテリーナであった。

音楽の夕べはエカテリーナにとって、ぶっちゃけ名前が小洒落《こじゃれ》ているだけのクラスの親睦会である。

前世の高校時代、合唱部で参加したコンクールの打ち上げで、カラオケのパーティールームを借りて皆《みな》でわいわい楽しんだ、そのノリだ。なのに妙《みょう》なゴタゴタが生まれてしまって困惑《こんわく》したが、準備そのものは順調に進んで、予定どおりに開催の運びとなった。

クラスメイト以外の聴衆《ちょうしゅう》も来ることは予想していたから、他《ほか》の教室から椅子《いす》をいくつか借りて並べたりはしていた。が、蓋《ふた》を開けたらそれではとても足りず、聴衆というか見物人が音楽室の外まであふれる事態となった。

気楽なクラスのカラオケ大会のはずが、しっかり発表会っぽい雰囲気《ふんいき》になってしまった。

ひええ。

いや大丈夫《だいじょうぶ》。前世のコンクールは、区民会館の大ホールとかでやったんだから。ギャラリーは四桁《けた》いっていた可能性がある。それと比べたら、これくらい平気平気。

と自分に言い聞かせていたエカテリーナだが、すぐに不安を忘れ去ることになった。兄アレクセイが、ニコライと共にやってきたので。

二人の前に、すみやかに道が開く。在校生でありながら『ユールノヴァ公爵』である、アレクセイは有名人だ。エカテリーナのクラスの催しにわざわざ来た生徒たちには、別の意味で有名なのかもしれないが。

「お兄様！」

「エカテリーナ」

迎《むか》えた妹を、アレクセイは優しく抱擁《ほうよう》する。

きゃー！

「きゃー！」

ん？　また？

軽い既視感《デジャビュ》と共に顔を上げると、音楽室の窓に鈴生《すずな》りになっていた三年生らしき女生徒たちが、さっと引っ込んだ。

やっぱり、お兄様の同級生のお姉様方ですか……。

なんとなく触《ふ》れないほうがいいような気がして、エカテリーナは彼女たちをスルーしておこうと思う。

しかしふと考えてみると、学園内で兄に抱《だ》きつくのは、貴族令嬢としてどうなのだろう。公爵家の品格とか、お兄様の威厳《いげん》とかに、傷をつけてしまっているのではないか。

「どうした？」

妹の表情が曇《くも》ったことに気付いて、アレクセイがそっと頬《ほお》に触れる。エカテリーナは目を伏《ふ》せて、悩《なや》ましげに言った。

「わたくし近頃《ちかごろ》……お兄様に甘えすぎではありませんかしら。ユールノヴァの娘《むすめ》たるもの、いま少し周囲の模範《もはん》となるべく、威厳を保つべきではないかと」

「お前は望む通りに振る舞《ふま》えばいいんだ。お前の優しさと気品は、そのままで周囲の模範なのだから」

一分の迷いもなくアレクセイが断言する。

「お前が笑顔《えがお》で私に歩み寄ってくれることが、私の心にどれほどの喜びと光をくれることか。お前は夜の女王であり、光の女神《めがみ》だ――私のエカテリーナ、思いのままに輝《かがや》いていておくれ。世界を明るく、美しい場所にするために」

「お兄様……」

シスコンフィルターの光度調整機能が進化してますね！　さすがお兄様！

悪役令嬢の私が光の女神って、どうつっこんだらいいのか解《わか》らないほどのシスコンぶりです。私もブラコンとして、お兄様のシスコンに追いつけるよう、もっと精進《しょうじん》せねば。追いついてしまっていいのか、よくわからないけども。

とにかくこれからも、お兄様が喜んでくれるなら、私も喜んで抱きつきます！

考えてみたら今さらですもんね。

「あいかわらず仲が良くて何よりだ……」

ああっお兄様の隣《となり》でニコライさんが遠い目に！　すみません！

「ニコライ様、ようこそ。マリーナ様は三番目に歌ってくださる予定ですの、楽しんでくださいまし」

「ああ、ありがとう。猿《さる》の鳴き声なんぞ、聞いてもらってすまんな」

「お兄様！」

ちょうどやって来たマリーナが、キーッと怒《いか》りの声を上げた。

「どうしてそう、お兄様は無神経なんですの！　閣下のお言葉の美しさと比べたら、お兄様のほうがよほど猿ですわ！　いえ、猿にも劣《おと》るガマガエルですわよ。早く人間になってくださいませ！」

「お前な！　俺に公爵みたいな台詞《せりふ》を言って欲しいか⁉」

ニコライの言葉に、マリーナは虚《きょ》を衝《つ》かれたように考え込み……ふっと生温かく笑って兄をナナメに見る。

「絶対に嫌《いや》ですわね」

「……おう」

今日も仲良く喧嘩《けんか》するクルイモフ兄妹《きょうだい》を、にこにこと見ているエカテリーナである。

こちらの兄妹も、表れ方は違っても、ブラコンシスコンの気があるような気がするのだった。

そんな一幕はあったものの、掃除《そうじ》を済ませたオリガも寮《りょう》から戻《もど》ってきて、音楽の夕べは始まった。

始まりを告げたのはエカテリーナだ。実質的主催者《しゅさいしゃ》の責任として。だからこそ、想定以上の参加人数を見て、不安になりかけてしまったわけだが。

「皆様、あらためまして、二学期に皆様と再会できたことを喜ばしく思っております。このささやかな催《もよお》しで、我がクラスの和がいっそう深まりますことを、願っております わ。そしてお集まりくださったお客様方、拙《つたな》い技芸ではございますが、お楽しみいただければ幸いに存じます」

内心びびっているとは到底《とうてい》思えない、楚々《そそ》としつつも凜《りん》と立つ公爵令嬢《こうしやくれいじよう》が優雅《ゆうが》な口調で言う挨拶《あいさつ》に、温かい拍手《はくしゆ》が起きる。

「今宵《こよい》は、参加を申し出ていただいた順に演奏していただくことになっておりますの。ですから、僭越《せんえつ》ながら一曲目はわたくしと」

エカテリーナは微笑《ほほえ》んで手を差し伸《の》べ、待機していたフローラが歩み寄ってその手を取った。

「フローラ様との二重唱にて、歌わせていただきます。お耳汚《よご》しですが、お聞きくださいまし」

フローラの表情に緊張《きんちよう》が見て取れて、エカテリーナは取り合った手にそっと力を込める。

大丈夫大丈夫。しょせん教室に入れる程度の人数、二桁止まりだから。クラスの学芸会だから。失敗したって笑い話さ！

自分だってびびっていたくせに、勝手なものである。

しかし、フローラは笑顔になった。

アイコンタクトでタイミングを取って、少女たちは歌い出す。

皇国は、今は残暑の季節。涼風《りようふう》渡る夕闇《ゆうやみ》の中に、寒風吹《ふ》き荒《すさ》ぶ雪の歌が流れ出した。

――この歌は、世界的大ヒット曲なのだけれど。

実は日本語版の歌詞は、本家である英語版の歌詞とは、かなりニュアンスが変わっているそうだ。英語版はもっと、孤独《こどく》な主人公の心の苦しみを訴《うった》える内容らしい。対して日本語版は、吹っ切れてありのままの自分を肯定《こうてい》する、明るく力強い感じに改変されている。

世界各国の言語に翻訳《ほんやく》されたこの曲だけれど、日本語版の内容は特異なもので、世界に紹介《しょうかい》されると高く評価されたとネットの記事で読んだことがある。さらに日本語版は映画そのものも、いろいろな台詞の翻訳が歌詞に寄せたニュアンスになっていて、英語版とは印象が違《ちが》うそうだ。あの映画が日本で特に大ヒットした理由は、そこにあるらしい。

今回、皇国語への翻訳で元ネタにしたのは、日本語版の歌詞。正直、英語版の歌詞はサビしか覚えておりません。

それに日本語版の歌詞こそ、フローラちゃんに歌ってほしいと思った内容なので！

主旋律《しゅせんりつ》を歌うのは、基本的にソプラノのフローラ。華《はな》のある澄《す》んだ声は美しく、音楽室に入りきれない者たちにも伸びやかに届く。

メゾソプラノで音感の優《すぐ》れたエカテリーナは、きれいなハーモニーで主旋律を包み支える。時にはソロで歌い、曲にアクセントをつける。

伴奏《ばんそう》のないアカペラで歌っているにもかかわらず、安定した音程は不安も不足も感じさせない。美しいハーモニーからそれぞれのソロへの切り替《か》わり、次々に転調して変化するメロディーは、聴《き》く者を驚《おどろ》かせ、深く惹《ひ》き込んでゆく。

二人の少女はときおり手を取り合い、笑顔で身を寄せたり以前のファーストダンスの経験を生かしてターンを決めたり、見た目にも華やかな振り付けで、聴衆《ちょうしゅう》を釘付《くぎづ》けにした。

ここは学園。聴衆は皆《みな》、思春期の少年少女だ。そして貴族の子息子女であって、それぞれの軽重はあれど、背負っているものがあり束縛《そくばく》されていると感じ、抑圧《よくあつ》を感じてもいる。

そんな彼らにとって、自分への肯定を歌い上げる歌詞が、どれほど魅力《みりょく》的か。

歌い終わって、エカテリーナとフローラが一礼した時。

聴衆からは惜《お》しみない拍手が起こり、一曲目にもかかわらず総立ちのスタンディングオベーションとなったのだった。

ひぇー！　こんなに反応があるとは。世界的大ヒット曲の威力《いりょく》を舐《な》めてたかも。

フローラの手前うろたえる様子を見せるわけにはいかず、にこやかに拍手に応《こた》えながら、内心とてもうろたえているエカテリーナである。

アレクセイも立ち上がり、感動の面持《おもも》ちでひときわ大きく手を打ち鳴らしている。

さすがシスコン。

というだけでなく、歌詞の内容にあらためて感じ入ったのだろう。アレクセイは快速船の船上でこの歌を聞いていたが、歌詞の全貌《ぜんぼう》を把握《はあく》はしていなかったに違いない。初めて知った歌詞の内容に、完全に妹の境遇《きょうぐう》を投影《とうえい》してしまったようだ。

正直、エカテリーナも歌詞を訳しながら、これはヒロインのフローラだけでなく、令嬢エカ

テリーナにもぴったりだと思っていた。かつて兄とも言葉を交わそうとせず独りで殻《から》に籠《こ》もっていたエカテリーナが、過去を振り捨てるように飛び出して、自由に語り笑うようになる……。

いや実はアラサーの記憶《きおく》が蘇《よみがえ》ったせいですけどね！　自由になったといっても、破滅《はめつ》フラグがどうなるかわからなくて、けっこうクヨクヨしてますけどね！

とか思って、わははと一人でウケていました。すみません。

あとは、雪とか氷とか、お兄様につながるワードがちりばめられているのもブラコン的に楽しくて、それでこの曲をせっせと訳したんですが。間違いなくそれも、お兄様の感動の一因だな……。すごく喜んでくれてるな、シスコン的に……。詐欺《さぎ》でごめんなさい……。

などと思っていたら、妹と目が合ったアレクセイが、にこ、と笑った。

きゃーっ！

よっしゃあ詐欺上等!!　いいんだ喜んでもらえたから！　ブラコンとして、お兄様の喜びを最優先します！

驚いたことに、あのツンツン男子のレナートまで、立ち上がって拍手していた。むしろ頬《ほお》を紅潮させて、すっかり感動している様子だ。音楽の神童だけに、この曲の凄《すご》さが理解できるのだろう。

前世の作曲家さんに伝えたい。この曲は異世界でも感動を生んでいます。素晴《すば》らしいです。し……初《しょ》っ端《ぱな》だしちょっと場を温められるように頑張《がんば》ろうとは思ったけど、ここまでの反《はん》響《きょう》は予想外。二番手、ごめん！

あ、でも心配いらなかったわ。

二番手、ソイヤトリオだから。

演奏順序、身分とか腕前《うでまえ》とか斟酌《しんしゃく》するとややこしくなるから、参加申し出の先着順にしたんだけど。参加者を募《つの》った時、彼女たちすごい勢いで走ってきたもんで。

きっと大丈夫《だいじょうぶ》。君たちの生命力を信じてるぞ！

結果、心配いらなかった。

場のクールダウンにも貢献《こうけん》してくれた。

会場の盛り上がりにびびる様子は微塵《みじん》もなく、ピアノとヴァイオリンとフルートを演奏した本人たちはとても満足そうで、エカテリーナは感謝を込めて、温かい拍手を贈《おく》った。

三番目のマリーナは男子二名と組んで、ピアノ伴奏男女混声で皇国では誰《だれ》もが知っている有名歌曲を歌った。

本人の人柄《ひとがら》の通り元気で温かな歌声で、聴衆はほっこりする。

エカテリーナとしては、ニコライの反応が面白《おもしろ》くてつい彼のほうを見てしまっていた。マリーナが男子と組むと知るとピキッとなり、歌の前に少し打ち合わせをする様子に仁王《におう》のような形相を見せ、歌の途中《とちゅう》で音程が怪《あや》しくなるとハラハラと心配。百面相だ。

やはり、なんだかんだ言っても心底可愛《かわい》い妹なのが感じられて、こっそり微笑んだエカテリーナだった。

なごやかに演目は進む。

四番目の後に挟《はさ》んだ軽食タイムで、エカテリーナとフローラはお手製のきのことベーコンのキッシュを配った。今朝作っておいたものだが、キッシュは意外と日持ちするし、食堂の地下にある夏でもひんやりしている貯蔵室に置かせてもらったので心配はない。男爵夫人のレシピは、甘味と塩味のバランスが絶妙《ぜつみょう》だ。

ミハイルが来るのだったら甘いものも作ってあげたかもしれないが、彼はたぶんリーディヤと、もっとフォーマルな食事をとっているだろう。なので、キッシュ一品を多めに作ることにしたのだが、正解だった。

持ち寄りだから皆それなりに食べ物を用意してきているのに、みんなから欲しいと声がかかる。急遽《きゅうきょ》小さめに切り分けたのだが、あっという間になくなってしまった。

エカテリーナはフローラと笑《え》みを交わす。作った食べ物をおいしく食べてもらえるのは、嬉《うれ》しいことだ。

──それどころか、主に男子の間では、青薔薇《あおばら》の君と桜花《おうか》の君のお手製キッシュを巡《めぐ》って仁義なき暗闘《あんとう》が繰《く》り広げられていたのだが、気付かないところが安定の残念である。

なお、アレクセイとニコライにはしっかり、大きく切ったものを渡《わた》した。

私、シスコンなお兄さんには優《やさ》しいです。

これは宇宙の真理です。

ってなにが真理だ、なに言ってんだ自分。

そんなのんびりした会だから、演目は多くはない。一曲ずつ八組、軽食タイムは折り返しだ。五番目、六番目は共に自分から手をあげただけの事はある、子供の頃《ころ》から習ってきたのであろう上手な演奏で、温かい拍手《はくしゅ》を浴びた。

残る二組、というか二人は、レナートとオリガだ。参加申し込み順序が最後だったのはレナートだが、オリガが会の前に掃除《そうじ》をしなければならないため、慌《あわ》てなくて済むようにと最後に回した。

自分の番が来たレナートが立ち上がった。

と思うと、なぜかエカテリーナとフローラの前にやって来た。きちんと背筋を伸《の》ばして二人の前に立ち、真摯《しんし》な表情で言う。

「ユールノヴァ嬢《じょう》、チェルニー嬢、先ほどの歌は素晴らしかった。できるならこれから、君たちが歌った曲を演奏させて欲しいのだけど、許しをもらえるだろうか」

エカテリーナとフローラは、思わず顔を見合わせた。

「セレザール様……わたくしたちが歌った歌は、先ほど初めてお聞きになったのでは」

「うん。あんな曲、初めて聞いた。斬新《ざんしん》で、心が震《ふる》えた。僕があの曲を演奏するならどう表現しよう、って思いで頭がいっぱいになって、さっきから頭が破裂《はれつ》しそうなんだ」

真剣《しんけん》な声音《こわね》で言って、菫色《すみれいろ》の瞳《ひとみ》の美少年は不意に、にこっと笑う。

「お願い」

あ。この子、自分が可愛いこと知ってる。

苦笑《くしょう》しそうになりながら、エカテリーナはフローラに目で問いかける。もちろん彼女はエカテリーナ様のお好きに、と小さくうなずいたので、エカテリーナはレナートに笑顔で言った。

「一度聞いただけで演奏など、常人には思いも及《およ》ばないことですわ。そのような技《わざ》を拝見できるなら、嬉しゅうございます。ぜひ、お聞かせくださいまし」

エカテリーナの返事にぱっと笑顔になったレナートは、軽い足取りでピアノへ向かった。

聴衆はざわざわしている。先ほど初めて聞いたばかりの曲を、人前で演奏するなど可能とは思えないとヒソヒソしたり、本気なのかと首をひねったりしているようだ。オッケーを出したエカテリーナも、今さらちょっと心配になってきたりする。

でも、前世で耳コピで即興《そっきょう》演奏する動画を見たことがあったし、できる人にはできるはず。問題は、レナートにそれができるのか、だけれど。

そんな空気を感じているのかいないのか、レナートは無造作にピアノの前に座ると、鍵盤《けんばん》に手を置いた。

小柄《こがら》な少年であるレナートが、楽器を前にすると、大きく見えるような。そんな風に思ったのは、一瞬《いっしゅん》だった。

たちどころに指が動き出す。

鍵盤の左から右へ、流れるように。レナートはただの音階を弾《ひ》き始めたのだが、その速さと滑《なめ》らかさ。さながら絹に指を滑《すべ》らせるかのような運指が奏《かな》でる音階は、それだけで美しく、聴衆は息を呑《の》んだ。

低音から高音へ、鍵盤の端《はし》まで来ると高音から低音へ。その後は、低音域の音階を数回繰り返す。最初は完璧《かんぺき》に一定の速度だった音階が、やや速度とリズムに揺《ゆ》れが生じて、寄せては返す波のよう。

そう思って、エカテリーナははっと気付いた。

これは――風の音だ。

と思った瞬間、音階は止まった。

人差し指で、レナートは一つのキーを叩《たた》く。

しんと静まった音楽室に、ポーン……と寂《さび》しく一つの音が響《ひび》いて、消えてゆく。

同じキーをもう一度叩いて、さらにもう一度……と思うや、そこからレナートはゆっくりとメロディーを奏で始めた。足跡《あしあと》さえ消える雪の中、独りたたずむ光景を、右手だけの寂しい音が描《えが》き出す。

そこへ、左手の和音が加わった。美しい和音は、その美しさゆえにそれも寂しい。

けれども少しずつ、うつむくのをやめて顔を上げるように、テンポが上がる。

さすが、言うだけある！

この時点で、エカテリーナはすでに感心している。

一度聞いただけのメロディーなのに、きっちり耳コピできているね。さらに歌詞の内容を踏《ふ》まえてのアレンジまで。

アカペラの歌しか聞いていないのだから当然、レナートの耳コピはメロディーのみであって、左手の和音は彼が自分の感性で加えているものだ。前世の曲とは別物で、それでも美しく、メロディーに調和している。絶対音感はもちろん、即興のアレンジ力も、並大抵《なみたいてい》のものではない。

最初のサビにきた時には、ピアノの旋律《せんりつ》は軽《かろ》やかで、音色は明るく澄《す》んでいた。

左手も明るい和音で小刻みにリズムを奏で、わくわくとした希望の芽生えを感じさせる。

聴衆《ちょうしゅう》も、もうほとんど惹《ひ》き込まれていた。本当にできるのかと疑う気持ちはすっかり消え、曲そのものに身を委《ゆだ》ねて楽しんで、空気が盛り上がってゆく。

サビの次の展開で、芽生えていた希望は一気に芽を吹《ふ》き、力強く花開く。音は軽やかさより強さを増してゆき、自信に満ちた足取りを思わせた。

最後のサビで、その『足取り』は『駆《か》け出す』に変わる。

メロディーは踊《おど》るよう、左手の和音は激しくリズミカル。聞く者の体が思わず動き出してしまうような、踊り出し歌い出したくなるような。レナートは唇《くちびる》を引き結んで、目まぐるしく両手を動かし激しく鍵盤を叩いている。白い髪《かみ》を振《ふ》り乱すほど激しい演奏は、ついに最後となり、解放の時を迎《むか》えた。

壁《かべ》を打ち破って未来を拓《ひら》く、その爽快感《そうかいかん》を見事に表現する。

最後、自立を宣言するメロディーは、再び右手だけ。

それでもその音色は力強く、高らかな勝利の響きを残して、演奏は終わった。

わあっと歓声《かんせい》が上がり、拍手が湧《わ》き起こる。

聴衆は次々に立ち上がり、レナートに拍手を贈《おく》った。本日二度目のスタンディングオベーションだ。

エカテリーナは真っ先に立ち上がっていた。感動でいっぱいの笑顔で、大きく両手を打ち鳴らす。

いやー凄《すご》い！

セレズノア領では音楽の神童として有名、とは聞いていたけれど、そう呼ばれるだけのことはあるね。たった一曲で確信したよ。

君は天才なんだろう。類稀《たぐいまれ》なる音楽の才能を持って、生まれてきた人なんだろう。

可愛《かわい》い顔をしているから、前世だったら某《ぼう》音楽事務所が放《ほう》っておかないだろうな、なんて思っていたけど。あそこはちょっと違《ちが》うわ。君がもし前世の世界に生まれていたら、即興で弾いてみたって動画とか、スマホ一台で作った曲とかを動画サイトにアップして、あっという間にスターになってしまうんじゃないだろうか。ルックスも含《ふく》めて、絶対すごい再生回数になるよ。

そう思った時、ふと頭の隅《すみ》を何かがかすめたような気がして、エカテリーナは眉《まゆ》を寄せた。

けれどその何かは形になることなく、もやもやと消える。

ま、いいか。

とにかく、この音楽の夕べをやってよかった！

クラスの親睦《しんぼく》会だと思っていたら、ゴット・タレント才能発見！　だったでござる！

レナートは立ち上がり、喝采《かっさい》に応じて一礼した。聴衆を見渡し、もう一礼する。白い顔が紅潮して、感激の面持《おもも》ちだ。

「素晴《すば》らしい演奏でしたわ、セレザール様」

拍手が少しおさまってきたところで、エカテリーナは皆《みな》を代表して言った。

「なんと素晴らしい才能をお持ちなのでしょう。先ほど聞いたばかりの曲を、このように見事に表現なさるなど……演奏そのものも、たいそう素敵《すてき》でしたわ。すっかり惹き込まれて、聞き入ってしまいました」

エカテリーナの言葉に同意するように、拍手が起きる。すごかった、本当に素晴らしかったと言う声も、あちこちから上がった。

「ありがとう、ユールノヴァ嬢」

含羞《はにか》むような笑顔《えがお》で、レナートは応《こた》える。

「この曲が、あまりに素晴らしかったから……今までにない斬新な曲だし、歌詞にも心を打たれたよ。それに、歌っている姿が楽しそうで……僕が求めていたものはこれだ、と思ったんだ。ユールノヴァ公爵令嬢《こうしゃく》が、こんな素晴らしい才能を持っていたなんて。僕は、自分が恥《は》ずかしいくらいだ」

今までのツンツンは何処《どこ》へやら、レナートの菫色の瞳は、憧《あこが》れさえ込めてエカテリーナを見つめている。

いや違うからね⁉　この曲、私が作ったんじゃないからね⁉

「僕は、自分が音楽のために生まれてきたと思っている。でもずっと、閉塞感《へいそくかん》みたいなものを感じていて……こんな風に、斬新《ざんしん》な曲を即興で自由に演奏して、喜んでもらうっていうことを、ずっと出来なかったんだ。弾かせてくれて、本当にありがとう。今、すごく幸せだ」

本当に幸せそうにレナートは言い、再び聴衆を見渡《みわた》して、感謝のこもった一礼をする。もちろん、温かい拍手《はくしゅ》が起きる。

あああ……このタイミングで、私が作曲したんじゃないですって言えない……。

思わず視線をキョドらせたエカテリーナは、はっと気付いた。

次の、最後の演者であるオリガが、レナートに拍手を贈りながらもすっかり青ざめていた。

レナートへの拍手がおさまってきたのを見計らって、エカテリーナはオリガが座っている席へ急いだ。

「オリガ様」

「あ……エカテリーナ様」

強張《こわば》った顔に笑みを浮《う》かべようとしたオリガの手を取って、エカテリーナはやはりと思った。

オリガちゃん、手が冷たい！　めっちゃ緊張《きんちょう》してる！

その手を両手で包み込み、エカテリーナは微笑《ほほえ》みかける。

アラサーお姉さんとしては、十五歳やそこらの女の子が緊張でプルプルしていたら、全力で励《はげ》ます以外に選択肢《せんたくし》はないのだ。

「オリガ様、セレザール様の演奏は素晴らしゅうございましたわね。ですけれど、本日は気楽なクラスの催《もよお》しですわ。お互《たが》いに楽しんで、親しみを深めることができれば、それでよろしいのです。無理などなさらず、ご家族を前にしているような気持ちで、気楽にお歌いになってくださいまし。わたくしは、オリガ様のお声を聴《き》くことができれば、それだけで嬉《うれ》しゅうございますわ」

ここはオーディション会場じゃないんだから。学芸会未満と言って過言じゃないかもだから。ほら、某三人とか。

笑って笑って。楽しんで。

「エカテリーナ様……」

若草色の瞳《ひとみ》を涙《なみだ》でうるませて、オリガはエカテリーナを見上げる。

あー、可愛い。オリガちゃんはフローラちゃんみたいなザ・美少女タイプじゃないけど、小《こ》柄《がら》でおとなしそうで、小動物系の可愛さだよ。うさぎとかチワワとかの。

エカテリーナはそっとオリガの身体《からだ》に腕《うで》を回し、よしよしと背中を撫《な》でた。座っているオリガは、エカテリーナの胸に顔を埋《うず》める状態だ。

多くの女子が心配そうに、多くの男子がうらやましそうに見つめる中、オリガはほっと息を吐《は》いて、微笑んだ。

「ありがとうございます。わたし……急に、歌おうと思っていた歌を思い出せなくなってしまって」

「緊張してしまうと、あることですわね」

入社一年目くらいの頃《ころ》、プレゼンしようとしていた内容が頭からすっとんで、どうやっても思い出せなかったことがあったよ……うん、怖《こわ》い。

「ですから……実家のほうに伝わる、古い歌を歌わせてもらってもいいでしょうか。おばあちゃんから教わって、家族とよく歌っていた歌です。田舎《いなか》の古臭《ふるくさ》い歌で申し訳ないんですけど、それなら、わたし絶対忘れませんから」

「素敵ですわ。わたくし、そうした伝統的なものは好きですの」

エカテリーナが微笑むと、オリガはほっとしたような、吹っ切れたような表情になった。

「斬新な曲の後にすみません、わたしは古い歌を歌わせていただきます。月光花と戦士蝶《ちょう》を詠《うた》った歌です」

ピアノの横でぺこりと頭を下げたオリガに、温かい拍手が向けられる。

月光花と戦士蝶は、魔獣《まじゅう》の一種。魔獣というか、魔虫というか、魔植物とかいうべきなのか、いささか悩《なや》ましい変わった生態で有名だ。

雌雄《しゆう》で全く姿が違い、雄《おす》は黒い蝶。ただし翅《はね》が薄《うす》い鋼《はがね》になっており、不用意に触《ふ》れようとすれば切り裂《さ》かれる。ゆえに戦士蝶。

雌《めす》は、普段《ふだん》は湖底に棲《す》んでおりどういう姿をしているのか不明だが、繁殖《はんしょく》期の満月の夜、湖底から長く茎《くき》を伸《の》ばして、湖上に白く輝《かがや》く巨大《きょだい》な花を咲《さ》かせる。それが月光花。

その花の甘い香《かお》りは、辺り一帯を覆《おお》うほどだという。その香りに惹《ひ》かれて、戦士蝶は花のもとへ惹き寄せられる。無数の雄がひとつの花を争い、鋼の翅で戦う。最強の勝者のみが、花のもとへたどり着き、子孫を残すのだ。

オリガはそのまま、ピアノの前に座った。

ピアノを弾《ひ》けるなら、オリガの家にはピアノがあるのだろう。エカテリーナは今まで意識しなかったが、音楽の夕べの演奏者を募《つの》った時にはたと気付いた。

この世界では、ピアノはとても高価だ。

いや考えてみたら前世でも、決して安いものではなかった。電子ピアノとかではなく本物は、持っている家はそんなに多くはなかったような気がする。だから勿論《もちろん》、この世界ではさらに高価で貴重なものなのだ。

貴族の基準では決して裕福《ゆうふく》ではないはずのオリガの家にピアノがあるならば、彼女の実家はとても音楽好きな一家なのだろう。

鍵盤《けんばん》に手を置いて、オリガはすうっと息を吸って顔を仰向《あおむ》けた。

　月は夜空に花と咲き、湖《うみ》に一夜《ひとよ》の花が咲く
　今ぞ死の時、愛の時
　鋼の翅を震《ふる》わせて
　つわものどもは飛び立ちぬ――……

（!?）

歌い始めたオリガの声に、エカテリーナは思わず目を剝《む》く。

オリガちゃん、凄《すご》い！　めっちゃいい声！

歌い出しから高い音域。難しいそれを、安定した音程できれいに発声している。前世でいうファルセット、甘く繊細《せんさい》で哀調《あいちょう》を帯びた裏声だ。それが美しい。

特に最後、長く伸ばしたロングトーン——天へ伸び上がっていくような澄《す》み切った声がかすれゆく、それがたまらない。魂《たましい》が引き出されてしまいそうなほど。

脳裏《のうり》に、皓々《こうこう》と輝く巨大な満月が浮かんでいた。

これは、ユールノヴァで見た月だ。死の乙女《おとめ》セレーネと遭遇《そうぐう》した時、この満月を背景に、人馬のシルエットがたたずんでいた。

今はその月に、黒い蝶のシルエットがくっきりと見えている。

ぶわっと鳥肌《とりはだ》が立った。

ピアノの弾き語りで、オリガは歌う。

満月の下で、蝶たちは花を争う。互いに斬《き》り裂きあい、若い生命を散らして、湖面へ落ちてゆく。虚《むな》しさを覚えても、花の甘い香りに抗《あらが》えない。得られないと半ば知りつつも、望みを捨てられず戦場に征《ゆ》く。

オリガの美声だけでなく、曲のテンポが独特なのがまたいい。この感じ何かに似ている、と考えてエカテリーナは思い出す。

前世で、沖縄《おきなわ》や奄美《あまみ》地方の民謡《みんよう》ティストを取り入れた曲を聞いた時の感じだ。ちょっと異国風なような、けれど懐《なつ》かしいような、明るいような、それでいて哀調が胸に沁《し》みる感じ。

曲自体が沖縄っぽいわけではないのだが、あれを思い出すのはおそらく、本来は特徴《とくちょう》的な音の出る民族楽器で弾く曲に、ピアノの音階を当てはめて弾いているからではないか。沖縄や奄美も、民謡は確か三線《さんしん》という三味線《しゃみせん》のような楽器で弾くのだったはず。

そして、この歌詞、この哀調。これはもしかすると、戦士蝶の争いというのは比喩《ひゆ》か隠《かく》れ蓑《みの》で、本当は人間の戦乱を歌っているのかもしれない。セレズノア領ではたびたび反乱が起きたという。その反乱で生命を落とした若者たちを悼《いた》む歌なのではないか。領主に睨《にら》まれないよう、真意は隠して。

最後の蝶が、傷つきながらも花のもとへ辿《たど》り着く。花は白い両腕を開き、傷ついた戦士を抱《だ》く。

今ぞ死の時、愛の時――

何度も繰《く》り返されたフレーズ、そのリフレインを最後に、曲は終わった。

鍵盤から手を離《はな》し、オリガはほっとため息をつく。

音楽室は、しんと静まっている。無反応な聴衆《ちょうしゅう》に、オリガは肩《かた》を落としつつ立ち上がり、頭を下げた。

そこへ、どおっと拍手《はくしゅ》が起きる。

驚《おどろ》いたオリガは思わず後ずさり、ピアノの椅子《いす》に当たってそこにぺたりと座ってしまった。

拍手は鳴り止《や》まず、歓声《かんせい》が混じる。

聴衆は次々に立ち上がっていた。本日三度目のスタンディングオベーションだ。

エカテリーナももちろん立ち上がり、全力で拍手している。

いや～、合唱でオリガちゃんの声を聴いてきれいな声をしているとは思っていたけど。これほどとは！

ゴット・タレント再び。

ていうか、あれだな。意外性含《ふく》めての、この感動。

前世でブリテンズ・ゴット・タレントって番組でスターになった歌手が初登場した時の、動画を見た時の感じかも。

オリガちゃん、皇国のスーザン・ボイルだったよ。

……えらいこっちゃ。

まだ鳴り止まない拍手の中、マリーナがオリガに駆《か》け寄って抱きついた。

「素晴《すば》らしかったですわ、オリガ様！　これほどの才能をお持ちだったたなんて！」

仲のいい二人だから、我慢《がまん》できなかったのだろう。仲がいいというか、クラスの人気者マリーナがおとなしいオリガを保護しているような関係だが、それだけに嬉《うれ》しい驚きだったようだ。

エカテリーナもオリガに駆け寄りたくなったが、自制した。マリーナに続いて自分がそれをやってしまうと、聴衆がオリガに殺到《さっとう》してしまいそうな群集心理を感じたので。

代わりに、エカテリーナはパンパン！　と手を叩《たた》いて注意を引き付けた。

「本当に素晴らしい歌唱に、すっかり聞き惚《ほ》れてしまいましたわ。皆様《みなさま》、我がクラスの歌姫《うたひめ》、オリガ・フルールス様にもう一度盛大《せいだい》な拍手をお贈《おく》りくださいまし！」

もちろん大きな拍手が起きて、オリガは傍《かたわ》らのマリーナに促《うなが》され、恥《は》ずかしそうに一礼した。

あ、そうだ。

「そしてもう一方、本日の最大の功労者に拍手を」

エカテリーナの言葉に聴衆は、え、誰《だれ》？　という雰囲気《ふんいき》になる。

「この音楽の夕べは、マリーナ・クルイモフ様のご発案により始まりましたの。マリーナ様のお言葉がなければ、この素敵《すてき》なひとときを味わうことはできなかったのですわ。どうか皆様、マリーナ様へ拍手を！」

謎《なぞ》が解けた聴衆からは、やはり温かく盛大な拍手が起きた。

言われたマリーナは一番驚いていたが、そこは有力伯爵《はくしゃく》家の令嬢《れいじょう》。母親直伝らしい『猫瞬《ねこしゅん》間《かん》五枚かぶり』を発揮して、なかなか優雅《ゆうが》に淑女《しゅくじょ》の礼をとる。

「本日の演目は、すべて終了《しゅうりょう》いたしました。お越《こ》しくださった皆様、ありがとう存じますわ。

クラスの皆様、学園からお借りした音楽室、きれいに元通りにしてお返しいたしましょうね。すべての皆様のおかげで、本当に楽しいひとときでしたわ。心より御礼《おんれい》申し上げます！」

エカテリーナの仕切りに、もう一度拍手が起きた。

なんとも温かい拍手だった。


というわけで、撤収《てっしゅう》準備。

エカテリーナは椅子とか片付ける気満々だったのだが、フローラと一緒《いっしょ》に近寄っただけで「いやそれは僕が！」と男子に持ち去られてしまった。

前世からの働き者としては物足りない気分だが、それならそれでオリガに祝意を伝えよう、と思って振《ふ》り返ったのだが。

オリガは、レナートに独占《どくせん》されていた。

「――僕もあの歌を、黒蝶琴《こくちょうきん》の伴奏《ばんそう》で聞いたことはあったんだ。でも、君が歌ったあれは、まるで違《ちが》った。独特の味わいを残しながら、今の時代に合わせて新しく生まれ変わっていて……本当に素晴らしかった」

「あれは、おばあちゃんから教わっただけなんです……」

勢い込んで話すレナートに、恥ずかしそうに答えているオリガは、顔を赤らめて嬉しそうだ。

オリガとレナートは、以前からセレズノア家の臣下同士ということで付き合いがあったはずだが、レナートは今夜初めてオリガの歌声を聞いたのだろう。それで、ころりと態度を変えたと思われる。

レナートは音楽馬鹿《ばか》というか、彼にとって音楽が一番価値があるがゆえに、音楽に秀《ひい》でた者を無条件で尊重し、その他《ほか》をその他大勢扱《あつか》いしてしまうのだろう。

スタンディングオベーションをもらった二人だから、声をかけたそうにしている人々が周囲にいるが、レナートは気付いてもいないようだ。

そんな二人の側《そば》では、マリーナが兄ニコライに頭をグリグリされている。マリーナがオリガに駆け寄ったのが、聴衆がオリガに殺到する呼び水になってしまいかねなかったのを怒《おこ》られているらしい。マリーナはキーキー言っているが、仲良し兄妹《きょうだい》のじゃれ合いだ。

そんな光景を見て微笑《ほほえ》ましい気持ちになったエカテリーナだったが、自分のことはわかっていないのはいつも通りと言うべきか。

自分もスタンディングオベーションをもらった身であることを、忘れていたのである。

「エカテリーナ様、片付けは終わりました」

「まあ、ありがとう存じますわ」

クラスメイトの女子が声をかけてくれて、エカテリーナは笑顔《えがお》で礼を言う。

その時には、周囲を取り巻かれていた。

「あらためて、お二人が最初にお歌いになった歌は、たいそう素敵でしたわ」

「本当に。わたくしも歌ってみたいのですけど、歌詞をお教えいただけません？」

「作曲をたしなんでおられるのかしら。他の曲も聴《き》いてみたいですわ！」

ひ、ひえー！

最初に報告を受けていたこの状況《じょうきょう》では、身分の低い側から話しかけてはいけないというマナーは無効になっている。そもそも学園では、そういうマナーはゆるくなりがちなようだ。一斉《いっせい》に話しかけられて、エカテリーナもフローラもたじたじになっている。特にエカテリーナは、前世の世界的大ヒット曲をどういう扱いにすればいいのかという悩《なや》みがあるせいで、あわあわしてしまった。

が。

周囲を取り巻いていたクラスメイトたちが、さっと顔色を変えると一斉に身を引く。

モーセの前の紅海《こうかい》のごとくに割れた空間に、現れたのはもちろんアレクセイだ。

気配だけで引かせる……なんという上級対応。さすがお兄様。

わーいお兄様が助けに来てくれた！

「エカテリーナ」

「お兄様！」

エカテリーナは兄の腕《うで》の中に飛び込んだ。

「素晴らしい会だった。お前が手《て》掛《が》けるものは、すべてが輝《かがや》いてしまうようだ」

さすがシスコンお兄様。今日もシスコンフィルターがキレッキレです。

「皆様の技量ゆえですわ。わたくしも本当に楽しゅうございました」

「ああ、私はあまり芸術を解さない人間だが、今夜は技量のほどに驚いた。だが彼らが力を発揮することができたのは、お前の影響《えいきょう》だよ。お前の気高く温かい心は、他者の能力を引き出す導きになるのだろう」

「お兄様ったら」

レナート君はもともと神童だし、オリガちゃんだって本人の力量なので。私は無関係です。

「だが私にとっては、お前の歌声こそが最上だったよ、私の妙音鳥《みようおんちよう》。お前の歌声の美しさは、私の心を愛と幸福で満たしてくれる。なんと幸せなひとときだったことか」

聴覚《ちようかく》装備のシスコンフィルターも絶好調です。

「お兄様に楽しんでいただけたなら、わたくし、何より嬉しゅうございます」

仕事を離れて音楽鑑賞《かんしよう》で楽しんでもらえたんだもの、過労死フラグ対策的に、かなり良かったかも。

お兄様のためになるなら、これからも音楽イベントやってみようかしら。楽しかったし！

そんな風に、イベント大成功にうきうきのまま寮《りよう》に帰り、ベッドに入ったエカテリーナだったが。

どういうわけかそのタイミングで、レナートについてもやっとしていたことを思い出して、飛び起きた。

思い出した！　配信で人気者ってことで引っ掛《か》かったの、乙女《おとめ》ゲームの声優さんの一人だ！

お兄様を攻略《こうりゃく》できないか調べた時、声優さんの一人が歌手としても人気があって、配信している曲の再生回数がすごいっていう記事を、ちらっとネットで見たような。

でもって、その声優さんが声を当てていたキャラ、多分、レナート君だよ！　だって、『音楽に秀でたキャラ』だからその声優さんを起用した、って話だったもん！

ぎゃー！

同じクラスに攻略対象者がいたー！

第三章　セレズノア侯爵家

――流行《はや》ってしまった。

音楽の夕べの翌日、昼休みにいつも通りフローラと一緒にお昼を作って、バスケットを持って移動しつつ……エカテリーナはその事実をずっしりと感じている。

聞こえてきますよ、あちこちから。

あの歌が！

クラスでも、登校するとさっそくクラスメイトからあの歌の歌詞を教えて欲しいと言われ、休み時間にクラスで合唱状態になった。

そしてクラスメイトから他のクラスの生徒に伝わり、さらに、さらに……。

昼休みの現在では、あちこちのクラスから歌声が聞こえてくる事態となっていた。

そして、エカテリーナとフローラが通りかかると、一斉に視線が集まる。少年少女たちが、きらきらした憧《あこが》れの目を向けてくる。以前から注目の的だった美少女二人だが、注目のレベルが一段上がったようだ。

ああああ。

クラスの親睦《しんぼく》会で歌うだけだし、って気楽に披露《ひろう》しちゃったけど……。

前世のグローバルエンターテインメント企業《きぎょう》が、しっかりマーケティングリサーチとかして選曲したのであろう、その結果ばっちり世界的にヒットした曲の威力《いりょく》を、舐《な》めてましたごめんなさい。

動画配信とか音楽ダウンロードとか存在しないこの世界で、口コミで流行が伝播《でんぱ》していく様子を、目《ま》の当たりにしております。

世界的大ヒット曲が、異世界でも大ヒット曲に？　その場合、何的大ヒット曲と言えばいいのかしら。世界超越《ちょうえつ》的大ヒット曲とか？

しょうもない悩みで現実逃避《とうひ》するエカテリーナである。


とはいえ、こういう事態になったのは、エカテリーナ自身の選択《せんたく》でもあったのだ。

今朝、歌の歌詞を教えてほしいと囲まれていたのは、オリガも同様だった。

さらに、レナートが二つの曲を譜面《ふめん》に書き起こしてきていて、それを指し示しながらそれぞれの曲の素晴《すば》らしさを語ったものだから、クラスメイトの多くがその譜面を写させてほしいと、レナートに頼《たの》む。コピー機などないこの世界、印刷出版でもしない限り、こういうものは手で書き写して広まっていくのだ。

そこではたと問題に気付いて、エカテリーナはオリガの曲の譜面を、最初に自分が書き写したいと言って渡《わた》してもらった。

大ヒット曲の歌詞を教えるのも、率先《そっせん》して皆《みな》での合唱にもっていって、オリガの歌の歌詞が訊《き》かれないようにした。

なぜなら、オリガの曲は、反乱で生命を散らした若者を悼《いた》む歌かもしれないから。それが広まれば、オリガがセレズノア家に睨《にら》まれてしまうかもしれない。だからあえて、そうした。

あとでオリガに訊いてみると、やはりあの歌にはそういう意味があるようで、音楽の夕べでは歌うつもりだった歌が頭からとんでしまったために深く考えずに歌ったものの、あまり広めたくはないそうだ。

なのでレナートにもそっと伝えた。セレズノア家の一員であっても音楽馬鹿《ばか》の要素のほうがはるかに強い彼は『優《すぐ》れた歌がそんなくだらない理由で歌われないなんて』と怒《おこ》ったように言ったものの、オリガの才能を守るためだと言ったら、譜面はもう出さないことに同意した。

というわけで、聞こえてくるのは『あの歌』ばかりなのだった。

前世の作曲家さん、作詞家さん、訳詞家さん、その他関係者の皆さん、なんだかほんとにすみません！


「学園中が、君たちの音楽の夕べの話題で持ちきりみたいだよ」

いつも通り待っていたミハイルに笑顔《えがお》で言われ、エカテリーナの頭上でゴーンと鐘《かね》が鳴った。

ちなみに洋風の鐘ではなく、お坊《ぼう》さんが撞《つ》くジャパニーズスタイルの鐘である。

そんなエカテリーナを見て、フローラはにこにこしている。

「エカテリーナ様の歌もご配慮《はいりょ》も、素晴らしかったですから」

という彼女も、スタンディングオベーションを浴びた歌姫《うたひめ》の一人として注目されているのだが。自分への視線や称賛《しょうさん》には鈍《にぶ》いところは、さすがヒロインと言うべきか、エカテリーナと良き友人なだけのことはあると言うべきか。

「ミ……ミハイル様は、昨夜は楽しくお過ごしになりまして？」

鐘の音とお坊さんを振《ふ》り払《はら》って、エカテリーナは微笑《ほほえ》みかけた。

「そうだね、それなりに」

「昨夜は本当に、素敵《すてき》な催《もよお》しになりましたの。ミハイル様のご配慮のおかげですわ。心より御《お》礼《れい》申し上げます」

「君が楽しかったなら何よりだよ」

ミハイルはにっこり笑った。

君ってほんとにいい奴《やつ》だよ！

と、エカテリーナはほっこりしている。

「ご配慮のおかげで参加いただくことができたオリガ様は、素晴らしい才能をお持ちでしたの。歌声に皆が聞き惚《ほ》れてしまいましたわ。ミハイル様にも、聞いていただきとうございました」

「そう……フルールス嬢《じょう》、だったね。セレズノア家の臣下《かし》」

その声が考え深げで、エカテリーナは小さく首を傾げた。

「セレズノア家は、さすが音楽が盛《さか》んなお家ですわ。もうお一方、セレズノア家の分家のご子息が、素晴らしい演奏をお聞かせくださいましたの。そのこと、何か……」

「うん。リーディヤは優秀《ゆうしゅう》な貴族令嬢だけど、こと歌に関してはライバル意識が強いらしいんだ。歌そのものというより、音楽神の庭に招かれることへのライバル意識、という気もするけど。音楽で、君がここまで称賛を浴びていることに、苛立《いらだ》っているかもしれない」

ええ……。

クラスの親睦会で褒《ほ》められるのと、音楽神の庭に招かれるのとじゃ、レベルが違《ちが》いすぎだと思うんですけど。

でも、オリガちゃんの歌は凄《すご》かったからなあ……神様だって聴《き》きたいと思うかも！　レナート君だって神童で天才だし、招《よ》ばれちゃうかも！

いや、わくわくしてる場合か自分。

「オリガ様とセレザール様の身に、何事かが起きる可能性がございましょうか」

「ないとは言えない。だけど、学園で有名になる程度なら、セレズノアの家名を高めていると評価されるかもしれない。さすが音楽の名家、とさっき君が言ったように称《たた》えられることを、あの家は望んでいるようだから。現状では、判断は難しいね」

エカテリーナは、無言でうなずいた。

皇子とはいえ、まだリーディヤが何も動いていない段階では、ミハイルは動けない。特に、高位貴族が自分の臣下をどう処遇《しょぐう》するかは、それぞれの領地内の自治の範囲《はんい》内であって、皇室は口出ししない建前だ。

それは建国の父ピョートル大帝《たいてい》が立てた方針であり、その後なし崩《くず》しになり皇室が強権を振るった時期もあったものの、乱れた皇国を立て直し中興の祖となった雷帝《らいてい》ヴィクトル――ピョートル大帝と同じく雷《いかずち》属性の魔力《まりょく》を持っていたことからそう呼ばれた――が、あらためて厳しく定めた皇室のありようだった。

「だからこれからも、何かあれば僕に話してほしい。必ず君の力になるから。僕には、それができなければならないんだ」

ミハイルの口調は、さらりとしていたのだけれど。

エカテリーナは、胸を突《つ》かれる思いがした。

(僕には、それができなければならないんだ)

それはやはり、生まれながらに権力の座に即《つ》くことを約束された身だから、だろうか。

十六歳のくせに。

甘い物が好きで、がっつり肉系も好きな、食べ盛《ざか》りの男の子のくせに。

さらっとそんなこと言っちゃうんだよね、君は。

君にとっては当然のことなんだろうけど。その当然さが、私はなぜか悲しいよ。

「……頼もしいお言葉ですわ。ありがとう存じます」

理由不明な悲しさをどこかへ押し込めて、エカテリーナは微笑む。

「昨夜の催し、本当に、ミハイル様に聴いていただきたいと思いましたわ。あの場に、居ていただきとうございました」

同じ生徒たちの一人として、並んで椅子《いす》に座って歌や演奏を聴いて、持ち寄りの軽食をわいわい言いながら食べることができたらよかったね。

いつか君が即く孤独《こどく》な高みから、その記憶《きおく》を振り返って、心を温める日のために。

「……僕に、居て欲しいと思ったの？」

「はい、とても」

「……」

ゆっくりと、ミハイルは光が射《さ》すような笑顔になる。

それを見て、エカテリーナは決意していた。

よし！　私のお願い事のせいで、イベント参加をできなくしてしまった埋《う》め合わせをしてあげよう。

今度、私とフローラちゃんで歌を聞かせるって約束をしたけど。

なんとか、音楽の夕べの再現みたいなことができないか、皆に相談してみよう！

そんな決意をミハイルが知ったら、さすがのロイヤルプリンスもコケたかもしれない。

エカテリーナが主催《しゅさい》した音楽の夕べが、魔法学園の話題をさらってから数日経《た》ったが、まだまだ沈静化《ちんせい》はしそうにない様子だった。

思えばこの世界、ネットやTVで次々に話題が提供されていた前世とは違うわけで。流行はそうたやすくは廃《すた》れず、人々が味わい尽《つ》くすまで持続するのだろう。

……と理屈《りくつ》では解《わか》りますが、正直、早めに廃れてほしいです……。

内心いろいろ削《けず》られているエカテリーナは、そう思う。

しかし、クラスメイトたちはまんざらでもなさそうだ。音楽の夕べを実施《じっし》したことで、クラス全体も注目されているから、悪い気がしないらしい。

「学園祭での我がクラスの演《だ》し物は、歌で決まりですわね。きっと注目の的になりましてよ！」

マリーナの言葉に、わあっとクラスが沸《わ》いていた。

そのあと期待に満ちた視線で皆《みな》に見つめられたエカテリーナは、反射的に公爵《こうしやく》令嬢らしく超《ちよう》然《ぜん》と微笑みながら、内心でだらだらと汗《あせ》を流していた。


そんな中でやって来た週末。公爵邸《てい》へ帰る馬車の中でエカテリーナはしみじみ呟《つぶや》いていた。

「やはり我が家が一番ですわ……」

隣《となり》のアレクセイが、気遣《きづか》わしげに妹を見る。

「疲《つか》れたのだろう、大変な活躍《かつやく》だったのだから。私のクラスでも、皆がお前の歌を歌っているほどだ」

うぐっ。

お兄様のクラスのお姉様方が聴きに来ていたから、当然か。

「お兄様……あれは、わたくしの歌ではございません。お母様から教えていただいたのですわ」

そう言ったものの、声が弱々しいエカテリーナである。そういうことにしたいのだが、亡《な》き母に濡《ぬ》れ衣《ぎぬ》を着せてしまう気がして、どうしても強くは言えないのだ。

「そうだったな」

アレクセイは優《やさ》しく微笑む。

あーん信じてもらえてない気がする！　あやされた！

「皆がお前に注目するのは当然だ、お前の輝《かがや》きはすべてを惹《ひ》き付けずにおかないのだから」

アレクセイは、そっとエカテリーナの頰《ほお》に触《ふ》れた。

「だがお前自身には、解らないのだろうな。月も星も太陽も、自分自身では己《おのれ》の光に目が眩《くら》むことはないのだろう。お前には自分が解らないだろうが、お前はまばゆいほどに輝いているんだよ。『神々の山嶺《さんれい》』の頂上からでさえ、きっと見てとることができる。お前は星々の女王であり、地上の月であり、優しい癒《いや》しの光を放つ太陽だ。学園の者たちも、ようやくそれが解りかけてきたのだろう」

「お兄様ったら……」

お兄様のシスコンこそ世界最高峰《さいこうほう》です。前世のエベレストと今生の『神々の山嶺』、どちらのほうが高いのかわかりませんが、お兄様のシスコンが両方ぶっちぎっていると思います。標高、エベレストが八千メートル級だったから、お兄様のシスコンは推定二万メートルくらい？

どうしよう、私のブラコンなんてきっと、せいぜい富士山《ふじさん》の三千メートル級！　勝てない！

「どうした？」

エカテリーナが表情を曇《くも》らせたのを見て、アレクセイが慌《あわ》てたように言う。

「……お兄様がこれほど愛してくださるのに、わたくし、ちっともお返しできないのですもの」

ブラコンが追い付けなくてごめんなさい。

追い付いていいのかよくわからないですけど。

「馬鹿《ばか》なことを」

破顔して、アレクセイは妹の肩《かた》に腕《うで》を回し、優しく抱《だ》きしめた。

「輝くものは輝いてくれるだけで恩恵《おんけい》なのに、お前はいつもその優しさで私を気遣い、その聡《そう》明《めい》さで私を助けてくれる。それなのに、そんなことを言う。お前は本当に、与《あた》えるばかりで受けとることを知らなすぎるようだ。どうか微笑《ほほえ》んでおくれ、私のエカテリーナ。今日は晩餐《ばんさん》に、客人を招いている。おもてなしをすると、張り切ってくれていただろう。客人といっても、お祖《じ》父《い》様がお引き立てになった画家だ。気楽に、会話を楽しんでほしい」

はっ、そうでした！

「ハルディン画伯《がはく》でしたわね、お祖父様とお兄様の肖像画《しょうぞうが》をお描《か》きになった……。わたくし女主人として、しっかりとおもてなしいたしますわ！」

祖父セルゲイの為人《ひととなり》や、子供時代のアレクセイのエピソードが聞けるかもと、楽しみにしていたことを思い出してエカテリーナのテンションが一気に上がる。

公爵邸に着いたら、執事《しつじ》のグラハムさんと打ち合わせだー。頑張《がんば》るぞ！

「お招きにあずかり光栄に存じます」

グラハムに案内されて兄妹《きょうだい》の前に現れたハルディン画伯は、そう言って微笑んだ。

三十代前半くらいの細身で端整《たんせい》な、いかにも芸術家という繊細《せんさい》さを感じる人物だ。髪《かみ》の色はよく実った小麦のよう、金髪《きんぱつ》というべきかライトブラウンというべきか迷うあたり。そして珍《めずら》しいのは瞳《ひとみ》の色で、片方が黒、片方が緑と、色が異なっていた。こういう瞳は、前世では金銀妖瞳《ヘテロクロミア》と呼ばれていたはず。

「お会いできて嬉《うれ》しゅう存じますわ」

微笑んだエカテリーナだが、画家の二色の瞳に強く見つめられて戸惑《とまど》った。

「ご無礼を。美しい方を見ると、どう描こうか考えてしまうのです」

「まあ、お上手ですこと」

職業病ですね、と納得《なっとく》したエカテリーナである。

「当然だな。エカテリーナ、ハルディン画伯は人気の肖像画家で注文を多く抱《かか》えているが、いずれはお前の肖像画を描いてもらう。お前の美しい姿を画布に留《とど》めることができる画家は、画伯をおいて他《ほか》にいないだろう」

アレクセイは楽しげだ。

「お兄様の肖像画は、たいそう見事ですものね。わたくしはお祖父様とお兄様がご一緒《いっしょ》の肖像画が、とても好きですの。ふとした折に見たくなって、肖像画の間に足を運んでおりますのよ」

「嬉しいお言葉です。セルゲイ公には、まことにお世話になりました。私が画業で食べていけるようになれたのは、セルゲイ公のおかげと言って過言ではございません。今宵《こよい》は公の思い出話をさせていただくのを、楽しみにしてまいりました」

そう言った画家を、エカテリーナは女主人らしく食卓《しょくたく》へ導いた。


期待していた通り、大いに話が弾《はず》む夕餉《ゆうげ》になった。

グラハムが完璧《かんぺき》な分量を注いだワインの銘柄《めいがら》を聞いて、画伯は目を見張る。ユールノヴァはワインの名産地で、当然ながらこの公爵邸には、人も羨《うらや》む高級ワインがずらりと貯蔵されていた。ワインの銘柄は、客人の重要度に応じて変わる。グラハムが選んでくれた本日のワインは、画家にはなかなか供されることがないクラスであるようだ。

それが潤滑剤《じゅんかつざい》になった面もあるのか、画伯は祖父セルゲイとの出会いを詳《くわ》しく語ってくれた。

ハルディン画伯は、子爵家の三男として生まれたそうだ。しかし魔力《まりょく》が足りず、魔法学園へ入学できなかった。それで家族にも冷遇《れいぐう》され、鬱々《うつうつ》として趣味《しゅみ》の絵ばかり描く日々を過ごしたという。画家になりたいと夢見てはいたものの、夢に過ぎないと自分で自分を嗤《わら》っていたと。

そんな頃《ころ》に、道に迷っていた紳士《しんし》と出会って案内をした。

「その紳士は、私のスケッチブックをご覧になって、微弱《びじゃく》ながら魔力を感じるが何か特殊《とくしゅ》なものかな、とお尋《たず》ねになったのです。属性がよく解らないから、稀少《きしょう》魔力ではないかと。そんなはずはないと私が言うと、首を傾《かし》げておられましたが。そして、道案内のお礼がしたいから家へ訪ねておいでとおっしゃいました。その紳士が、アイザック・ユールノヴァ博士でした。そして訪ねて行った私を、セルゲイ公と引き合わせてくださいました」

そういえば、アイザック大叔父《おおおじ》様は、虹石《こうせき》魔力の利用実例を探すフィールドワークをしていた。それで、物質に宿った魔力に敏感《びんかん》だったのかもしれない。

だとすると、画伯のスケッチブックには、確かに稀少魔力が宿っていたのではないか。画伯は魔力量は少なくとも、稀少魔力の持ち主なのでは。

虹石魔法陣《まほうじん》のことはオープンに話せないため、内心で思うエカテリーナである。

祖父セルゲイはハルディンの絵を見て、こう言ったそうだ。

『技術的なことはさておき、描かれている人物に魂《たましい》を感じるね。こういう絵は、私は好きだ』

絵を学んで、技術を磨《みが》いたら、またおいで。君に絵を依頼《いらい》するから。そうも言ってくれた。

「大いなる希望であり、重圧でした。ユールノヴァ公爵を失望させる絵を描けば、将来など閉《と》ざされるでしょう。恥《はじ》も外聞も捨てて、食《く》らいつくように絵を学びました」

しみじみと言うハルディンに、エカテリーナは同情を込めてうなずく。

「そして見事に、大成されましたのね。魂を感じるというお祖父様のお言葉、わたくし、解る気がいたしますわ。描かれているお祖父様を見つめていると、お声を聞くことができそうな気がいたしますの」

「恐《おそ》れ入ります。実は、他の方からもそういうお言葉をいただくのです。魂が描かれていると。

奥様が他界なされた方が、私が描いた奥様の絵を部屋に飾《かざ》っていると夢の中で会うことができる……そう仰《おお》せになって、涙《なみだ》を流しておられました。私自身はただただ、誠実にお姿を写しとっただけなのですが、喜んでいただけるのは嬉しく思っております」

魂を描く画家……。

前世の『ドリアン・グレイの肖像』とか思い出してしまいましたけど、ちょっと違《ちが》うかな。

とにかく、すごいと思います。

私も、いつか描いてもらえるのかしら。どんな絵になるのかな。

画家との晩餐の翌日。

「エカテリーナ様、お招きありがとうございます！」

ユールノヴァ公爵邸《こうしゃくてい》に、明るく華《はな》やかな声が響《ひび》き渡《わた》った。

魔法学園の寮《りょう》へ迎《むか》えに出した馬車から降りてきたのは、フローラとマリーナ、そしてオリガの三人だ。

「我が家へようこそ」

女主人然と微笑んで出迎えたエカテリーナだが、すぐに三人の級友ときゃっきゃし始めた。

「まずはお茶にいたしましょうね、くつろいでくださいまし。二種類の薔薇《ばら》のクッキーをご用意しておりますの、領地のシェフと皇都のシェフ、どちらの薔薇がお好みかしら。フローラ様は両方ご存じですわね」

「はい。ユールノヴァ領の薔薇クッキーは、見た目が本物の薔薇のようで本当に素敵《すてき》ですね。皇都のクッキーは、味が美味《おい》しいと思います」

「楽しみですわ！　さすが、公爵家のおもてなしは優雅《ゆうが》ですこと！」

はしゃぐマリーナ。薔薇の趣向《しゅこう》を喜ぶ乙女心《おとめごころ》もありつつ、色気より食い気が強い性質《たち》だと、だんだん理解されてきていたりする。

小さめ（公爵家基準）の談話室でミナが淹《い》れてくれたお茶を飲みつつ、薔薇クッキーの評価はどちらが上か皆《みな》でそこそこ真剣《しんけん》に悩《なや》んだあと、エカテリーナが言った。

「そろそろ、声楽の先生がお着きになる頃ですわ。ディドナート夫人とおっしゃる方で、かつては国立劇場で活躍《かつやく》された歌手でいらしたそうですの。わたくしもまだ一度しかお会いしておりませんけれど、教え方がお上手と定評があるそうでしてよ。本日は、一緒にレッスンを受けてくださいましね」

「う、嬉しいです！」

オリガが上ずった声で言う。

「でもそんな、いいんでしょうか。わたしなんかがそんな……リーディヤお嬢様《じょうさま》も、国立劇場の歌劇で主演を務めていた元歌手の方からレッスンを受けていらっしゃいます。国立劇場の歌手って、皇国最高の歌手っていうことで……そういう方のレッスンなんて、お嬢様のように身分の高い方や、すごいお金持ちでなければ、受けていいものではないと思っていました……」

「オリガ様」

笑って、エカテリーナはオリガの手を取った。

「わたくしのレッスンにご一緒いただくだけですもの、問題があろうはずはございませんわ。わたくし、オリガ様にレッスンを受けていただきとうございます。素晴《すば》らしい才能をお持ちなのですもの、きっと楽しんでいただけると思いましたの。それにわたくしが、いっそうの磨きがかかったオリガ様の歌声を、聞かせていただきたいだけですのよ」

身分制社会だし、オリガちゃんが育ったセレズノア領では身分による制限がもっと厳しいらしいから、気後《きおく》れするのは無理もないよね。

でもぶっちゃけ、最後が本音です。オリガちゃんみたいなファルセットが出せる人、そうそういないよ！ マジで好き！

「それにわたくし、気になっておりましたの。オリガ様のご実家で歌い継《つ》がれてきたあの歌も、本当なら学園でこぞって歌われ、もてはやされていたはずですのに、わたくしが止めてしまいましたでしょう。正当な評価を受けられなくしてしまったのですもの、申し訳ないことですわ。わたくしの気がかりを晴らすためと思って、もてなしを受けてくださいまし。セレズノア家の方針に口出ししたり、オリガ様を困らせるようなことはいたしませんけれど、この我が家であれば心置きなく歌っていただくことが出来ましょう。オリガ様にはぜひ、のびのびと歌を楽しんでいただきとうございます」

そう。オリガのためにと月光花と戦士蝶《ちょう》の歌が学園で歌われないように配慮《はいりょ》したものの、それがベストだっただろうか？　と後から悩んでしまったのだ。前世の感覚で、どうしてもモニョるエカテリーナである。

で、アレクセイにおねだりしていた声楽レッスンが受けられることになって、最初のレッスンの時に、ピコーン！　ときた。学園で歌えばリーディヤに知られる可能性が高いけれど、ユールノヴァ公爵邸でなら、歌ってもバレないだろうと。

それにうちなら、一石二鳥のおまけもあるし！

「レッスンの後は、また祖母のドレスをご覧くださいましね。領地にもたくさんありましたので、持って帰ってまいりましたの。四人で見立てっこをいたしましょう、きっと楽しゅうございましてよ」

「まあ、嬉《うれ》しい！　先日はとっても楽しかったですわ。あんなにたくさんのドレスが並んでいるのを見たのは、初めてでしたの」

はしゃいだ声を上げたのはマリーナだ。オリガの遠慮を吹《ふ》っ飛ばそうと加勢してくれているのがわかって、エカテリーナもにっこりする。

「きっと、お二人にお似合いになるものがありましてよ」

マリーナは友達が多いし、オリガは夏休みに実家へ帰らず寮で過ごして、同じく帰らなかった生徒たちと仲良くなったそうだ。そういう生徒たちで、ドレスが欲しい子がいれば橋渡しをしてくれるよう頼《たの》もうと思う。

祖母の怨念《おんねん》退散。

「お嬢様方、本日はよろしくお願いいたします」

声楽の教師、ディドナート夫人はそう言って微笑《ほほえ》んだ。

年齢不詳《ねんれいふしょう》な美魔女《びまじょ》タイプだが、四十代後半らしい。わずかに赤みのかかった銀髪《ぎんぱつ》、瞳《ひとみ》はグレイ。歌手はすでに引退して、教育に専念しているというが、姿勢の良い身体《からだ》からは力強いオーラを感じる。声がメゾソプラノのため歌劇で主演することは多くなかったと思われるが、それだけに技巧《ぎこう》派で、技術と知識が確かであるゆえに教えるのが上手《うま》いのだろう。

「まずは発声練習からまいりましょう」

そう言われて、四人で声を合わせて発声練習をする。地味なところだが、前世の部活を思い出して、エカテリーナは大いに楽しんだ。

しかしここですでに、ディドナート夫人の視線がオリガに向き、おやという感じになっている。声音《こわね》の美しさや声の伸《の》び、音程などが、わかる人にはわかるほど優《すぐ》れているということだ。

ふふふ、おわかりですか！

内心、妙《みょう》にドヤってしまうエカテリーナである。

その後、まずは実力を見るということで、四人とも一曲ずつ歌った。エカテリーナは最初に夫人と顔合わせした時に歌い済みなのだが、平等に、というところか。オリガはエカテリーナのリクエストで、月光花と戦士蝶の歌を歌った。

「皆様、それぞれ優れた点をお持ちですわ。わたくし、教師として楽しみでございます」

まんざらお世辞ではない様子で、きらりと目を光らせて夫人が言う。

「特にオリガ様、今も素晴らしく良いお声ですが、姿勢などに気を付ければさらに良くなりますわ。ビブラートをお教えします、今の美しい高音に加えれば、聞く人が冒頭《ぼうとう》から涙するほどになることでしょう。まだまだ伸びしろがおありです」

よっしゃあ！

感激で口元を押さえているオリガを、他《ほか》の三人が笑顔《えがお》で称《たた》える。

ディドナート夫人が、ふふ、と笑った。

「わたくしは普段《ふだん》、複数のご令嬢をお教えする場合、どなたかお一人を特に褒《ほ》めることのないようにしております。他の方がお気を悪くなさいますので。ですが、お嬢様方にはそのような気遣《きづか》いは無用ですね。本当によきご友人方でいらっしゃいます。……ただしオリガ様、わたくし期待をしてしまった分、厳しくお教えしてしまうかもしれません。どうか広く強い心で、学んでくださいませ」

「……」

えっと、オリガちゃん。

頑張《がんば》って！

「それは、楽しそうでなによりだったね」

「はい、とても楽しゅうございました」

弾《はず》んだ声で言うエカテリーナに、ミハイルは目を細めた。

ここは、いつぞやミハイルに、オリガが音楽の夕べに参加できるようにしたいという相談を持ちかけた東屋《あずまや》だ。オリガを声楽レッスンに誘《さそ》ったのは、あの件の後日談のようなものなので、ミハイルにも報告することにした。

もちろん今日も隣《となり》にはフローラ、少し離《はな》れてミナ、イヴァン、ルカの三人組がしっかりいる。

社畜《しゃちく》の感覚では、ミハイルは報告対象の上司ではない。しかし、報連相の相談で協力してもらった恩義がある。そういう場合、機会があればその後の状況《じょうきょう》を報告し、協力への感謝を伝えるべきだ。

で、その後もツテとして使えるように関係を保つと。

ミハイル相手に人脈ケアは違《ちが》うような気がするが、人として礼儀《れいぎ》は守るものだろう。

「兄や、兄の側近の方々が、聴《き》きにいらしてくださいましたの。皆様の歌声に、感心しきりでしたのよ」

そう。レッスンを受けている最中、アレクセイとノヴァク、ハリルやアーロンが揃《そろ》って顔を

出したものだから、マリーナとオリガは硬直《こうちょく》していた。

「エカテリーナ様はいつもご自分のことをおっしゃいませんけど、閣下が一番感動なさっていたのは、エカテリーナ様の歌声でした。とってもお上手ですから」

フローラがにこにこと言う。

『エカテリーナ、私の歌う星。お前の歌声はお前の美しさと同じほど輝《かがや》かしく、芳《かぐわ》しい。お前の歌を聴く間、世界が花咲《さ》き乱れる楽園に変わったようだったよ』

アレクセイの感想である。

突然《とつぜん》の公爵《こうしやく》一同登場にも動じなかったディドナート夫人が、妹の頬《ほお》に手を添《そ》えて目を見つめて囁《ささや》かれたこの言葉には、目を点にしていた。

「お兄様はわたくしに甘くていらっしゃるだけですもの。フローラ様やオリガ様のほうが、ずっと素敵《すてき》ですわ」

うん。褒めてもらえてとっても嬉しいけど、お兄様の聴覚《ちょうかく》は超《ちょう》高性能シスコンフィルター装備なので、ある意味ノーカンですよ。一般《いっぱん》の評価とはかけ離れていることを、忘れたらあかん。

しかしそういえば今回、初めてシスコンフィルターが嗅覚《きゅうかく》にも及《およ》んでたわ。祝・初進出。祝していいのか、よくわからないけど。

「……」

ミハイルは苦笑《くしょう》する他ないようだ。

そんなミハイルに、エカテリーナはこう切り出した。

「兄の側近の皆様《みなさま》は、音楽の夕べを聴くことができなかった代わりに、レッスンを聴きたいとお思いになったそうですの。楽しんでくださいましたのよ」

そういう理由で、ハリルとアーロンはともかくノヴァクまで現れるのはどうしたことか。執《しつ》務《む》室の御《ご》意《い》見番《けんばん》的立ち位置は、どうしてしまったのか。シスコンウィルスへの免疫《めんえき》が低下していないだろうか。

というあたりは置いといて、エカテリーナはこれだ！と思ったのだ。

「それで、ミハイル様にも楽しんでいただけるのではないかと思いましたの。わたくしの歌をお聞かせする約束がございましたでしょう、もしよろしければ、次のレッスンの折、拙宅《せったく》にお出《い》でになりませんこと？　音楽の夕べの代わりになるかはわかりませんけれど、なんと申しましょうか、気楽なお気持ちになっていただけるのではないかと」

エカテリーナの提案に、ミハイルは目を見開き、ゆっくりと微笑んだ。

「僕を、家に招いてくれるの？　君の家で、歌を聴かせてくれるの」

「ミハイル様のご配慮《はいりょ》に、わたくしは本当に感謝しておりますの。ひととき楽しんでいただけるなら、嬉しゅうございますわ」

クラスを巻き込んで音楽の夕べを再現できないかとも考えたが、それでは皇子ミハイルを特別扱《あつか》いしているようで、いつも特別な存在であるミハイルにとっては『いつも通り』になってしまう。

彼に『みんなと同じ』を味わってもらいたい。友達の家をふらっと訪《おとず》れてちょっとした集まりに加わるというのは、学生らしくていい感じではなかろうか。ユールノヴァ公爵家なら、皇子がふらっと訪ねて来ても、警備等はしっかりしているし。

男子高校生の年頃《としごろ》だから、女子の集まりに男子が一人で加わるのはキツイかもしれないが、うちならそこもバッチリだ。

「女子の集まりに加わるのは気づまりとお思いでしたら、兄とご一緒《いっしょ》くださいまし。ミハイル様のお越《こ》しとあれば、兄も謹《つつし》んで陪席《ばいせき》にあずかることでしょう」

なんだかんだ言っても気心の知れた二人、ユールノヴァのファーストダンスで男子パートを一度で合わせた息の合い方はすごかった。きっと、くつろいで楽しんでもらえるに違いない。

と、本気で思っているエカテリーナである。

「…………」

ミハイルは無言で、中空に視線をさ迷わせている。遠い目だ。アレクセイと並んでエカテリーナの歌を聴く状況を、想像しているのかもしれない。

雪の歌にリアリティが加わる想像が、捗《はかど》っているかもしれない。

「お気に召《め》しませんかしら……」

エカテリーナはしょんぼりする。思えば、こんなお膳立《ぜんだ》てをしなくても、ミハイルは自分でふらっと公爵邸《てい》へ遊びに来たことがあった。薔薇《ばら》の季節、皇帝《こうてい》陛下が観賞された薔薇園が見たいと言うクラスメイトたちを公爵邸へ誘った時に、ミハイルがしれっと紛《まぎ》れ込んできたのだ。

ミハイルはあわてて首を横に振《ふ》る。

「まさか。君が僕のためにいろいろ考えてくれたこと、とても嬉《うれ》しいよ。ただその、どんな風に聴かせてもらうか、もう少し考えたいな。とっておいて、楽しみたいというか」

「ああ！　そうですわね、想像したり、計画を立てたりするのは、楽しいことですわ」

旅行とか、実際に行く時より予定を立てている時のほうが楽しかったりするよね。気持ちはわかる。

「お望みがあれば、おっしゃってくださいまし。できる限り、お応《こた》えいたしますわ。フローラ様のご都合が合う限りですけれど」

「私のことはお気遣いなく。閣下がお許しになりさえすれば、私はいつでもどこでも、エカテリーナ様とご一緒します」

イイ笑顔でフローラが言った。

「そうですわね、もちろん、お兄様がお許しになればですわ」

深くうなずきながらも、皇子は絶対お兄様が許さないような状況をリクエストしてきたりはしないに違いない、とエカテリーナは確信している。

二学期が始まる直前、君子危《あや》うきに近寄らずとか思っていたことは、すっかり頭から消えてしまったらしい。

問題がすべて片付いたと思っていたわけではない。リーディヤがどう出るか、警戒《けいかい》しなければならないとは思っていた。

それでも、思いがけないほど前世の大ヒット曲が反響《はんきょう》を呼んでしまって、ついそちらに気を取られていたのだ。

だから。

ある朝クラスに登校してみると、泣き腫《は》らした目をしたオリガが、殴《なぐ》られたような痣《あざ》のできたレナートの片頬を冷やしているのを見て、エカテリーナは愕然《がくぜん》とすることになる。


もちろんエカテリーナは、すぐさまレナートとオリガのもとへ行って何があったのか尋ねた。が、二人とも何も言おうとしない。しかし、言いたげな表情はする。それで、皆がいる教室では話せないことなのだろうと察しをつけて、休み時間に空き教室へ誘った。フローラさえ空気を読んで来ず、三人きりになって、初めてレナートは話し出した。

「セレズノアの領法が改定されるだろう、とリーディヤお嬢様《じょうさま》がレッスンの時に言ったんだ」

痣のできた顔を悔《くや》しそうに歪《ゆが》めて言われた言葉に、エカテリーナは戸惑《とまど》うしかない。

「それは……どのような改定ですの？」

「いくつかの身分で、所有禁止の物が増える」

身分で、所有禁止の物……？

エカテリーナの脳内で疑問符《ぎもんふ》が飛び交《か》ったが、以前聞いたミハイルの言葉が蘇《よみがえ》った。

『セレズノア領では、身分に応じて着るものや髪型《かみがた》、家の広さに様式まで、事細かに領法で定められているんだ』

泣き腫らしたオリガの目を、エカテリーナはちらりと見る。

レナートが苦々しげに言った。

「そうだよ。オリガが属する身分への改定で……ピアノの所有が禁止されるそうだ」

ピアノ！

音楽の夕べで、ピアノの弾《ひ》き語りをしたオリガちゃん。彼女の実家には、ピアノがあるはず。貴族の基準では裕福《ゆうふく》とは言えない彼女の家に高価なピアノがあるなら、きっと彼女の実家は音楽好きな一家なのだろうと思った覚えがある。

そのピアノが禁止って……。

「うち……うちのピアノは、おばあちゃんのお嫁入《よめい》り道具だったんです」

オリガの目に、またじんわりと涙《なみだ》がにじんだ。

「おばあちゃんはすごく大事にしていて、家族はみんなおばあちゃんから弾き方を習って、毎日誰《だれ》かが弾いてみんなで歌って……おばあちゃんは寝込《ねこ》んでからも、ピアノを掃除《そうじ》してくれたかいって気にして、毎年必ず調律してね、大事にしておくれって。うちの領地の人たちも、親戚《しんせき》の人たちも、うちに来るとピアノを聴《き》かせてくださいって、楽しみにして来てくれて。おばあちゃんの形見だし、宝物なんです。うちだけじゃない、みんなの……」

ぽろっと涙をこぼしたオリガを、エカテリーナは思わず抱《だ》きしめる。

ヤバい、もらい泣きしそう！　めっちゃぐっと来た！

オリガの涙を辛《つら》そうに見て、レナートが話を続ける。

「僕にピアノ所有禁止のことを話した時、お嬢様は、音楽を愛する者として残念に思うわって言っていたんだ。でも、口の端《はし》で笑っていた。それで、もしかしたらと思った。いや、もう確信してた。だから昨晩、寮《りょう》に父を呼び出したんだ。父はセレズノア侯《こう》の側近だから、領法改定の動きがあれば知っているはずだから。お嬢様の御用《ごよう》だと書いた手紙を送ったら、父はすぐやって来た。領法改定のことでと言ったら、こう答えたんだ」

『何も問題はない、お父上はすぐにもお望みの通りに変更《へんこう》させるご意向ですとお伝えしろ』

つまり、領法改定はリーディヤが父親に頼《たの》んだことだった。

うわあ……。

オリガの背中をよしよしと撫《な》でながら、エカテリーナは苦々しい気持ちを抑《おさ》えられない。

リーディヤに睨《にら》まれないため、オリガに目が向かないよう気を配ったつもりだった。けれど、あの美声はやはり、称賛《しょうさん》を集めずにはおかなかったのだろう。もしかすると、さすが音楽の名家！　と称《たた》えるつもりで、臣下のオリガがピアノの弾き語りで素晴《すば》らしい歌を歌ったと、誰かがわざわざリーディヤに伝えたのかもしれない。

きっとリーディヤは、貴族令嬢らしい微笑《ほほえ》みを浮《う》かべて、我が家の臣下の娘《むすめ》がそのような評判を取るとは嬉しいことですわ、などと言ったに違《ちが》いない。

その裏で、オリガの一家の宝物であるピアノを、取り上げようと動いた。

「つい、なんてことを！　と父に食ってかかってしまって。お嬢様の御用というのが嘘《うそ》だとばれたこともあって、殴られたんだ」

「まあ……」

　こんな痣になるほど殴るなんて、なんちゅう父親だ。

「うちは本来、武芸の家柄《いえがら》だからね。兄たちは剣《けん》やら槍《やり》やらの稽古《けいこ》でしょっちゅう痣だらけになってる。僕は、変わり種なんだ」

　唇《くちびる》を歪めて、レナートは痣をさする。

「お嬢様のお気に入りってことで、殴られたことなんてなかったんだけど。リーディヤお嬢様は、将来皇后になるお方として、セレズノア家の期待を一身に集めている。一言言えば領法改定さえ簡単にできるほどだ。そのお嬢様に刃向《はむ》かおうとしていると思われたら、僕なんかこうだよ」

　うーん……。お父さんとの関係とか、複雑そうだなあ。

　でも今は、オリガちゃんだ。領法改定ときたか……完全なるセレズノア領の内政問題、お兄様はもちろん皇子だって口出しできないところ。ある意味、賢《かしこ》いやり方だよ。なんか、いかにもあちららしいけど。

　腹立つ！

　と、レナートが言った。

「お嬢様の本当の狙《ねら》いはオリガじゃなく、君だよ、ユールノヴァ嬢」

「わたくし？」

　思わずエカテリーナは目を見張った。

「未来の皇后の座を狙う上で、君は最大のライバルだから。その君が、音楽でこれほどの評判を取った。お嬢様は、自分への挑戦《ちょうせん》だと思ったらしい。それに、下級貴族と親しく振る舞《ま》うことも、そういう階級からの支持を得るための策だと思っている。だからこれは、君への対抗策《たいこう》だ。セレズノアの臣下を勝手に使って評判を上げた君のせいで、オリガが罰《ばつ》を受けることになった。君がこれを放置すれば、下級貴族を使い捨てる身勝手な公爵令嬢だという評判を広めて、支持を低下させようとするだろう。だけど口出しすれば、セレズノアへの内政干渉《ないせいかんしょう》になって思う壺《つぼ》だ、というわけ。だからこそセレズノア侯《こうしやく》も、迅速《じんそく》に動いているんだと思う」

「……」

なんでやねん……勘弁《かんべん》してよ。

私にとっては音楽の夕べはクラスの親睦《しんぼく》会で、カラオケ大会の代わりだっつーの。下級貴族の支持とか、何それ。

って、前世の感覚では思うんだけどね……。

今の私は特権階級の公爵令嬢。高位貴族の勢力争いに、もう参戦しているべき立場だもんね。そういう考え方が、当たり前にできるのが本来の姿なんだろう。

すまん！　公爵令嬢としてポンコツで、ほんとすまん！

レナートがくすっと笑う。

「解《わか》っているよ。君は、そんなつもりは少しもなかった。君はただ、音楽を楽しんでいた。皆にも、音楽を楽しんでもらおうとしていた。だからあの夜は、あんなに楽しかったんだ。強制されて聴く音楽は、どんなに優《すぐ》れていても心底は楽しめない。それは音楽じゃない。領地では、月光花と戦士蝶《ちょう》の歌のような地元で歌い継《つ》がれて来た音楽は、一段低いものとして扱《あつか》われている。でも、音楽に上下はないんだって、ああして楽しむのが音楽だって、あの夜に僕は心底思った。僕もそういう音楽をやりたいって。なのに……」

レナートは唇を震《ふる》わせて、うつむいた。可愛《かわい》い少年の顔が、悔しさで歪んでいる。

エカテリーナはすうっと息を吸い込んだ。

「お言葉ありがとう存じますわ、レナート様。ですがやはり、わたくしは間違いを犯《おか》しました。お二方にご参加いただくべきではなかったのです。レナート様がお父君のお怒《いか》りを受けたのは、わたくしが主催《しゅさい》した催《もよお》しに参加したためでもあったのでは」

図星であったようで、レナートは目を逸《そ》らす。

「そしてオリガ様。ご実家を含《ふく》めて、大変なご迷惑《めいわく》をおかけすることになってしまいました」

「わ……わたしは、前からお嬢様のお気に召《め》さなかったんです！　お部屋の掃除をしながら歌っていたのがお耳に入ってしまって、田舎臭《いなかくさ》い騒音《そうおん》で気分が悪くなったわって、呟《つぶや》いていらしたことがあって……」

「そんなの気にすることない！」

いきなりレナートが叫《さけ》んだ。

「お嬢様は、音楽神の庭に招かれることに執着《しゅうちゃく》している。だから、他《ほか》に才能のある者を見ると排除《はいじょ》しようとする。僕を毎日レッスンに付き合わせるのも、僕が自分の練習をできないようにするためなんだ。オリガの歌は素晴らしいから、お嬢様が嫉妬《しっと》したに決まってる。お嬢様は確かに上手だ、美しい声に完璧《かんぺき》な技術、歌声には聞き惚《ほ》れずにはいられない。でも！　楽しくないんだ！」

さすが音楽馬鹿《ばか》。レナート君、熱いね！

これだけ裏事情を読み解けるっていうことは、君はリーディヤの、未来の皇后の側近たるべく育てられてきたんじゃないか。

なのに、音楽のためとなったら、たちまち馬鹿になっちゃって。仮想敵であろう私の歌、領内の価値観的にまずいオリガちゃんの歌を、堂々と称賛しちゃったのか。

今だって、こんな話を私にぶっちゃけたのって、オリガちゃん家《ち》のピアノのためだよね。

本当に音楽馬鹿だねえ。そういうの、嫌《きら》いじゃないぜ。

しかしレナート君、いつの間にオリガちゃんを呼び捨てするように？

ともあれ。

エカテリーナは、右手を自分の胸に当て、微笑んだ。

「セレズノア様は、わたくしの催しを挑戦と捉《とら》え、それに対抗するおつもりでこのような動きに出られました。ならば……わたくしは、エカテリーナ・ユールノヴァとしてそれに向き合わねばなりませんわ。セレズノアの領政はともかく、わたくしのクラス、わたくしのクラスメイトに、お手出しは無用。それを、必ずや、ご理解いただきます」

「エカテリーナ様……」

あー、言い放っちゃった。何したらいいのか解ってもいないのに。でも、お姉さんとして、子供たちを泣かせるわけにはいかないもんね。

そして多分。公爵令嬢《れいじょう》として、ここは、対抗しなければならないところなんだろう。貴族令嬢ってものを教えてくれてありがとう、リーディヤちゃん。

絶対、お礼はさせてもらう！

見てろー！　悪役令嬢が返り討《う》ちにしたるー！

今さらですがエカテリーナ・ユールノヴァは、前世ド庶民《しょみん》アラサー社畜《しゃちく》、今生は幽閉《ゆうへい》のち引きこもり令嬢。

どっちの属性でも、高位貴族との権力争いなんて経験値ゼロ。そんな初心者が自力で問題解決しようなんて、思ったらあかん。

というわけで、まずは報連相しなければ。

とはいえ、事態の打開を望むのであれば、報告先におんぶに抱《だ》っこで「策を教えてください」なんて言ってはいけない。自分でも精一杯《せいいっぱい》考えて、打開策の案は出すべき。それを叩《たた》き台にして具体的な形にするか、案をけちょんけちょんに言われて別の策を教えてもらうかは、相手と状況《じょうきょう》次第《しだい》だけど。

若手の頃《ころ》ならともかく、それなりに年季の入った社会人なら、当然の心得ですよ。

そんな考えから、エカテリーナは社会人の経験値と歴女の知識と今生の知識とを総動員して、自分なりのプランを立ててみた。

そして、報告に時間がかかることを見越《みこ》して、放課後に時間をもらいたいとアレクセイにお願いした。

「わたくしが至らぬばかりに、このようなお話をお伝えせねばならないこと、心苦しく思っております。お許しくださいまし」

アレクセイと執務室《しつむ》の面々、そしてフローラを前にして、エカテリーナは頭を下げる。

オリガとレナートを心配しながらも、二人から話を聞くときには空気を読んで来なかったフローラは、初めて事情を知って目を見張っていた。領法改定など、彼女にとっては別世界の話に思えるだろう。

「よく話してくれた」

アレクセイが妹の手を取った。

「至らぬなどと、口にすることはないんだよ。お前は少しも悪くない。お前は天の高みで輝《かがや》く存在だ、そのような下劣《げれつ》な策になど、むしろ関《かか》わることなくいてほしい」

「お兄様……」

ずっと昔のことみたいに思えるけど、一学期の最初の頃には、近い身分の者と付き合って身分にふさわしい考え方を身につけてほしい、って言っていたのに。

うーん、お兄様が順調にシスコンを極《きわ》めていることが、あらためて解る。さすがお兄様。感心していいのか、よくわからないけど。

ああああ、私のブラコンが追いつけない！

「お兄様、わたくしは」

「解っている。お前のことだ、友人にそのような攻撃《こうげき》をされて、さぞ心を痛めているだろう。だが安心してほしい……セレズノアめ、たかが一度皇后を出した程度の家が、我ら誇《ほこ》り高きユールの一族に楯突《たてつ》こうなどとは、思い上がりも甚《はなは》だしい。あげく、お前の心を煩《わずら》わせるとは。私がしかと、身の程《ほど》を思い知らせてくれよう」

アレクセイの形良い唇《くちびる》に、酷薄《こくはく》な笑《え》みが浮《う》かぶ。

麗《うるわ》しき氷の魔王《まおう》、再臨である。

「お兄様、それは」

し、しまった。前世の社会人スキルを発動してセレズノア対策を考えてたから、上司への報告想定になってしまっていた。よって、シスコン対策が無策だったー！

私のバカバカー！

「閣下、お嬢様」

ノヴァクが声をかけてきたので、エカテリーナはほっとした。

ノヴァクさんなら、お兄様を諫《いさ》めてくれるはず。

「セレズノアは政治思想的には旧守派ですが、その派閥《はばつ》を率いているのはユールマグナです。

三大公爵家に成り代わる野心が見えることで、セレズノアはユールマグナからは睨《にら》まれております。現状の家格は三大公爵家に次ぐためか、排除はされておりませんが。実質、セレズノア派は皇太后陛下だけが頼《たよ》りの、孤立《こりつ》した小派閥にすぎません。その程度のお家がどう動こうと、当家は痛痒《つうよう》を感じませんな。遠慮《えんりょ》は無用かと」

「そうか」

アレクセイの笑みは揺《ゆ》るぎなく、エカテリーナはカクッとこけそうになった。

ちょ……まさかの火に油！

いやお兄様の場合、氷に吹雪《ふぶき》とか？

いやどうでもええわ。うわーん、御意見番《ごいけんばん》が機能してくれない！

「お嬢様、ご心配なく」

商業流通長のハリルが、異国の美貌《びぼう》に柔《やわ》らかな笑みを浮かべた。

あ、ハリルさんが止めてくれる。

「今のお言葉では恐《おそ》ろしげに聞こえてしまったかと思いますが、同じ皇国の貴族です。思い知らせると言っても、物騒《ぶっそう》な話ではないのです。やりようは、いくらでもありますとも。そうですね、たとえば、ユールノヴァ産のワインがセレズノア領の食卓《しょくたく》には届かなくなるかもしれません。当家から直接買い入れているのでなくても、なぜか出入りの商人のもとには入ってこなくなるわけです。貴族の宴《うたげ》には、相応の格のワインが不可欠です。それがなければ、家格にふさわしい宴を開くことはできない。人付き合いもままならないでしょうね。別にこちらは、いささか在庫が不足していて売れないというだけですから、誰《だれ》に咎《とが》められることもありません。が……意味が解《わか》らないなら、侯爵《こうしゃく》家を名乗る資格が問われるというもの」

えっと……確かに物騒ではないですが。止めてくれないんですね……。

「あとはお話しいたしませんが、ご心配なく。ユールノヴァ家とセレズノア家では、経済規模が違《ちが》います。あちらには痛手でも、こちらにとってはどうということはありませんので、お嬢様はどうぞお気になさらず」

最後で台無し！　私に話さないやりようって、一体どんな⁉

ひええ、ハリルさんが黒い！

と、鉱山長のアーロンがふっとため息をついた。

「私の業務領域、鉱山関係ではお役に立てそうになく、残念です」

よかったです！

「ですが、アイザック博士のフィールドワークで国中を歩き回った時、いろいろと思わぬものを見聞きしたり、交流を培《つちか》ったりいたしまして。セレズノアでしたら、辿《たど》ればそれなりに」

……一体何を見聞きして、どういう方面の交流を培ったんでしょうか。

やだー、アーロンさんまで笑顔が黒いよう。

うわーん！　執務室にシスコンウィルスが蔓延《まんえん》してるー！　ノヴァクさんまで発症《はっしょう》してしまった、さすがお兄様のシスコンウィルス、超《ちょう》有能！

なんて感心してる場合じゃない、そんな大掛《おおが》かりに皆《みな》さんの手を煩わせたいわけじゃないんだから。

頑張《がんば》れ自分、報告の次は相談だ！

「お兄様、皆様、お待ちくださいまし。わたくし、この件に関して、やりたいことがございますの。お兄様には、そのお許しをいただきたいと、思っておりました」

思いがけない言葉に、アレクセイがネオンブルーの目を見張る。

「ほう……やりたいこととは何かな？」

尋《たず》ねたアレクセイの目を見て、エカテリーナは言った。

「お会いしたいと思っておりますの。恐れ多くも、お兄様とわたくしの親族であられるお方に」

エカテリーナの言葉を聞いて、アレクセイは微笑《ほほえ》んだ。

「つまり、先帝《せんてい》陛下と……必然として皇太后陛下にも、お会いしたいと」

「はい、そうですの。お兄様に先日お話しいたしました通り、ミハイル様から一度お会いしてはというお言葉をいただいております。大叔父《おおおじ》にあたるお方ですのに、未《いま》だご挨拶《あいさつ》できておりませんので、お会いするのは自然なことかと」

「お前の言う通りだ」

唇に笑みを浮かべて、アレクセイはうなずく。

「それで、お会いして何をする？」

「皇太后陛下はもちろん、先帝陛下も、音楽を愛するお方であられるとか。歌をお聞かせすれば、お喜びいただけるかと……ですが、わたくしの拙《つたな》い歌よりも、才能ある友人をご紹介《しょうかい》して、その歌声をご評価頂けないものかと、そう考えましたの。もしお気に召《め》して、その友人にさらに精進《しょうじん》せよとのお言葉をいただければ……その友人の家が楽器を所持するのを制限するような領法改定は、両陛下のお心に添《そ》わないもの、となりますわ」

ノヴァク、ハリル、アーロン、フローラ。皆の顔に、笑みが広がっていった。

「皇室は、セレズノアの内政に干渉《かんしょう》することはできませんわね。ですけれど、皇太后陛下は、皇室のお方でありつつもセレズノア家のご出身。ご実家に影響《えいきょう》力は、あって当然というもの。かつてはお父君や兄君に無理を言われることもあったとのお話でしたけれど、今のセレズノアの御当主は、皇太后陛下から見れば甥《おい》にあたるお方でございましょう。かつてより、皇太后陛下の権威《けんい》は増しているはず。さらに、皇太后陛下の存在が頼りのお家ということでしたら、ご令嬢《れいじょう》の望みより皇太后陛下のお言葉の方が、はるかに重いのでは。そのように、考えましたの」

アレクセイはもう一度うなずく。親族にあたるお方に会いたい、というエカテリーナの言葉を聞いた時すでに、こういう考えだと察していたに違いない。

「フルールス嬢といったか。お前の友人の歌声は、私も感銘《かんめい》を受けるほど素晴《すば》らしかった。だが、両陛下のお気に召す保証があるかな？」

「ミハイル様とご相談して、ご同意がいただければ、あらかじめ皇太后陛下にお話を通していただこうと思っておりますの。音楽を愛するお方であれば、今回のような領法改定に反対のご意向をいただくことは、難しくないのでは……と期待しておりますわ」

「だがセレズノアは、リーディヤ嬢は、お前に敵対する意思を見せたのだ。それなりの報《むく》いを受けさせなくていいのか」

「先ほどお話があった形で、ユールノヴァとしてセレズノアに意思を示した場合、無関係のセレズノアの領民が不利益を被《こうむ》るように思いますの。オリガ様のご一家にとっても、他家からの圧力でピアノが救われるのでは、周囲からどのように思われるかが案じられます。それを思うと、わたくし、心が重うございます。報いでしたら、ミハイル様と両陛下がわたくしのお願いに賛同してくだされば、そのこと自体がセレズノア様にとって痛手となりましょう。オリガ様とオリガ様のご一家には誉《ほま》れとなり、喜びだけが生まれますわ。そうなればわたくし、ただ嬉《うれ》しゅうございます」

アレクセイは、しみじみとした表情で妹を見つめ、声を上げて笑い出した。

「ああ、エカテリーナ。賢明《けんめい》なる慈愛《じあい》の女神《めがみ》。お前の策は完璧《かんぺき》だ」

いえお兄様、私は女神とかではなく、ただのアラサー社畜《しゃちく》だった人です。今生、公爵令嬢に生まれたおかげですごいコネがあって、結局そのコネにおんぶに抱《だ》っこな甘い考えしか思い付けなかっただけです。

あらためて、公爵令嬢って身分、チートだな……。

いやそれも、シスコンゆえに私に好きにやらせてくれるお兄様が公爵だからこそだけど。

「お兄様、わたくしの願いをお聞き届けになって、先帝陛下をお訪ねすることをお許しくださいまして？」

「勿論《もちろん》だ。ただ」

ここで、アレクセイは渋《しぶ》い顔になった。

「当然、私がお前を先帝陛下に引き合わせるべきだが……先日話した通り私は、先帝陛下への訪問を控《ひか》えねばならない立場だ」

「はい、覚えておりますわ」

エカテリーナはうなずく。

ミハイルから先帝陛下に会ってはどうかと言われた時、兄に相談すると言った。その言葉通り、アレクセイに話したのだ。その時に教えてもらった。

皇国では、先帝は、有力貴族との交流は避《さ》けるべきとされている。先帝が皇帝よりも上の存在となることを避け、皇帝の権威を絶対とするためだ。

前世歴女として、エカテリーナは深く納得《なっとく》した。

日本の歴史でもありましたよ。後白河《ごしらかわ》法皇とか、後鳥羽《ごとば》上皇とか。平安《へいあん》時代の末期あたりで、天皇よりも譲位《じょうい》後の上皇のほうが力を持って、院政を敷《し》いた時代があった。

皇国でも、かつて同じような時期があったそうだ。時の皇帝よりも、譲位後の先帝のほうが権勢を振《ふ》るい、臣下に対しても横暴に振る舞《ま》った。そのため皇国は乱れ、内乱が相次いだ。

それを立て直したのが、中興の祖『雷帝《らいてい》』ヴィクトル。彼はまだ少年の年頃《としごろ》で父から皇帝位を譲《ゆず》られ、実権のないお飾《かざ》り皇帝となった。しかし雷《いかずち》属性の魔力《まりょく》に目覚めたことで、建国の父ピョートル大帝の再来と自ら名乗り、父親を排除《はいじょ》して皇国を立て直したのだ。

なんちゃって歴女的に、皇国の歴史上の人物で、建国四兄弟の次に滾《たぎ》るのがこの雷帝ですよ。元々魔力属性は水だけだったのに、後から雷属性も目覚めて、複数の属性持ちになった。ピョートル大帝が夢枕《ゆめまくら》に立って、皇国を立て直すべく力を授《さず》けられた、と雷帝ご本人が語ったそうで……。

ファンタジー世界だから本当にあり得ることかもしれないけど、計算された演出というか宣伝工作《プロパガンダ》だったら、それはそれで美味《おい》しい。歴史の裏話に妄想《もうそう》が捗《はかど》ります。

それはさておき、その雷帝ヴィクトルが定めた法により、先帝は敬われはすれども実権はない。皇帝に意見することはできるので、権威はあるけれど、臣下に直接何かを命令したりは基本できない。

そして臣下も、先帝に何かを直訴《じきそ》したり、先帝を通じて皇帝を動かそうとしたりしてはならない。有力貴族の現当主は、先帝を訪問することも控えるべき、とされている。

よって、すでに公爵《こうしやく》位を継承《けいしよう》しているお兄様は、先帝陛下に会いに行くことはできない。

「先日のご相談の折には、式典など、お兄様が先帝陛下とお会いすることが可能な機会を見計らうことになっておりました。ですけれど、このような事態となりました。お兄様……今回ばかりは、ミハイル様にご一緒《いっしょ》いただいて先帝陛下をお訪ねすること、お許しくださいませんかしら」

妹のお願いに、珍《めずら》しくアレクセイは即答《そくとう》しない。

「……お前は、それでいいのか？」

「もちろんわたくしは、お兄様とご一緒しとうございます。でも、お友達のためなのですもの」

皇子と一緒は破滅《はめつ》フラグ回避《かいひ》的にリスクがあるけど、オリガちゃんの件は今そこにある危機ですから。優先度が高いのは、オリガちゃんの危機回避です。

「お兄様、お願い」

祈《いの》りの形に手を組んで、エカテリーナは紫《むらさき》がかった青い瞳《ひとみ》に願いを込めて、アレクセイを見つめた。

「……お前がそう望むなら」

若干《じゃっかん》のためらいはありつつも、アレクセイがいつもの応《こた》えを返すと、エカテリーナはぱっと顔を輝《かがや》かせる。

「ありがとう存じます！　お兄様、大好き！」

やったー承認《しょうにん》ゲット！　あらためて、お兄様がシスコンでよかった！

飾り気のない言葉に、物理的な衝撃《しょうげき》を受けたかのように、アレクセイの身体《からだ》が揺《ゆ》れる。

「それではわたくし、ミハイル様にご相談いたします。お会いする折には、お兄様のお言いつけ通り、節度を保つことをお約束いたしますわ」

「ああ……そうしてくれ」

アレクセイは珍しくふわふわとした、幸福そうな笑《え》みを浮《う》かべた。

あぶないあぶない、承認がもらえなかったら、ただでさえ忙《いそが》しいお兄様と皆《みな》さんにセレズノア対策なんて余計なお仕事を増やしてしまうところだった。

なんとか皇子に皇太后陛下への根回しをしてもらって、オリガちゃんへのお言葉をいただかないと。私が失敗したら、きっとお兄様にリカバリーしてもらうことになってしまう。それはいかん！

よーし、皇子にあの東屋《あずまや》に来てもらって、相談だー。

エカテリーナは張り切って立ち上がった。

「イヴァン」

フローラと一緒に足取り軽くエカテリーナが執務室《しつむ》を去り、イヴァンが彼女の守りとなるべく後を追おうとしたところで、アレクセイが彼を呼び止めた。

「はい、閣下。御用《ごよう》でしょうか」

イヴァンはいつも通り、愛想《あいそ》のいい笑顔だ。

妹の耳に届かないよう低めた声で、アレクセイは淡々《たんたん》と言った。

「私からセレズノア侯爵《こうしゃく》へ、与《あた》える物がある。『赤竜の血玉髄《せきりゅうのけつぎょくずい》』を――セレズノア家の皇都邸《てい》、侯爵の寝室《しんしつ》にひそかに置け」

『赤竜の血玉髄』とは、幻《まぼろし》と言われ最も珍重《ちんちょう》される、ユールノヴァ産最高級赤ワインの銘柄《めいがら》である。

攻撃《こうげき》しようとしている相手の領地の産物。赤ワイン、そして銘柄と、二重に血を暗喩《あんゆ》する物が、最も安全であるべき寝室に忽然《こつぜん》と現れる……それを目にした時、セレズノア侯爵、リーディヤの父は、いかなる心境になるであろうか。

「エカテリーナの優《やさ》しい心が痛まぬよう、領民には影響《えいきょう》を出さず、本家の者だけを狙《ねら》うとしよう。両陛下のご意向に添《そ》う、という名目に飛びついてくるよう追い込む」

イヴァンの琥珀色《こはくいろ》の目が、楽しげに光った。

「侯爵家に『護《まも》り』の者がいたら、蹴《け》散《ち》らしてもいいでしょうか」

「好きにするがいい。格の違《ちが》いを思い知らせて、震《ふる》え上がらせてやれ」

「恐《おそ》れ入ります。閣下の仰《おお》せのままに」

イヴァンは笑顔で一礼する。そして、暴走しそびれていささか残念そうな執務室の側近たちをよそに、足取り軽くお嬢様《じょうさま》の後を追っていった。


「いつもながらリーディヤは、ある意味よくできた貴族令嬢だよ」

エカテリーナの話を聞いて、ミハイルは嘆息《たんそく》した。

「彼女らしいやり方だね、セレズノア領の内政のことだから、君や僕に筒抜《つつぬ》けになるとは予想できなかっただろう。まさか日頃から引き立ててやっている分家の者が、君の側につくとは思わなかったはずだ」

いや毎日のようにレッスンに付き合わせているレナート君が、どんだけ音楽馬鹿《ばか》か解《わか》ってないのってどうよ……。

と思ったが、そういえば彼というより彼の父親が侯爵の側近なのだから、セレザール家は確かに侯爵家の引き立てを受けているのだ。その家の息子《むすこ》でありながら、エカテリーナに裏をぶっちゃけたレナートの音楽馬鹿っぷりは、確かに想定外レベルかもしれない。

「それに、君が領法改定のことを知ったとしても、フルールス嬢のために動くとは夢にも思っていないだろうね。下の者を平然と切り捨てるのは、高位貴族のたしなみくらいに思っているから。リーディヤは向上心の強い努力家なんだ。いつも上を見上げて、望む場所にたどり着くための努力を惜《お》しまない。だけど彼女は、下を見下ろすことがない。自分より低い身分の者を思いやることは、発想からない。……高位の貴族として、それも一つの在り方ではあるんだけど」

最後の一言は呟《つぶや》くようで、エカテリーナはつい、ミハイルの顔を見つめてしまう。

ミハイルは小さく笑った。

「君はそういうのを、あまり好きではないだろうね。でも、民《たみ》を思いやる情け深い領主の領地が安定し発展するかというと、そうでもない場合もあるんだよ」

「……君主は愛されるばかりでなく、恐れられるべきであると聞き及《およ》びますわ。いずれか一方しか選べないならば、愛されるより恐れられるほうが望ましいとも。心を向けた者を非情に切り捨てるのは、辛《つら》く難しいことでございましょう。最初から心に留めない君主のほうが、必要な処置をためらいなく行うことが出来る……そういうことでしょうか」

そういえば、前世の二つの大国。

ひとつは自由の国、民主主義のリーダー。

もうひとつは国家というか政党が強大な権力を持ち、主権が国民にあるとは言い難《がた》い体制。

でも、もうひとつの国、すごい勢いで発展していたもんね。人間って、ほんと、単純にはいかない。

ミハイルは目を見張り、ふふ、と笑った。

「愛されるべきか恐れられるべきか、愛するべきかそれとも……か。僕の家庭教師たちが聞いたら、どうあるべきか、侃侃諤諤《かんかんがくがく》の議論を始めそうだ。よかったら、君も加わってみないかい？　当代一流と言われる学者たちと、どんな意見を戦わせるか楽しみだよ」

いやいやいや、何をおっしゃるウサギさん。

……でも、当代一流の学者ぞろいですと？　ど、どんな議論が？

しかし、さすが皇位継承者だなー。前世でも、アレクサンドロス大王の家庭教師がアリストテレスだったりしたもんね。

「エカテリーナ様、まずはオリガ様の件が」

隣《となり》のフローラに言われて、エカテリーナは我《われ》に返った。いけないいけない、歴女の血が滾《たぎ》るところだった。

「ありがとう存じますわ、フローラ様。ミハイル様、まずは先帝《せんてい》陛下をお訪ねする件、ご助力くださいますかしら」

「もちろん。セレズノアの領民たちのためにもなることだからね、彼らも皇国の民だ。未来の皇国の安寧《あんねい》のため、僕は当然、君と力を尽《つ》くすよ」

おお！　皇子ありがとう！　未来の皇国の安寧のため……かっこいいよ君！

「ただ」

アレ？

「すまないけど、僕の力が及ばない点もあるんだ。皇太后陛下《おばあさま》は優しい方だけど、こと音楽に関してはとても真摯《しんし》だから、お世辞は決して言わない。音楽神の庭に招かれた歌い手として、褒《ほ》めるに値《あたい》しない音楽を称賛《しょうさん》してしまえば、音楽神を冒瀆《ぼうとく》することになってしまうからね。皇太后陛下からお言葉をいただくなら、フルールス嬢の実力で勝ち取るしかない」

う、なるほど……それは、如何《いかん》ともしがたい……。

ていうか、孫が頼《たの》めば大丈夫《だいじょうぶ》だろうって、軽く考えていた自分を殴《なぐ》りたい。言われてみればその通りだよ。

「期待に添えなくて、申し訳なく思うよ」

「いえ！　神様から加護を与えられるほどのお方、そのお言葉を、軽々しくいただきたいなどと考えたわたくしが浅はかでしたわ。こちらこそ申し訳のう存じます」

エカテリーナが全力で謝罪すると、ミハイルは少し目を見張って、微笑《ほほえ》んだ。

「そう言ってもらえてほっとしたよ、がっかりされるかなと思ったから。でも、先帝陛下《おじいさま》なら、お願いすればお言葉はいただけると思う。なんといっても君は、先帝陛下が今も大切に思っておられるセルゲイ公の孫娘《まごむすめ》だからね。そのお言葉で充分《じゅうぶん》、セレズノアへの楔《くさび》になるはずだ」

「ありがとう存じますわ。祖父との友誼《ゆうぎ》を大切に思っていただけるとは、恐れ多いことにございます」

皇子が頼んでくれれば大丈夫だろうって思っていたけど、私がセルゲイお祖父《じい》様の孫だから、っていうのは意外だったわ。先帝陛下とお祖父様って、本当に親しかったんだなあ。

しかし……さらっと先帝陛下ならお言葉をいただける、って、思えばすごい言葉ですごい環《かん》境《きょう》だわ……。

「ひとつ、考えておくべき問題があるね。事前にこの件をリーディヤに察知されれば、妨害《ぼうがい》されるだろう。フルールス嬢にあれこれ命じて、学園から一歩も出られなくするとか」

「ああ！　それは、仰せの通りですわ」

察知されなくても、私、仮想敵だもの。止められる可能性は充分あるよね。さて、どうしたものか。

「だからリーディヤを忙《いそが》しくさせて、他《ほか》のことに目がいかないようにしないと。それで思ったんだけど……先帝陛下を訪ねる予定をリーディヤに話して、彼女も誘《さそ》うというのはどうだろう」

「えっ⁉」

「君の歌が学園で話題だから、先帝陛下と皇太后陛下にお聞かせするよう僕が頼んだ。ついてはリーディヤも一緒《いっしょ》に来て、お二人に歌を聞かせてくれないか。そう言って誘う。お二人の前で、君とリーディヤが歌で直接対決するということになるね。そうなれば、リーディヤは必ず受けて立ち、ひたすらレッスンに打ち込むはずだ。相手が君だと思っていれば、フルールス嬢のことは、目に入らなくなるだろう」

な……なるほど！

絶対の自信がある歌で私をこてんぱんにする機会が、目の前にぶら下げられたら、確かに必ず受けて立ってくるわ。両陛下への披露《ひろう》でもあるし、歌声に磨《みが》きをかけて万全《ばんぜん》の状態になれるよう、入念に準備をするに違いない。

やるな、皇子。なかなかの、いや、かなりの策士だよ！

「名案ですわ。ただその場合……オリガ様がセレズノア様と対決することになりますのね」

リーディヤvsオリガちゃん一騎討《いっきう》ち。ファイッ！

見届け人は先帝陛下と皇太后陛下と皇子。

ひー！

お兄様に相談する前にオリガちゃんには、皇太后陛下に助けを求める、そのために陛下の前で歌ってもらうかもしれない、という前振《まえふ》りはしてあった。その時点でオリガちゃんはプルプルしていた……それでも『おばあちゃんのピアノのためならなんでもやります！』と言ってくれたけど。

お嬢様と一騎討ちは……オリガちゃん、大丈夫かな……。

「いっそそのほうが、リーディヤ本人に釘《くぎ》を刺《さ》すことができていいんじゃないかな。皇太后陛下も、ピアノの所有を禁じるような領法は感心しない、という件なら問題なくお言葉をくださると思う。僕もその場にいるわけだから、セレズノアがお言葉に配慮しなかった場合、どういうことかと咎《とが》めることができるよ」

　おお。

「とはいえ、フルールス嬢《じょう》がリーディヤから睨《にら》まれることにはなってしまうね。実家のピアノが救えても、セレズノア領に戻《もど》ってからの、その後の人生が心配ではある」

　悩《なや》ましげに眉《まゆ》を寄せたミハイルに、エカテリーナは笑顔《えがお》を向ける。

「それでしたらわたくし、オリガ様に、学園卒業後も皇都で活躍《かつやく》されることをお勧《すす》めしたいと思っておりますの」

　声楽レッスンの教師、ディドナート夫人が、オリガなら国立劇場が彼女のファンで埋《う》まる歌手になれる、と太鼓判《たいこばん》を押してくれているのだ。

　歌の才能で皇后、皇太后にまでなった実例がある皇国である。貴族令嬢が歌手になるのも、国立劇場で活躍できるレベルであれば、家の誉《ほま》れとみなされる。実家のフルールス家も、皇都で活躍する有名歌手の家となれば、リーディヤもセレズノア家も手出しは難しくなるだろう。

「わたくし、オリガ様の歌声が本当に好きですの。歌手になってくださるなら、ユールノヴァ家として後援《こうえん》するよう、お兄様にお願いするつもりですわ。それであれば、セレズノア様もオリガ様にお手出しはお出来にならないかと」

「それはいい。フルールス嬢の将来は、確実に明るいね」

　ミハイルの表情も明るくなった。

「それほど素晴《すば》らしいなら、僕もその歌声を聴《き》いてみたいな。聴いておくべきだと思うし。声楽レッスンの時に、君の家を訪ねていいかい」

「もちろんですわ、ぜひおいでくださいまし」

「ありがとう、楽しみにしている。……結局、君が勧めてくれた通りになったね」

先日、うちに来て声楽のレッスンを聴かないかと提案したことを言っているのだと気付いて、エカテリーナは微笑んだ。

「今回は、オリガ様の件の一環ですわ。わたくしの歌を聴いていただく件は、また別でお考えくださいまし。皇国の民《たみ》のため、未来の皇国の安寧のためにとご助力くださることに、わたくし、感動いたしました。あらためて何かお礼ができればと思いますのに、何も思いつけませんの……もしミハイル様にご希望があれば、なんなりと仰《おお》せくださいまし」

音楽の夕べの恩も返せてないのに、今回またこんなにお世話になっちゃって。何かお返しできたらと思うんだけど、君、皇子なんだもんなー。お返しといっても、なかなか難しいよ。

「そんなことは気にしないでほしいな。君とこうしていろいろ考えられることが、僕にとっては嬉《うれ》しいんだ」

本当に嬉しそうに微笑むミハイルの言葉を聞いて、君って本当にいい奴《やつ》だよ！　とあらためて思うエカテリーナであった。

翌日。

朝一番でオリガに「大丈夫でしたわ」と囁《ささや》いたが、詳細《しょうさい》を話すにはまとまった時間が必要だ。

というわけで、放課後こっそり落ち合うことになった。

あらかじめ決めておいた空き教室にエカテリーナとフローラが入ると、中にはオリガとレナートがすでに待っていて、すがるような目を向けてくる。

エカテリーナは微笑んだ。

「ミハイル様がお願いを聞き届けてくださいましたわ。先帝《せんてい》陛下、皇太后陛下への拝謁《はいえつ》が叶《かな》います。オリガ様、ご実家のピアノを救うため、両陛下に歌をご披露くださいまし。セレザール様も、オリガ様の伴奏者《ばんそう》としてご一緒いただけます」

オリガに精神的な支えが必要だろう、とあの後ミハイルに、レナートのことも頼んだのだ。

皇太后陛下から褒められるのは難しいけれど、ミハイルの口添《くちぞ》えで先帝陛下からは褒め言葉を賜《たまわ》れること、それで領法改定は防げるであろうことを説明すると、二人はほっとしたような笑顔になった。

「やっぱり、三大公爵《こうしゃく》家は格が違《ちが》うんだな。リーディヤお嬢様でも、先帝陛下と皇太后陛下へ誰《だれ》かを引き合わせるのは、簡単なことじゃないのに」

少し複雑そうに、レナートが言う。音楽馬鹿《ばか》の彼も、セレズノア家の一員としての意識を捨てきれたわけではないようだ。

「我が家の力ではありませんのよ。ミハイル様は、セレズノアの領民も皇国の民、未来の皇国

ようだ。

エカテリーナが言うと、レナートは目を丸くした。かなり驚《おどろ》いた……というか、ぐっときた
の安寧《あんねい》のために力を尽《つ》くすと、そう仰せでしたわ」

「なんてありがたいお言葉でしょう。でもやっぱり、エカテリーナ様のおかげです」

オリガは笑顔だが、いささか顔色が悪い。両陛下に歌を披露するプレッシャーを、早くも感じているのだろう。

ごめんよオリガちゃん、さらにハードルが上がるんだよ……。ほんとごめん。

内心平謝りしながら、ミハイルの案でリーディヤの気を逸《そ》らすためにあちらも誘うことになったこと、両陛下の前でのエカテリーナとの歌唱対決と思わせておいて、実際はオリガに歌ってもらってリーディヤと一騎討ちをしてもらうという件を話すと、オリガは見事に固まった。

が。

「なるほど」

レナートは何度もうなずいている。

「ミハイル殿下《でんか》の深謀遠慮《しんぼうえんりょ》はすごい。確かにお嬢様の気を逸らす必要があるし、手段も最適だ。お嬢様にとって皇太后陛下は、目標でありいつか越《こ》えなければならない好敵手のような存在だけど、それ以上に陛下の向こうに音楽神を見ているからね。音楽神の庭に招かれることに執《しゅう》着《ちゃく》しているお嬢様は、歌を聴いていただく機会があれば、それはもう完璧《かんぺき》に仕上げようとする。鬼気《きき》迫《せま》る気迫《きはく》で」

……レナート君、オリガちゃんの顔色がもっと悪くなっていくから、やめてあげて。

「だから！　そこで皇太后陛下からオリガがお褒《ほ》めを賜れば、完全にお嬢様の鼻をあかすことができる！」

えっ？

驚いたエカテリーナがオリガからレナートへ視線を戻すと、彼はまだ殴《なぐ》られた痣《あざ》が消えていない可愛《かわい》い顔にきりりとした決意をみなぎらせて、固く拳《こぶし》を握《にぎ》っていた。

「セ……セレザール様。先ほどお話しした通り、ミハイル様からのお口添えで、先帝陛下からお言葉を賜ることができますのよ。そのお言葉があれば、領法改定は食い止めることが出来ますわ」

「うん、解《わか》っている。だけど僕は、お嬢様に解らせたい。人から楽器を、音楽を取り上げるのが、どんなに非道《ひど》いことかを」

そ……それは……。そりゃ解ってほしいけど、そう上手《うま》くいくかなあ。

「リーディヤお嬢様は挫折《ざせつ》を知らない。侯爵《こうしゃく》家のご令嬢として、望まれた通りの才能を持って生まれてきて、たゆまぬ努力で才能を伸《の》ばしてきた。周囲の期待を受けて期待に応《こた》えて褒められ続けて、叶わない夢はないと思ってる。自分に負ける者たちは自分ほどの努力をしていない、蔑《さげす》んでもいい相手だと思っている」

ああ……エリート街道《かいどう》まっしぐらな人の選民思想みたいな感じ……？

選民思想。人を蔑んでもいいと思っている。誰かを思い出す。

ピアノ……お母様と暮らした別邸《べってい》にも、昔はあった。お母様が弾《ひ》いてくれて、それに合わせて教えてもらった歌を歌った。ピアノの音色と、笑顔のお母様は、記憶《きおく》の中で結び付いている。

……いつの間にか、失《な》くなってしまった。ピアノも、笑顔も……。

「だから、一度大きな敗北を知って、挫折を経験したら、お嬢様は変わるかもしれない。変わるべきだと思う。……正直に言えば、負けを知って悔《くや》しがってもらうくらいのことがないと、僕の気持ちが収まらないってだけなんだけど」

その言葉に、くす、とエカテリーナは笑みを漏《も》らす。

そうだね。解るよ。収まらない、もやもやする気持ち。

そういう気持ちを、晴らしたいよね。

「それに……オリガ、皇太后陛下からお褒めを賜れば、一生音楽で食べていけると約束されたようなものなんだ。将来のために、ここは頑張《がんば》らないと！」

「えっ？」

急に話を振《ふ》られたオリガが、若草色の目をまんまるにした。

「音楽神の加護を受けた御方《おかた》であり、皇帝陛下の御母君、国母であられる皇太后陛下のお言葉は、皇国の音楽関係者にとって音楽神からの招きに次ぐ重みがある。国立劇場の支配人が、どうか歌ってくださいと頭を下げてきたっておかしくないくらいだ。大丈夫《だいじょうぶ》だオリガ、君ならやれる。絶対に勝ち取るんだ！」

レナート君……。

前世の熱い人か君は。君ならやれるって、日めくりカレンダーとか毎年出てたあの人か君は。

「そ……そうですね！」

驚いたことに、オリガが大きくうなずいた。

「わたし、夏休みに音楽神殿《しんでん》へ行った時、すごく驚いて……次々にいろいろな音楽が奉納《ほうのう》されていて、それは神様に捧《ささ》げるためだけではなくて、音楽で暮らしを立てる道を得るためでもあるって教えてもらったんです。音楽で暮らしを立てるなんて……そんなことができるなんて、考えたこともなくて！　そうなれたらどんなに素敵《すてき》だろうって、想像してどきどきしました。それを目指して、あんなに大勢の人の前で演奏する人たちが、すごく眩《まぶ》しく見えて。いつかわたしもあそこで歌えたらって思ったんです」

そうか、貴族令嬢《れいじょう》でも歌手になっておかしくないというのは、皇都での話。地方では、そんなこと想像もできなくても無理はない。

「でも今回のお話は、音楽神殿での奉納よりずっとずっとすごい機会ですよね。奉納していた人たちは、そんな機会がもらえたら、きっと迷わず挑戦《ちょうせん》すると思います。わたしも、音楽に向き合いたいです。わたしなんかが、って思ってしまいますけど、でも負けたくありません。お嬢様はともかく、自分の臆病《おくびょう》さには。負けて諦《あきら》めてしまったら、絶対に一生後悔《こうかい》するってわかっています。すごく怖《こわ》いですけど、けど、わたし、頑張ります！」

「その意気だ、オリガ。一緒《いっしょ》に頑張ろう！」

前世のスポ根漫画《まんが》チックな雰囲気《ふんいき》だわ。手を取り合ったりはしないのが、この時代の貴族男女の奥ゆかしさだけど。私も全力で応援《おうえん》しなくっちゃ。

などと思いながら、微笑《ほほえ》ましく見ていたエカテリーナだったが。

「そういうわけだから、ユールノヴァ嬢。皇太后陛下のお気に召《め》すような曲があれば、オリガに教えてくれないか」

とレナートに話を振られて、びっくりすることになった。

「わ、わたくしが？　曲を？」

「うん。あの『ありのまま』は素晴《すば》らしい曲だけど、曲調や歌詞の内容から考えて、若者に好まれるものだと思うんだ」

た……確かに。元々アニメ映画の主題歌だったし、どちらかと言えば若年層《じゃくねん》向けかも。

そしてタイトル、『ありのまま』が定着しそう。

いやでも、皇太后陛下のお気に召す曲と言われても！

「あの曲でなくても、君の曲なら、両陛下に披露《ひろう》して問題ないと思う。それでなくても、君の他《ほか》の曲に興味があるよ。ぜひ、いくつか聴《き》かせてくれないかな」

私の曲じゃないんだあああ！

私はただ、日本語の歌詞を皇国語に訳しただけなんだよー。すまん、ほんとすまん！

プロジェクトなんちゃらの主題歌を翻訳《ほんやく》してから、なんかクセになったというか、頭の体操みたいな感じでちょいちょい訳してただけで。まさかこんなことになるとは……。

他に訳した曲って、ミュージカルの曲とJ－POPだよ。皇太后陛下にJ－POPがウケてたまるか！

……って、待てよ……？

翻訳済みのうちの一曲が頭に浮《う》かんで、エカテリーナの思考が止まる。

J－POPだけど、曲は昔から世界で愛されているのが……。歌詞も格調高い感じだし、あれなら両陛下の前に出しても……いけるかも……？

心当たりがあると解ってしまったようで、レナートとオリガがキラキラした期待の目を向けてくる。

私の曲じゃないんだけど。うっかり前世の曲を広めるのはやめとこうって、思ってたんだけど……。

うわーん！

作曲家さん、作詞家さん、この曲がデビュー曲だった大人気歌手さん！

ごめんなさい！

かくして、怒濤《どとう》の日々が始まった。怒濤だったのは主に、オリガとレナートだったが。

放課後の空き教室でエカテリーナが歌って聞かせた歌は、レナートにより採用となった。

「品格があって素晴らしい。『ありのまま』は次々に転調する多彩《たさい》な変化が魅力《みりょく》の一つだけど、お立場からゆったりした古典的な音楽に馴染《なじ》んでおられる両陛下は、耳慣れなくて戸惑《とまど》われる

ような気がしたんだ。これなら新鮮《しんせん》だけど斬新《ざんしん》すぎないから、両陛下も心置きなく楽しんで、

評価してくださると思う。君の才能は多彩だ、僕ももっと頑張らないと」

「私の才能じゃないんだごめんなさい！　とエカテリーナが内心で叫《さけ》んだことは、言うまでも

ない。

よく考えたら、なぜレナートが採用とか決めるのか謎《なぞ》だが……その場の流れとオリガが頼《たよ》り
に思っている様子から、レナートがオリガのプロデューサーに就任した感じだ。まあ、彼の才
能や、リーディヤとの付き合いから得た皇国の音楽事情と皇太后陛下の音楽傾向《けいこう》についての知
識から、そのポジションには最適な人材ではある。

オリガも喜んでくれた。さっそく歌を口ずさんで、ちょっと顔色が良くなったほどだ。

「なんて優《やさ》しくて癒《いや》される歌詞なんでしょう。それでいて凛《りん》とした感じもあって、勇気をもら
えます。音楽神殿で聴いた流行の曲のどれより、新しい感じで素敵ですし……歌わせていただ
けて嬉《うれ》しいです！」

前世日本では確か、二十年近く歌い継《つ》がれているロングヒットなんですけどね……さらに曲
は、百年くらい前に作曲されて、今も世界中で愛されているらしいんですよ……。

でも前世の百年前って、この世界この時代から見ると未来だったわ……そりゃ新しいわ……。

心の中で呟《つぶや》いたエカテリーナである。高校時代、合唱部の顧問《こもん》が激推《お》しだった曲で、さんざ
ん歌わされたしウンチクを聞かされたものだ。おかげでフルコーラスばっちり記憶にある。勝
手にドイツあたりの曲かと思っていたら、作曲家はイギリス人だそうな。

私も大好きな曲なんだけど、難しいから正直辛《つら》かったです。でも、高校卒業後もカラオケでよく歌いました。いい歌だもの。

独唱なら広い音域とファルセットが必要な歌なのだが、そこはオリガは問題なしだ。エカテリーナはギリギリ歌えるレベルだった。

「リーディヤお嬢様がいない時を見計らって、一緒に練習しよう」

毎日リーディヤのレッスンに付き合わされているレナートだが、それは学園や侯爵邸《こうしゃくてい》での自主練の時であって、声楽教師が付いての本格レッスンの時にはプロのピアニストが伴奏《ばんそう》するので、レナートは解放されるのだそうだ。両陛下の前での本番に向けて、リーディヤは平日の放課後でも教師のもとへ駆《か》けつけて練習するに違《ちが》いないので、自由時間はぐっと増えると言う。

「僕が、君の歌声を一番美しく、輝《かがや》かせてみせる！」

プロデューサー兼鬼《けんおに》コーチが爆誕《ばくたん》したらしい。

ミハイルは早速《さっそく》、祖父である先帝《せんてい》ヴァレンティンに手紙を書いて、訪問の許可を取り付けてくれた。退位後、皇都の郊外《こうがい》にある離宮《りきゅう》で暮らしている先帝は、権力から遠ざかって隠棲《いんせい》しているゆえに、時間はありあまるほどなのだろう。

セレズノアの領法改定を止めるため、オリガに褒《ほ》め言葉を賜《たまわ》りたい、という件は婉曲《えんきょく》に触《ふ》れただけだったそうだが、そこはかつての皇帝。意図は充分《じゅうぶん》に伝わったようだ。

そして、了承《りょうしょう》した旨《むね》を婉曲に伝える返事をくれた。

ミハイルが、その先帝からの返事を見せてくれた。先帝陛下の直筆の御返事《おへんじ》、に身が震《ふる》える思いがしたのは、身分制社会が染《し》み付いてきたのか、前世ド庶民《しょみん》ゆえの感覚なのか。

先帝の手蹟《しゅせき》は見惚《みほ》れるほどに美しく、婉曲な了承の言い回しも、ある種の芸術めいたものがある。が、それ以上に気になった一文があった。

『そなたが伴《ともな》うユールノヴァの令嬢の名は、隠者のごとき我が暮らしの中にも、近頃《ちかごろ》たびたび聞こえてくる。義兄《あに》セルゲイを思わせる活躍《かつやく》ぶりであるとか。早く姿を見たいものだ。そして我が孫ミハイル、そなたの健《すこ》やかな姿を目にする日を、余の歌姫《うたひめ》と共に心待ちにしている』

先帝陛下のところへ私のことが……？　どんな話が……？　すごく怖い！

でも皇太后陛下のことを『余の歌姫』って書いておられるのは、ほっこりした。恋愛結婚《れんあいけっこん》の両陛下、余生を共にしている今も、仲睦《なかむつ》まじくあられるんだなあ。

「ね。優しい方だし、セルゲイ公の孫である君を特別に思っておられるから、心配いらないよ」

ミハイルは微笑んだが、トータルでやっぱり緊張《きんちょう》して、笑顔《えがお》が引きつったエカテリーナであった。

そんなこともありつつ、エカテリーナはオリガのフォローに全力を挙げた。

まずは声楽教師のディドナート夫人に手紙を書いて、本番までの週末はすべてユールノヴァ邸に来てオリガの指導をしてくれるよう依頼《いらい》。

『ミハイル皇子殿下《でんか》より、先帝陛下皇太后陛下にオリガ様の歌をお聞かせするようお言葉を賜りました。ついては可能な限りのお時間、オリガ様へのご指導のため拙宅《せったく》にお越《こ》しいただきたく。他のレッスンをお断りいただくことで生じる損害は、ユールノヴァ公爵家が全額補償《ほしょう》いたします。ただしこの件は、ことが済むまで他言なさらぬようお願いいたします』

自分で書いておいてなんだが、ロイヤルな登場人物だらけの文面にクラクラしてくる。

手紙をミナに託《たく》して届けてもらったところ、その場で読んで即決《そっけつ》してくれたそうだ。

『オリガ様のそのような栄誉《えいよ》に関《かか》われるとは、なんと光栄なことでしょう。オリガ様のため高貴な方々のため、力の限りお役に立ちたく存じます』

ディドナート夫人はなかなか力強い字を書く人だが、この返信の文字は少し震えているようだった。オリガが皇太后陛下のお褒めを賜れば、教師である夫人にとっても名誉である。

またエカテリーナは学園に掛《か》け合って、毎日放課後に講堂を使う許可を取った。エカテリーナが両陛下に歌を披露することになったので、その練習のため、と言うと許可はすぐに下りた。音楽室ではなく講堂にしたのは、エカテリーナではなくオリガが練習する姿を、他人に見られないようにするためである。講堂は入学式の会場だったくらいなので無駄《むだ》に広いが、オーケストラボックスがあってピアノもあるのだ。

レナートは翌日には、楽譜《がくふ》を書き起こしてきた。オリガに合わせて、アレンジまで加えてきた。楽器なしで頭の中だけでアレンジするのに、さすがに朝までかかったらしい。その日の授業、彼はほぼ爆睡《ばくすい》であった。

ピアノが弾《ひ》けるオリガだから、楽譜も読める。レナートやディドナート夫人不在の時でも、自主練習ができるようになった。

他《ほか》にできることはと考えて、フローラと一緒《いっしょ》に喉《のど》に良いはちみつジンジャーシロップを作って差し入れたり、これも喉に良いと聞いたタイムの葉でハーブティーを淹《い》れたり、なるべく部屋の湿度《しつど》を上げて喉を保護するようアドバイスしたり。レナートが鬼《おに》コーチなら、こちらはマネージャーか付き人と化しつつある。

「エカテリーナ様にそんなことをしていただくなんて……」

最初オリガは小さくなって恐縮《きょうしゅく》したが、エカテリーナは笑って意に介《かい》さなかった。

「得をしているのは、わたくしのほうでしてよ。こうしてご一緒していると、オリガ様の素敵《すてき》な歌声を存分に聴《き》けるのですもの」

お世辞抜《ぬ》きで、オリガの歌声は本当に好きだ。

それにこうしていると、前世の部活の追い込み時期のようで、なんだか楽しかったりする。

できればオリガにも、リラックスして歌を楽しんでもらいたい。そう思って、たとえ皇太后陛下からお言葉がなかろうと、オリガが歌手になるならユールノヴァ家で後援《こうえん》する、という話をしてみた。

「そこまで良くしてくださって、本当にありがとうございます。エカテリーナ様のご厚意《こうい》にお応《こた》えできるように、わたし、頑張《がんば》ります！」

まさかの逆効果！

と思ったが、オリガの顔色はぐっと明るい。

「なんだか、皇太后陛下にお褒めいただくのも、夢ではない気がしてきました。そうなったら、きっとおばあちゃんがすごく喜ぶと思うんです」

オリガの祖母は、皇太后陛下の大ファンだったのだそうだ。

セレズノア領では、皇太后陛下の人気は絶大らしい。特に祖父母の世代では、郷土の誇《ほこ》りであり夢のようなロマンスの主人公として、身分の上下を問わず敬愛されているそうだ。その中でも、祖母はかなり熱烈《ねつれつ》なファンだったという。

「道ですれ違った人が皇太后陛下のことを話していたのを聞いて、おばあちゃんたら駆け戻《もど》って『今の話は本当？』って訊《き》いたことがありました。見ず知らずの人たちだったのに。悪口なんて聞いたら『そんなお方じゃないのに』って泣き出したり」

それは確かに、相当なものかもしれない。

「おばあちゃんも音楽が大好きでしたから。歌が上手で……わたし、おばあちゃん似なんです。きっとおばあちゃんは、見守って応援して、すごく楽しみにしてくれていると思います」

オリガの祖母は、一昨年《おととし》亡くなったのだそうだ。

「そうでしたの、オリガ様の美声はお祖母《ばあ》様ゆずりでしたのね」

きっとオリガのような小動物タイプの、可愛《かわい》いおばあちゃんだっただろう。

うちのアレと、えらい違いだわ。

ついついそう思いつつ、微笑《ほほえ》んだエカテリーナだった。

週末にはディドナート夫人を迎《むか》え、公爵邸でレッスン。技術的な面での指導が中心だ。

マリーナが協力してくれて、クルイモフ家の馬車でオリガと一緒にやって来た。フローラはオリガの存在証明《アリバイ》作りで、リーディヤの部屋の掃除《そうじ》などを引き受けて学園に残っている。

「素敵な音楽を聴いて、美味《おい》しいお茶やお菓子《かし》がいただけて、最高ですわ！」

マリーナの言葉はオリガへの気遣《きづか》いでありつつ、本音でもあるようだ。

が、そこへミハイルもお忍《しの》びでやって来たものだから、マリーナは楽しみにしていた菓子が喉を通らない事態となった。イケメン皇子殿下を前にすれば、乙女心《おとめごころ》は食い気に勝つ。五枚の猫《ねこ》もばっちり装着だ。

入学したばかりの頃《ころ》のように、カースト上位という感じのキラキラ令嬢《れいじょう》になりきっているマリーナのことはそっとしておいて、エカテリーナはミハイルを歓迎《かんげい》した。

「ミハイル様、ようこそ。どうぞおくつろぎくださいまし。お忙《いそが》しい中お越しいただいて、ありがとう存じますわ」

歓迎の方法が、彼の前に菓子を積み上げることだというのが、大阪のおばちゃん風味かもしれない。

ミハイルは笑った。

「いつもお昼をもらっているから、すごくお腹《なか》を空《す》かせているイメージになっちゃったかな」

「食べ盛《ざか》りでいらっしゃるのですもの、たくさん召《め》し上がれ」

ここで、エカテリーナはピコーン！　といいことを思いつく。

「お手数をおかけしたお礼に、週明けのお昼にミハイル様のお好きなものをお作りいたしますわ。食べたいものを、おっしゃってくださいまし」

　ミハイルは目を見張った。

「僕の好きなものを、君が作ってくれるの？」

「はい。お兄様のお昼ですから、お兄様がお嫌《きら》いなものでなければですけれど」

　ブラコンとしてそこは譲《ゆず》れないんで。

　エカテリーナの言葉に、やっぱりねと、むしろ安心したようにうなずくミハイルであった。

　そしてその後、オリガの歌を聴いて、ほうっと感嘆《かんたん》の息を吐《つ》くと力強く拍手《はくしゅ》した。

「早く先帝陛下《おじいさま》と皇太后陛下《おばあさま》にお聞かせしたい。喜ぶお顔が楽しみだよ」

　リーディヤのほうも日夜レッスンに励《はげ》んでいると、レナートが教えてくれた。

「ただ、お嬢様はちょっと機嫌《きげん》が悪い。お父君、セレズノア侯《こう》があまり乗り気ではないらしいんだ」

「まあ、なぜですの？」

「わからないけど、体調が悪いのかも。最近、飲むワインの量が減ったらしいし……でもそれより、ユールマグナから何か言われたのかもしれない。あちらもご令嬢のエリザヴェータ様を皇后に据《す》えることを狙《ねら》っていて、お嬢様は目障《めざわ》りな存在だから」

「それかもしれませんわね」

ユールマグナにとってリーディヤよりももっと目障りであろうご令嬢は、呑気《のんき》にうなずくのであった。

そんな日々はあっという間に流れ、ついに、両陛下を訪問する日がやって来る。

第四章　離宮にて

魔法《まほう》学園の正門近くには、馬車の乗り降りのための広い車寄せがある。

馬蹄形《ばていけい》の大きな広場全体に石畳《いしだたみ》が敷《し》き詰《つ》められ、馬蹄形の周縁《しゅうえん》に沿って簡易な屋根が設置されている。雨に濡《ぬ》れることなく、馬車の乗り降りができるようになっているのだ。エカテリーナは大きな駅の駅前バスロータリーを思い出したりしたが、貴族仕様なので屋根を支える柱は石造りに彫刻《ちょうこく》が施《ほどこ》された、豪壮《ごうそう》な印象のものである。

本日は、鈍色《にびいろ》の雲が空を覆《おお》う曇天《どんてん》とはいえ雨の恐《おそ》れはなさそうだったが、貴族の子弟《してい》の多くを預かる魔法学園が皇国にとっていかに重要な施設《しせつ》であるかを、訪《おとず》れる者に感じさせる設備であった。

車寄せの近くには、馬車を待つ人々のための東屋《あずまや》が設置されている。

そこで、リーディヤがすでに待っていた。

今日は、先帝陛下皇太后陛下を訪問する日。

学園でミハイル、そしてリーディヤと待ち合わせて、三人で先帝陛下が暮らす離宮《りきゅう》へ向かう手はずになっていた。侯爵《こうしゃく》令嬢であるリーディヤだが、この三名の中では一番身分が低いため身分の高い二人を待たせることがないよう、早めに来ていなければならない。さすが、そのあたりのマナーは完璧《かんぺき》なようだ。

とはいえ、エカテリーナへの敵愾心《てきがいしん》は露《あら》わに見て取れた。リーディヤがまとう大きく袖《そで》が膨《ふく》らんだ華《はな》やかなデザインのドレスには、銀糸と真珠《しんじゅ》がちりばめられてきらめいている。皇国のマナーでは、豪華《ごうか》なドレスは夜会で身につけるもの、昼の時間帯ならばシンプルで品位《い》ある衣装《しょう》がよしとされる。色合いが爽《さわ》やかな薄《うす》水色であることでかろうじて許容範囲《はんい》ではあるものの、そのドレスはあまりに豪奢《ごうしゃ》で、見る者を圧倒《あっとう》するようなきらびやかさだった。

マナーすれすれになってしまったのは、今回の対決にリーディヤ本人だけでなく、セレズノア侯爵家が並々ならぬ力を入れていることの表れだろう。その衣装に自身が負けることなく、美しく着こなしているリーディヤは、さすがと言える。三大公爵家に取って代わろうとするセレズノア侯爵家の娘《むすめ》として、エカテリーナには絶対に負けない、という気概《きがい》がひしひしと感じ取れた。

しかし、現れたエカテリーナを見て驚《おどろ》きが顔に出るあたり、彼女もまだ子供なのだろう。エカテリーナは、兄アレクセイにエスコートされていた。アレクセイは現ユールノヴァ公爵。有力貴族の当主は先帝を訪問すべきでない、という原則を鑑《かんが》みれば、現れるはずのない人物なのだ。

そして、エカテリーナのドレスには、きらめく飾《かざ》りはほとんどなかった。未婚《みこん》の高位令嬢が日中の催《もよお》しで身にまとうに至極《しごく》ふさわしい、品位をしっかりと保っている。Aラインのスカートの広がりさえ、抑《おさ》えられていた。

それでいて、人目を引く。ドレスに使われている色は二色、今や皇都社交界の最新流行となった『天上の青』の、最も淡《あわ》い春の空色と最も濃《こ》い瑠璃色《るりいろ》。そのふたつの色が、右半身と左半身でくっきりと使い分けられていた。単調に見えないよう、手の込んだ左右非対称《ひたいしょう》にデザインされていて、なんとも洒落《しゃれ》ている。

並び立つアレクセイも、衣装に『天上の青』を取り入れていた。彼の身分にふさわしく仕立ての良い白い上衣の、襟《えり》に差し色として瑠璃色が使われている。カフスボタンにもラピスラズリで瑠璃色が配されて、さりげなく妹の装《よそお》いと調和していた。

色遣いのみで趣味《しゅみ》の良さを表す、美しくも気負いのない装いだ。威風堂々《いふうどうどう》と歩むユールノヴァ兄妹《きょうだい》の姿は、二人がセレズノアをどう見ているかを知らしめている。

――眼中にない、と。

アレクセイが東屋に足を踏《ふ》み入れたら、リーディヤは立ち上がって跪礼《きれい》をとるのがマナーだ。しかし、その直前でアレクセイは足を止め、妹に向き直った。

「エカテリーナ。私の青薔薇《あおばら》」

いとおしそうに、アレクセイはエカテリーナの藍色《あいいろ》の髪《かみ》に触《ふ》れる。

「本来なら、私がお前を先帝陛下にお引き合わせすべきなのだが……共にいることが出来ずすまない」

「いいえ、お兄様。お兄様のお心は、いつもわたくしと共にお在りですわ。わたくし、解《わか》っておりましてよ」

　エカテリーナが微笑むと、アレクセイはふっと笑った。

「そうだな、お前はすべてを見通してしまうのだった。私のエカテリーナ、麗《うるわ》しき女神《めがみ》」

　優《やさ》しい声音《こわね》は、すぐに鋼《はがね》のごとくに硬《かた》い響《ひび》きを帯びた。

「ゆめゆめ忘れてはならないよ、お前はユールノヴァの女主人だ。お前を軽《かろ》んじる者があれば、それは我《われ》らユールノヴァを軽んじる者。何かあれば、すべて私に話しなさい。私が必ず、しかるべき罰《ばつ》を与《あた》えよう」

「はい、お兄様。わたくしは何事も、お兄様の仰《おお》せの通りにいたしますわ」

「いい子だ」

　アレクセイは、そっとエカテリーナの髪を撫《な》でる。

　そして視線を巡《めぐ》らせて、一瞬《いっしゅん》だけ、眼光鋭《するど》くリーディヤを見た。

　リーディヤは青ざめたようだ。アレクセイはすでに当主、ユールノヴァ公爵その人である。

　その言葉の重みは、同世代の令息令嬢《れいじょう》とは桁違《けたちが》いだ。

　アレクセイはすぐに彼女から目を逸《そ》らし、エカテリーナに優しく囁《ささや》いた。

「帰りを待っている」

　アレクセイがきびすを返した時、ミハイルが現れた。軽快な足取りで、歩み寄ってくる。

　アレクセイは目礼し、ミハイルは笑《え》みを返した。

　それきりですれ違うのは、学園ならではの儀《ぎ》礼《れい》の簡素さだが、二人の身分の近さと親しさを示すものでもある。

東屋まで来ると、ミハイルは微笑《ほほえ》んだ。

「二人とも、お待たせ。それじゃあ、行こうか」

車寄せにはすでに馬車が待っている。ただし、二台だ。

「エカテリーナは先帝《せんてい》陛下と皇太后陛下にお会いするのは初めてだから、少し話しておくことがある。すまないけど、リーディヤは別の馬車へ」

「はい、ミハイル様」

他《ほか》に皇子殿下《でんか》への応《こた》えがあろうはずはなく、リーディヤはにこやかにうなずく。

そして、エカテリーナはミハイルのエスコートで一台目の皇室の馬車へ、リーディヤは二台目の侯爵家の馬車へ、乗り込んだのであった。


エカテリーナとミハイルは皇国で最も高貴な未婚の男女であるからして、狭《せま》い空間で異性と二人きりなど、もっての外である。

なので馬車には、ミハイルの従僕ルカと、エカテリーナのメイドのミナが同乗している。どちらも信頼《しんらい》厚い側仕《そばづか》えだ、聞かれることを気にせず、なんなりと話せる状況《じょうきょう》である。

「フルールス嬢とセレザール君は、もう離宮に着いているはずだ。手配しておいたから、離宮の劇場で前もって練習もできるはずだよ」

「ようございましたわ。何から何まで、ありがとう存じます」

両陛下の暮らす離宮だから、皇室の馬車で訪れたほうがいろいろ話が早い。ということで、ミハイルが別の馬車をオリガとレナートに使わせてくれたのだった。

ミハイルの言葉に微笑みながらも、エカテリーナはなんだか気が重い。

あー、なんだかな。

リーディヤ、今は一人で馬車の中、どうしているんだろ。ムカついてるんだろうな。

今回、私との一騎討《いっきう》ちと思わせて欺《あざむ》いているから、罪悪感があるんだよね。身分が上で、その身分によりかかった楽勝プランを立てて、お兄様と皇子に協力してもらって、こちらはすごい余裕綽《よゆうしゃくしゃく》綽。それだけに、妙《みょう》に気が引けてくる。

この馬車に彼女が同乗してたら、ネタバレしないためにいろいろ面倒《めんどう》くさかっただろうけど。

人を騙《だま》すわハブにするわって、気分のいいものじゃないよ。

すごく甘っちょろいわ自分。立場が逆だったら、彼女はたぶん、優越感《ゆうえつかん》に浸《ひた》ってニッコニコだったと思う。なにより一応これって、ユールノヴァとセレズノアの権力争いの一端《いったん》だったりするんだよ。なのにハブったから気が重いとか、頭に何のお花を咲《さ》かせてんだと。ぬるいわー。

アホだわー。

解ってるのに。どーにも、胃の辺りが重いのよ。

あれかな、私は中身アラサーで、あちらは高校生だからかな。子供をいびってる気分に、どうしてもなっちゃうのか。

「君は、こういう状況を楽しんだりはしないだろうと思っていたよ」

ミハイルの言葉に、はっとエカテリーナは我に返った。

「申し訳のう存じますわ。わたくしの願いに応じて、セレズノア家に対してお気持ちを示してくださっていますのに」

そう。リーディヤと同乗しないのは、領政への内政干渉《ないせいかんしょう》を控《ひか》えねばならない皇室の一員であるミハイルによる、婉曲《えんきょく》な意思表示でもある。彼女のやり方を感心しないと思っていることを、言葉にすることなく伝えるためにやっていること。言葉にすれば後戻《あともど》りができなくなるから、こういう形での意思の表明は政治的に重要。

「わたくし、皇都での社交に馴染《なじ》んでおりませんの。お恥《は》ずかしいことですわ」

ぬるいこと考えてないでしっかり学んで、これから自分でも、上手にできるようにならなければ。これは高位貴族の、重要なスキルなんだから。頑張《がんば》らないと。

「いいんじゃないかな。苦手なら、君はあまり慣れなくていいと思う」

そう言われて、エカテリーナは目を見開いた。

「向いていないことで無理をするより、長所を伸《の》ばすほうが得るものが多い場合もあるからね。それに、ユールノヴァには人材が多い。君は思う通りに人と向き合って、そういうことが上手に出来る者と分担する手もあるよ」

「分担……」

目からウロコ。

そ、そうか。今の私は雇用者側《こようしゃがわ》。こういうこともある意味、業務と考えて、誰《だれ》かに仕事として振《ふ》るっていうやり方もあるのか……。

紫《むらさき》がかった青い目を見張って見つめるエカテリーナに、ミハイルはにこっと笑った。

「どう対応していくかは、これから考えればいいと思う。貴族にもいろいろなタイプがいるし。僕らはまだ学生で、学びの途中《とちゅう》なんだから、これから試行錯誤《さくご》しても許される。そうだよね？」

あ。それ。

まだ学園で学んでいる身、って。前に私がそんなようなこと、言ったんじゃなかったっけ？

やり返されたー！

「まあ、ほほほ！」

手を打って、エカテリーナは笑い出す。

「本当に、仰せの通りですわ！　ミハイル様、さすがでいらっしゃいます。人の上に立つ者として、ずっと学んでこられたお方ならではのお言葉ですわ。わたくし、尊敬いたします！」

社畜《しゃちく》はすぐ自分でやらなきゃって思っちゃうけど、今の立場ではそれじゃ駄目《だめ》なんだよね。

やだもー、アラサーなのに子供に教えられちゃった。なんて規格外な十六歳なんだ。でも本当に、ずっと人を使う側で、その立場にまっすぐ向き合って帝王学とか学んできた君なればこそ、なんだろうな。

うん、マジで尊敬した。

ミハイルは微笑む。

「君にそんな風に褒《ほ》めてもらえるのは、すごく嬉《うれ》しいよ。お互《たが》いにまだまだ勉強中の身だから、これからもいろいろ相談し合えるといいね」

「はい、ぜひお願いいたしますわ」

シスコンお兄様は、私にあまりにも過保護な時があるから。今回みたいな貴族の人間関係で、お兄様にはできない相談とかある時、頼《たよ》らせてもらうかも。

……でもこんなに皇子と仲良くなって、大丈夫《だいじょうぶ》かなあ。今でも怖《こわ》い自分もいるんだけど、なんかもうあまりにグダグダすぎて、気にしても無駄すぎる感がハンパないわ……。


到着《とうちゃく》した離宮《りきゅう》は、美しい場所だった。そして広大だった。

城門から城そのものまで距離《きょり》があり、城門の内も緑が豊かで、まるで森の中であるかのように静謐《せいひつ》だ。自然のままのようでいてしっかりと手入れされた木々の間に、美しい古城が静かに、しかし威厳《いげん》をたたえて、そびえ立っている。

「なんとも閑雅《かんが》な趣《おもむき》ですのね」

「ここは代々の皇帝が退位後に住む場所だから、静かに暮らせるようになっているんだ」

ミハイルはそう言ったが、歴史的背景を考えると、静かに『暮らさせる』ようにこうなっているのかもしれない。

「城内に入ると大変なんだよ、改築に次ぐ改築で迷路《めいろ》のようになっているから。代々の先帝がそれぞれありあまる時間をかけて、自分の好みに改築してきたそうでね、新入りの使用人は必ず迷うらしい」

なるほど。

好みのお城を作る普請《ふしん》道楽って、王侯《おうこう》貴族の趣味《しゅみ》のひとつだったような。前世のノイシュヴァンシュタイン城とか。

「先帝陛下は音楽がお好きだから、主に劇場を改装なさったんだ。特にこれから行く野外劇場は、音楽神殿《しんでん》の舞台《ぶたい》そっくりに改築されている。皇太后陛下の為《ため》にね」

城内に劇場か……口ぶりからして野外劇場の他にも複数あるよね。自宅に劇団とか歌手とか、いろいろな規模でお呼びになるってことですね……前世でセレブの豪邸《ごうてい》に映画館があるとかTVで見てスゲーって思ったけど、ガチの王侯貴族はレベルが違《ちが》うわ……。

ここから先には供は連れていけないとのことで、ミナとルカは別の場所で待機となった。ミナが素手《すで》でも殺傷能力を持つ戦闘《せんとう》メイドであることはお見通しなのだろう、先帝の前へ伴《ともな》うことができるわけがない。

年配の使用人に案内されて庭の小道を進むと、野外劇場が見えてきた。

形状は古代ギリシャや古代ローマの劇場を彷彿《ほうふつ》とさせる。いや、この世界なら古代アストラ風か。すり鉢《ばち》状に観客席があり、その底に半円形の舞台がある。舞台の背後には壁《かべ》があって、音が反響《はんきょう》するようになっている。

その壁に音楽神の姿が、鮮《あざ》やかに彩色《さいしき》された巨大《きょだい》な浮き彫り《レリーフ》となって、浮かび上がっていた。

音楽神は、人間と鳥が混じったような姿をしている。エカテリーナは前世で見た迦陵頻伽《かりょうびんが》の仏像を思い出した。あれは上半身が美女で下半身が鳥だったが、音楽神は下半身も人間と同じであるようだ。男とも女ともつかない美しい顔立ち、背中には五彩の翼《つばさ》があり、髪《かみ》の一部も飾《かざ》り羽、腰《こし》からは長い尾羽《おばね》が伸びている。身にまとう衣装はどこか東洋めいていて、たくさんのネックレスやブレスレット、アンクレットで身を飾っていた。

その野外劇場の観客席に設《しつら》えられた、貴賓席《きひんせき》。おそらく音が最も良く聞こえる位置に特別な椅子《いす》やテーブルが設置され、飲み物などを楽しみながら歌や劇を鑑賞《かんしょう》することができるようになっている席で、先帝《せんてい》と皇太后が待っていた。

「ミハイル、我が孫。よく来てくれた」

先帝ヴァレンティンが、気品あふれる顔をほころばせた。

現在、六十三歳。エカテリーナの祖父セルゲイの二歳下だ。若い頃《ころ》には春空のような少し淡《あわ》い青だったはずの髪は、今は純白。けれど、瞳《ひとみ》の色は今も鮮やかな青だ。即位《そくい》した頃に描《えが》かれた肖像画《しょうぞうが》では女性と見紛《みまが》う美貌《びぼう》の持ち主だったが、年齢《ねんれい》を重ねて今は品位ある老紳士《しんし》といった様子。聡明《そうめい》ながら虚弱《きょじゃく》だったと聞いていた通り、鍛《きた》えているとは見えない細身で身長も現皇帝コンスタンティンほど高くはないが、瞳には知性の輝《かがや》きがある。

「元気そうで良かったこと。また背が伸びたのではなくて？　もうコンスタンティンと同じほどでは」

先帝の傍《かたわ》らで微笑《ほほえ》むのが、皇太后クレメンティーナ。

肖像画ではリーディヤと同じ青みがかった銀髪《ぎんぱつ》であったが、今は見事な銀髪だ。色を変えた今も艶《つや》のあるその髪を、品良くアップにまとめていて、こちらも上品な老貴婦人そのもの。ほっそりした身体《からだ》はバランスの良さで背が高いように見えるが、長身というわけではなく先帝とちょうど釣《つ》り合いが良いくらい。

かつてセレズノア家で三姉妹の真ん中として生まれ、容貌で姉と妹に劣《おと》ると冷たく扱《あつか》われたというが、もしかすると今その姉と妹と並べば、二人よりはるかに美しいのではないか。それくらい、皇国で最も高貴な女性として立ち続けてきた歳月が、静かな輝きになっているように感じられた。

「まだ父上には追いつけません。でも、もう少しです。父上は嫌《いや》がって、あまり食べるなと仰《おお》せでした」

にっこり笑ってミハイルが言うと、二人は揃《そろ》って楽しげに笑った。

「そなたの訪《おとず》れは、ここでの暮らしの一番の喜びだ。しかも此度《こたび》は、美しい友人を連れてきてくれた」

孫を見る好々爺《こうこうや》の表情のまま、先帝が少女たちに視線を移す。

「素晴《すば》らしい才能の持ち主ですから、ぜひご紹介《しょうかい》したいと思いました。こちらがエカテリーナ・ユールノヴァ嬢《じょう》です」

ミハイルの紹介を受けて、エカテリーナは淑女《しゅくじょ》の礼をとった。

「ご尊顔を拝し光栄に存じます。エカテリーナ・ユールノヴァにございます」

「そなたが義兄《あに》セルゲイの孫娘《まごむすめ》か」

「美しい令嬢だこと」

先帝と皇太后が、共に微笑んだ。

「エカテリーナ、活躍《かつやく》のほどは耳にしておる。ガラスペンとやら、余も手にしてみたいものだ」

おおっ。ガラスペン高級路線の広告塔《こうこくとう》が新たに！

いかんいかん、ここで商売っ気を出すな自分。

でもハリルさんとレフ君に相談だ。きっと喜ぶぞー！

「ありがたきお言葉、兄アレクセイもさぞ光栄に思うことと存じますわ」

「うむ、アレクセイにもよしなに伝えてもらいたい」

うなずくと、先帝はリーディヤに目を向けた。

「リーディヤにはたびたび無聊《ぶりょう》を慰《なぐさ》めてもらっておる。今日も歌ってくれるとか、楽しみなことだ」

「真面目《まじめ》なそなたのこと、日々精進《しょうじん》してきたでしょう。わたくしも楽しみにしていましたよ」

両陛下の言葉に、リーディヤも美しい礼をとる。

「まだまだ未熟の身ではございますが、力の限り努めさせていただきます」

ちらりとエカテリーナに向けた目に、挑戦《ちょうせん》と自信の光が見えていた。

貴賓席に茶菓《さか》が運ばれて来て、まずは両陛下と同じテーブルについて歓談《かんだん》する流れになる。

しかしエカテリーナは、どうにもそわそわと落ち着かなかった。どこかに待機しているはずの、オリガとレナートが心配で。

オリガちゃんは大丈夫だろうか。さぞ緊張《きんちょう》しているだろう。皇太后陛下からお言葉をいただけないかと思いついた時には、まさかこんなに本格的な劇場があるなんて思わなかった。気弱なオリガちゃんは、雰囲気《ふんいき》に圧倒《あっとう》されてしまうんじゃ？

レナート君も、初めての場所と初めてのピアノ……。

あれ？　いや、うん。彼のことは正直、心配しようとしても心配できないと気付いたわ。音が出るものならなんでも得意って言い放つ、可愛《かわい》いのに超《ちょう》強気キャラだし。しまいには、前世の熱い人みたいになってきたしなー。

そういえば彼は、乙女《おとめ》ゲームの攻略《こうりゃく》対象らしいんだけど。どういうキャラとして出てたんだろう。キャラ崩壊《ほうかい》してない？

「エカテリーナ」

はっ！

ミハイルがそっと呼んでいたことに気付いて、エカテリーナは我《われ》に返った。

きゃーっ！　両陛下の前でぼーっとするなんて大失態！

「ま、まあ、申し訳ございません」

「ユールノヴァ様、ご気分でも？」

心配そうな表情で、リーディヤが首を傾《かし》げている。

「そういえば、たいそう病弱でいらっしゃると、うかがっておりますわ。学園への入学式の後、お倒《たお》れになってしまわれたとか」

あら、懐《なつ》かしの病弱設定が。お帰りお久しぶり。

そうか、私を次期皇后位争奪《そうだつ》戦のライバルと思っているから、両陛下の前でマイナス情報を暴露《ばくろ》してるのか。オッケーどうぞどうぞ。

「よくご存じでいらっしゃいますのね。お気遣《きづか》い嬉《うれ》しく存じますわ」

エカテリーナが微笑むと、リーディヤはわずかに目を見開いた後、いっそう気遣わしげな表情になった。

「高貴なお血筋でいらっしゃるのですもの、ユールノヴァ公爵《こうしやく》家は注目の的。わたくしのクラスの者たちはいつも、ユールノヴァ様の話題で持ちきりですのよ。皇都の社交界でも、ときおり母君、ユールノヴァ公爵夫人のことが話題になっておりましたわ。母君も、病弱でいらしたそうですわね。ずっと領地で静養しておられると聞いて、皆《みな》で案じておりましたの。たいそうお美しい方だったとも、聞いておりました。ユールノヴァ様をお見かけした時、さもあろうと納得《なつとく》いたしましたわ。その目も醒《さ》めるばかりのお美しさは、母君譲《ゆず》りでいらっしゃいますのね」

そう言ってリーディヤは称賛《しようさん》するように微笑んだが、エカテリーナはさすがに頰《ほお》が強張《こわば》っている。

私がお母様から受け継《つ》いだのは容姿だけじゃないんだろう、と言いたいわけね。なんと見事な、婉曲《えんきよく》なディスり。

お母様のことまで持ち出してくるのはね……さすがにやめてほしいよ。

と、ミハイルが口を開いた。

「そういえば、エカテリーナは僕と一緒《いっしょ》に魔獣《まじゅう》と闘《たたか》った後にも倒れたそうだね。今はすっかり元気だから、つい忘れてしまうよ。それにあの時は、大型のゴーレムを作り出したり、土属性の魔力で水の混じる泥濘《でいねい》を大量に操《あやつ》ったり、魔力の強さに感心した。以前あの時のことをお話しした時、先帝陛下《おじいさま》も勇敢《ゆうかん》な令嬢だと仰せでしたね」

孫の言葉に、先帝ヴァレンティンがうなずく。

「うむ。ユールノヴァは強力な魔獣の出現が多いというが、うら若い令嬢の身で他《ほか》の生徒を守って闘うとは、見上げたものよ。義兄セルゲイも領地ではしばしば自ら魔獣討伐《とうばつ》に出たと、その時の話を聞かせてくれてな。冒険譚《ぼうけんたん》のようで、若かりし頃には憧《あこが》れたものであった。そなたはさすが、あのセルゲイの孫。そのたおやかな見た目で、見事な活躍であったな」

「……お褒《ほ》めにあずかり、恐縮《きょうしゅく》にございますわ」

エカテリーナは先帝に頭を下げた。

先帝陛下は今も、お祖父《じい》様のことを本当に大切に思ってくださっているんだ。血筋のことを持ち出すと、お祖父様の話になって私のプラスになってしまう。賢《かしこ》いリーディヤは、もうお母様のことを言い出さないだろう。病弱も、魔力の強さで相殺《そうさい》？

正直、今ばかりは、リーディヤに一矢《いっし》報《むく》いてすっきりだ。そういう話の筋道をつけてくれて、ありがとう皇子！　なんだかもう最近、借りを作ってばかりな気がする。

あれ、でも、嫁《よめ》として失格と思われるのはむしろ好都合だったかも？

でもほら……リーディヤがゆくゆくは皇后って、ちょっとやっぱり……。

ともあれ、ここでドヤ顔とかあれ？　とかな顔はするべきではない。ご令嬢として。エカテリーナはせいぜいすました顔で目を伏《ふ》せてリーディヤを見ないようにしたが、あちらで何かがぐつぐつ煮《に》えている気がする。

そこへ、皇太后クレメンティーナの静かな声がかかった。

「今日は、二人の音楽を楽しみにしていました。そろそろ、どうかしら」

さっと顔を上げたリーディヤが、尋《たず》ねるような視線をエカテリーナに送ったものの、すぐに笑顔《えがお》を皇太后に向けた。

「わたくしはいつでも歌えますわ」

……どっちが先に歌うかを目線で相談しました、というふりだけはして、計画的に先攻を取ったわけね。

わかるよ。上手《うま》い人の歌を聴《き》いた後だと、次の人の歌は粗《あら》が目立つもんね。合唱部のコンクールでも、順番がわかって直前が強豪校《きょうごうこう》だったりすると、皆で嘆《なげ》いたもんだったわ。

リーディヤはさっと立ち上がる。

とたんに、彼女の表情が変わった。

その視線はもうエカテリーナのことを忘れたように、まっすぐに舞台《ぶたい》へ、舞台を見下ろす音楽神のレリーフへ、向けられていた。

先帝《せんてい》の傍《かたわ》らに控《ひか》える侍従《じじゅう》が合図をすると、舞台袖《ぶたいそで》から伴奏《ばんそう》役らしき青年が現れた。リーディヤが呼んでいた、本格レッスンの時に伴奏者を務めているというプロのピアニストなのだろう。彼がピアノに歩み寄る足取りからして、この場所は初めてではなさそうだ。

リーディヤが、舞台の中央に堂々と立って、一礼する。細身の彼女が、大きく見えた。

初めて聴いたリーディヤの歌は、一言で言って――圧巻だった。

（凄《すご》い！　めっちゃ上手い！）

リーディヤが歌ったのは、建国の父ピョートル大帝を題材にした歌劇の一曲。大きな戦《いくさ》を前にした大帝を、初代皇后リュドミーラが叱咤《しった》激励《げきれい》し、愛を告げる歌だ。

両陛下の前で歌うには最適な、愛国的なテーマに満ちた大曲を、リーディヤは堂々と歌い上げた。

美しく華《はな》やかな声質。

劇場をいっぱいに満たすほど豊かな声量。

完璧《かんぺき》な音程、優《すぐ》れた技巧《ぎこう》。

少女の歌とは信じられないほど、非の打ちどころがない歌声だった。

ついさっき母のことを貶《おとし》められたことすら忘れて、エカテリーナはその歌に聞き入ってしまう。そういえば、レナートが言っていた。お嬢様《じょうさま》の歌声には聞き惚《ほ》れずにいられないと。

でも、楽しくないと。

死角のない歌いっぷりだ。抑《おさ》えるべきところでは抑え、盛り上がるべきところで爆発《ばくはつ》的に盛り上げる。思い切り声を響《ひび》き渡《わた》らせても、息を使い切ることのない冷静な計算。それでいて切なく声を震《ふる》わせれば、聴く者の胸も震える。

音楽の技巧は、聴き手の心へ音楽を届けるために発達した。だから、優れた技巧は聴き手の心を打つ。エカテリーナは、感心し、高揚《こうよう》し、感動した。楽しんだと思う。

でも……なんだろう。

音楽の夕べでオリガの歌を聞いた時、魂《たましい》が持っていかれる感じがした。そういう感じは、ない。あまりに自信に満ちているせいだろうか。心が、今ひとつ添《そ》っていかない。今のリーディヤとの対立関係が、そう思わせるのかもしれないけれど。

それでも、リーディヤの歌が終わった時、エカテリーナは誰《だれ》よりも大きな拍手《はくしゅ》を贈《おく》った。

これだけの技量を身につけるまでに、どれだけのレッスンを重ねたのだろう。その研鑽《けんさん》は、称賛すべきものだから。

リーディヤが貴賓《きひん》席に戻《もど》ってくる。

「見事な歌であった。一段と技量が上がったようだな」

先帝の言葉に、リーディヤは上気した顔で淑女《しゅくじょ》の礼をとった。そして、エカテリーナに微笑《ほほえ》みかける。勝利を確信した表情で。

「ユールノヴァ様、どうぞ。歌声をお聴きするのを、楽しみにしておりましたわ」

エカテリーナはにこやかに応《こた》えた。

「恐《おそ》れ入りますわ。でも、わたくし、歌いませんのよ」

初めて、リーディヤは素《す》の表情を見せた。きょとんとしたのだ。

「ああ、思い違《ちが》いをなさっておられましたのね。わたくしがクラスの催《もよお》しで歌った曲が、思いがけず皆様からご好評をいただきましたので、その曲を両陛下にお聴かせしてはとミハイル様が仰《おお》せになりましたの。曲を、ですわ」

にっこり微笑みながら強調すると、じわじわとリーディヤの顔に理解と、驚《おどろ》きと、怒《いか》りが広がってきた。

「わたくし、セレズノア様のように幼い頃《ころ》から声楽に打ち込んできたわけではありませんの。わたくしの拙《つたな》い歌など、到底《とうてい》両陛下にお聞かせできるものではございません。ですから」

エカテリーナは、先帝の傍らに控える侍従に視線を送る。侍従は一礼し、舞台のほうへ合図した。

「同じクラスで出会った新しい才能を、両陛下にご紹介《しょうかい》することができれば、お喜びいただけると考えましたの」

音楽神の浮き彫り《レリーフ》が見下ろす劇場の舞台に、オリガとレナートが現れた。

オリガは、レナートにエスコートされている。

両陛下の御前《ごぜん》であるから、レナートは正装。白い髪《かみ》の美少年レナートは、正装の黒衣に髪の色が映《は》えて、文句なく似合っている。小柄《こがら》な二人はちょうど釣《つ》り合いが取れていて、まるで対《つい》
「……え？」

の人形のように微笑ましい組み合わせと見えた。

オリガも、ドレスに身を包んでいる。祖母アレクサンドラの遺品のひとつを、ユールノヴァ公爵《こうしゃく》家のメイドたちがオリガのために仕立て直したものだ。小柄で可愛《かわい》らしいオリガのために、長身のクール系美人（そこはエカテリーナも認めざるを得ない。なんと言っても兄アレクセイと似ているわけなので）だった祖母のためのデザインは、原形を留《とど》めないまでに改造された。

オリガは栗色《くりいろ》の髪に若草色の瞳《ひとみ》の少女で、トレードマークは髪を束ねる大きなリボン。だが今は髪をゆるふわな感じにウェーブをつけて（オリガの身支度《みじたく》のために離宮《りきゅう》へ派遣《はけん》した公爵家のメイドによるスタイリングである）垂らし、リボンはドレスの飾《かざ》りとして胸元《むなもと》や袖に縫《ぬ》い付けられている。それらのリボンの中央に、さりげなくエメラルドがきらめいてアクセントになっているところが、宝石の産地ユールノヴァ公爵家ならではと言えよう。

Aラインのシンプルなドレスは淡《あわ》い若草色、その上に極薄《ごくうす》の絹地で仕立てた上衣を羽織っていた。上衣の襟《えり》や袖はふわふわとしたフリルで縁取《ふちど》られた可憐《かれん》なデザインだが、後ろは長く裳《も》裾《すそ》を引く。虹絹《にじぎぬ》という、七色に輝《かがや》く特殊《とくしゅ》な絹で作られており、一見白い上衣だが光が当たる角度でさまざまな色に変化する。オリガの可憐さを引き立てつつ、裳裾を引く古風さと変化する色彩《しきさい》が、巫女《みこ》のような妖精《ようせい》のような神秘性を加える、そういう装《よそお》いだった。

（よっしゃオリガちゃん、超《ちょう》可愛い！　それでいて、この古代風の舞台にめっちゃ映えてる！）

内心で、エカテリーナはガッツポーズだ。メイドさんたち、いい仕事してくれた！

「両陛下にご紹介いたしますわ。お越《こ》しいただきましたのは、わたくしのクラスメイトであるオリガ・フルールス男爵令嬢とレナート・セレザール子爵令息ですの。お二方とも、セレズノア家の家臣でいらっしゃいます」

皇太后に、エカテリーナは笑顔を向ける。

「さすが、音楽の名家として名高いセレズノア家の方々ですわ。クラスでの催しの折に、お二方の素晴《すば》らしい才能を知って感服いたしました。フルールス様はまだ研鑽《けんさん》を始めたばかりでいらっしゃいますけれど、皇国の未来の音楽界を担《にな》う方々やもしれません。ですから本日はぜひ、新たな才能を両陛下にお引き合わせしたいと、考えましたの」

「セレズノアの……」

実家の家臣と聞いて興味を引かれたのだろうか、皇太后はじっと舞台を、二人を見た。

エカテリーナがセレズノアを持ち上げる言い方をしたのは、皇太后への敬意と、リーディヤが異を唱えられないようにするためだ。

が、そうはいかないらしい。

「お待ちを！」

リーディヤが鋭《するど》く言う。

「こ……この者たちはセレズノアの家臣。にもかかわらず、わたくしはこの事を承知しておりません！　我が家の知らぬところでこのような……」

この抗議《こうぎ》は、皇国の身分秩序《ちつじょ》として一理ある。わざと隠《かく》していたわけなので、抗議されても仕方がない。

が、わなわなと震えるリーディヤは、高貴な令嬢にあるまじきことをした。舞台上のオリガを指差したのだ。

「特にあの娘《むすめ》は、セレズノアの法では、尊き方の御前に出ることなど到底許されぬ身分です。身分の秩序は国家安寧《あんねい》の礎《いしずえ》！　ユールノヴァ様、あなた様はまさか、皇国の安寧を揺《ゆ》るがすおつもりなのですか。三大公爵家のご令嬢ともあろうお方が、この国を害するおつもりですか！」

おいおい……。

思わぬ言葉に、エカテリーナは怒《おこ》るよりもただ驚いた。オリガちゃんを両陛下の前に連れてきたことで揺らぐ国家の安寧って、なんぞ。

しかしリーディヤの表情は、どう見ても本気だ。彼女はそう教えられて育ち、そう一途《いちず》に信じているのだ。そしておそらくは、自分が皇室に入り、皇国の身分制度を強化するべく尽《つ》くすことが、この国のためであると信じている。

純粋培養《じゅんすいばいよう》の成果だな。あとティーンエイジャーの潔癖《けっぺき》さ。アラサーお姉さんとしては、どーしよこれ、って思っちゃうよ。

ともあれこうまで言われてしまったら、ユールノヴァの威信《いしん》にかけて、エカテリーナは受けて立たなければならない。

さあ、どう受けるべきか。

しかしそこへ、静かな声が割って入る。

「控《ひか》えなさい、リーディヤ」

皇太后の声は、静かであっても侵《おか》しがたい威厳を備えていた。

「ここをどこと心得ますか。セレズノアの領法は、セレズノアの領内でのみ通用するもの。先《せん》帝《てい》陛下がおわす場で、持ち出すなど笑止《しょうし》です。玉座を退かれたといえども、今も陛下の御前では、そなたもあの娘もすべての民《たみ》が等しく臣下。わきまえなさい」

リーディヤは青ざめる。頬《ほお》を震わせて皇太后を見る目には、恨《うら》めしげな色があった。セレズノア家の出身でありながら、自分の『正しい』言葉を支持してくれない皇太后の考えが、理解できないのだろう。

もちろんエカテリーナにとっては、セレズノアの領法はセレズノアの領内でしか通用しないのは当たり前で、ただただ『おっしゃる通り』だ。とはいえ歴史的に、権力者へ輿入《こしい》れした女性が実家をえこひいきすることも多かったと知っている。皇太后がそういう女性でなくてよかった、と胸を撫《な》で下ろす思いだった。

先帝もミハイルも口を開かずにいるのは、ここは皇太后に任せるのが最適と判断しているのだろう。

クレメンティーナ皇太后、慎《つつ》ましいお人柄《ひとがら》で昔は皇后として振《ふ》る舞《ま》うことも苦手だったと聞いていたけれど、今のこの静かな威厳。これが国母か。皇太后陛下、素敵《すてき》！

しかしこの一幕で、オリガちゃんが萎縮《いしゅく》してしまったんじゃないかな。大丈夫《だいじょうぶ》かな……。

そう思って気遣《きづか》わしげな視線を向けたが、意外にもオリガは、小さな笑みを返してきた。落ち着いている様子に、エカテリーナはほっとする。

「ご無礼いたしました……」

貴族令嬢《れいじょう》スキルを総動員して謝罪したリーディヤがようやく元の席に着き、貴賓《きひん》席が歌を待つ状態になったのを見て取って、レナートがオリガに何か囁《ささや》いた。オリガがうなずき、レナートは彼女から離《はな》れてピアノへ向かう。

さあ、いよいよだ。

そう思うと一気に緊張《きんちょう》が高まって、エカテリーナは膝《ひざ》の上で手を握《にぎ》りしめた。今さら選曲とかアレンジとか、あれで大丈夫だろうかと気になってくる。

いや、大丈夫。前世の合唱部顧問《こもん》が、耳にタコができるほどあの歌のウンチクを聞かせてくれたけど、あの歌の原曲、組曲『惑星《わくせい》』より『木星』は、作曲家ホルストの祖国イギリスでは別の歌詞がついて第二の国歌と呼ばれているそうな。元が国家行事とかに向いた曲なんだから、きっと両陛下もお好みになる！　はず！

オリガは一人舞台《ぶたい》の中央に立ち、貴賓席に、両陛下に向けて、一礼する。エカテリーナがあらためて特訓した跪礼《きれい》は、なかなかに優雅《ゆうが》だ。

背筋を伸《の》ばしたオリガが、大きく息を吸い込んだ。

この歌には本来前奏はなく、低声の歌と伴奏《ばんそう》がほぼ同時に始まる。

しかし今回、歌い出しの一節をレナートはより高めの音にアレンジし、オリガはそれを伴奏なしのアカペラで歌った。

元の歌は、歌い出しは英語だ。翻訳《ほんやく》するにあたっては、その部分も皇国語に訳したけれど、『Every day I listen to my heart』の響《ひび》きにできるだけ近付けている。

これを、オリガは渾身《こんしん》のロングトーンで『聴《き》かせた』。

湧《わ》き上がるような歌声が、美しくもどこか哀感《あいかん》が漂《ただよ》うファルセットに変わって、天へと昇《のぼ》ってゆく。小柄な身体《からだ》から出ているとは信じられないほどの声量が、劇場を満たしていった。

低音が出せないわけではない。オリガは広い音域の持ち主だ。日本の民謡《みんよう》に当たるような、出身地域独特の歌唱と発声法を祖母から学んでいて、それで低音から高音まで安定して出せるようになったという。その発声法が彼女の歌声に、独特の味わいを、美しさを、加えている。

アレンジなしでも、歌うことは可能だった。

それでも、歌はただ歌えばいいわけではない。同じ曲でも、演出によってさまざまに印象を変える。

両陛下の前でこの曲をいかに歌えば、好感を持っていただけるか。レナート、ディドナート夫人、エカテリーナ、オリガであれこれ考えて、事細かに歌い方を決めた。オリガはとことん練習を繰《く》り返して、それを身体に叩《たた》き込んだ。

この曲は、両陛下にとって耳慣れない曲。歌い出しでじっくりと時間をとって曲の世界観や雰囲気《ふんいき》を知ってもらいつつ、オリガの声の美しさや、短期間ですっかり上達したビブラートやロングトーンの技術を評価してもらうべき。

そう皆《みな》で合意した通り、オリガは澄《す》み切った声を惜《お》しみなく響かせて、歌声で劇場を満たしている。

ああ、美しい。

先帝が「ほう」と呟《つぶや》くのが聞こえた。

皇太后は、じっと聞き入っている。その目はひたとオリガを見つめていた。

声の反響《はんきょう》がすっかり消え去るまで溜《た》めを入れたのち、次の一節へ。それにぴたりと合わせて、レナートの伴奏が加わった。一人ではないという歌声が、ピアノの音と溶《と》け合う。

歌は続く。心の繋《つな》がりを、星々の輝きを、奇跡《きせき》を歌い上げる。

空は厚い雲に覆《おお》われた曇天《どんてん》。けれどエカテリーナを魅了《みりょう》してやまないファルセットが天へ響き渡《わた》ると、その雲の彼方《かなた》にある見えないはずの星々が、きらめいた気がした。

オリガの歌声には、そういう不思議な作用がある。そういえば初めて聞いた時も、脳裏《のうり》にありありと満月が浮《う》かんだのだった。

つい比べてしまうけれど、技術力の高さに感心したリーディヤの歌唱と比較《ひかく》しても、オリガの音程の正確さや声量の豊かさ、高い声も低い声も安定して出せる発声、ロングトーンやビブラートなど、技術的な面もそう引けを取らないと思う。

けれど不思議と、そこに着目してすごい！　とはならない。

そういうことよりも。

オリガが、孤独《こどく》ゆえに愛を知ると歌う。

エカテリーナの脳裏には、兄アレクセイが浮かぶ。まだ兄と知らず別邸《べってい》の窓から見ていた、きれいな顔立ちの少年だった彼だ。母と妹がいる別邸の前を、ただ通り過ぎていった兄。祖父セルゲイを亡《な》くし、わずか十歳にして独りでユールノヴァ公爵《こうしゃく》家を背負わねばならなかった、寂《さび》しい子供だったアレクセイ。

今、あれほど妹を愛してくれるのは、その孤独のゆえなのだと――。

そしてまた自分も、兄が何よりも大切なのは、前世の社畜《しゃちく》時代も今生の子供時代もひどく孤独だったからなのだと。

我が身に引き付けて、歌詞があらためて深く感じられ、涙《なみだ》がこみ上げる。

歌が、聴く人に、心に、染《し》みてくる。

技術よりも心が大事、という話ではない。技術があるから、心に染みる歌が歌える。リーディヤの歌は、充分《じゅうぶん》素晴《ば》らしかった。

ただ、おそらく彼女は、あと少し技術が足りないのだろう。歌い手が技術をひけらかせば、聴き手は醒《さ》める。技術を誇《ほこ》っていることを感じさせない、という『技術』が、リーディヤには足りていない。とはいえこの年頃《としごろ》の少女なら、誇れるだけの技術を身につけているだけで、立派な才能の持ち主だ。

けれどオリガは、技術として学ぶことなく、天性でそれができるのだろう。技術を学べば学ぶほど、それを駆使《くし》するほど、ひたすら聴く者の心をさらに揺《ゆ》さぶる力にできるのだろう。

レナートの伴奏も、さりげなくそれを支えていた。そして歌の合間には、曲の主題を織り込んだ間奏、と言うには自由度の高い生き生きとした演奏を挟《はさ》んで、オリガを休息させている。

正直、ピアノがこれほど多彩《たさい》な音を出せる楽器だとは知らなかった。

変わった弾《ひ》き方をしているわけではない。ピアノの技術的なことは、エカテリーナはあまり知らない。けれど、音がきらめくようだったり、哀《かな》しく泣くようだったり、愛《いと》しく包むようだったり。人間の声にも劣《おと》らぬほど、情感を伝えてくる。

音が出るものならなんでも得意、と言い放ったレナート。彼もまた天性で、奏《かな》でる音で人の心を動かすことができるのだろう。オリガと組んだことで、その素質がいっそう引き出された。

二人は、ともに奏者のようだ。

音楽で人の心から喜びや哀しみの音色を引き出す、人の心を奏でる奏者。

歌は終盤《しゅうばん》まで進む。オリガの歌声は力強く、そして優《やさ》しく、壮大《そうだい》な愛と癒《いや》しを聴く者の心に響き渡らせる。

ついに彼女は、最後のフレーズを高らかに歌い上げた——。

　望むように生きて　輝《かがや》く未来を
　いつまでも歌うわ　あなたのために

その時。

皇太后の目から、一筋の涙がこぼれ落ちた。

それを見て、エカテリーナはしみじみと、心の中でオリガに呼びかける。

オリガちゃん。

君は、やってのけたよ。

深い余韻《よいん》を残して、歌は終わった。ピアノの後奏が、優しい音色で主題を繰り返し、和音で終わる。

――その、瞬間《しゅんかん》。

天が動いた。

厚く空を覆っていた雲が割れ、光が降り注ぐ。

雲の切れ目から光線が射《さ》し込む、天使の梯子《はしご》、などと呼ばれる気象現象だが。

その光がまさにこの劇場へ、この舞台へ射し込んで、オリガとレナートを神々《こうごう》しく照らし出していた。

いやこれは……出来過ぎでしょ。

絶句しながらもその光景に魅《み》せられつつ、エカテリーナは思ったが。

次の瞬間、その光が、五色の彩《いろど》りを帯びた。

雲の切れ目から劇場の舞台へ降り注ぐ光が、虹《にじ》のような彩りに変わって、ゆらゆらと波打っている。

(でっかいプリズムで光が分散した？　それともオーロラ？　って、そんなわけあるかい！)

脳内でノリツッコミやってる場合か自分！

でも雲は動いていないのに光が波打つって！　どういうこと？　どういう超常《ちょうじょう》現象よ!?

仏教だと、仏が聖人を迎《むか》えにくる時に、こういう感じの瑞光《ずいこう》とか瑞雲とかが出るっていう話があった気がするけど……。

前世で見た、五色の瑞雲に仏が乗り天女《てんにょ》が周囲に舞《ま》う仏画をエカテリーナは連想した。

それが呼び水になったかのように。

雲間から溢《あふ》れる光の中に、翼《つばさ》を広げて舞い降りて来る、姿が。

翼の色は光と同じ、五色に輝いている。その翼を背後に広げ、飾《かざ》り羽と尾羽《おばね》を長くたなびかせている、美しい人の姿をしたそれは――。

音もなく、皇太后が立ち上がった。

舞い降りて来るものへ、礼をとる。皇帝《こうてい》の母、国母が。この皇国で最も侵《おか》しがたく高貴な女性が。

さらには、先帝までが席を立ち、頭を下げた。

ももも、もうこれは間違《まちが》いないいい！

音楽神様。

降臨――――!!

あわててエカテリーナも立ち上がり、礼をとる。ミハイルも。

頰《ほお》を上気させたリーディヤもまた。

音楽神は、劇場の上空まで来ると、周囲を優雅《ゆうが》に一周した。

そして、舞い降りる。

貴賓《きひん》席へ。

地上へ降り立つことはなく、音楽神は人間たちを見下ろして、中空に浮いている。翼は開いたままで、羽ばたくことなく宙に静止していた。物理法則には、左右されないようだ。魔竜王《まりゅうおう》ヴラドフォーレンと同じように、魔力というか神力で浮いているのかもしれない。

間近で見る音楽神は、なんとも艶《あで》やかだった。

男性とも女性ともつかない顔立ちは、上品にして艶麗《えんれい》。アーモンド型の大きな目、瞳《ひとみ》の色は、青のような赤のような黒のような……刻々と変わるようだ。紅をさしたように赤いふっくらとした唇《くちびる》は、アルカイックな笑《え》みをたたえている。

髪《かみ》の色は青、赤、黄、黒、白の五色が入り混じって、南国の鳥の羽のように鮮《あざ》やかに輝いていた。衣装《いしょう》は古代風、いや東洋風か。前世で見た、天女か弁財天あたりが着ていたものに似ている気がする。こめかみ辺りの髪が変じた飾り羽と尾羽が長くたなびくさまも、天女の比礼《ひれ》を思わせた。

死の神や山岳神《さんがく》のような、身動きもできないほどの神威《しんい》ではなく。強く強く、惹《ひ》きつけられる。他《ほか》の何物も目に入らないほどに、心のすべてを吸い込まれてしまうほどに――魅せられる。

音楽神は皇太后に目をやり、大きな目を細めて微笑《ほほえ》んだ。

——クレメンティーナ、息災であるか。

その声。

ただ言葉が語られただけなのに、エカテリーナは陶然《とうぜん》となった。それはあまりに美しい、音楽の精髄《せいずい》だった。

「はい、音楽神様のご威徳のおかげをもちまして」

皇太后は穏《おだ》やかに応《こた》える。音楽神の加護を持つ身であるだけに、その魅力《みりよく》にも免疫《めんえき》があるのだろう。

——そなたの側《そば》で、美《うま》しき歌、美《うま》しき音色が響《ひび》いていた。それゆえ、来た。

そう言って、音楽神は視線を巡《めぐ》らせた。貴賓席にいる、二人の少女へ。

リーディヤが歓喜《かんき》の叫《さけ》びを上げ、両手で口元を覆《おお》った。目を輝かせて音楽神を見つめる。

音楽神はすうっと滑《すべ》るように二人の前に降り——。

正面から、エカテリーナを見た。

(えっ?)

エカテリーナは驚《おどろ》きのあまり動けず、目を見開くばかりだ。歌っていない自分に、なぜ音楽神が?

ミハイルが、はっと息を呑《の》んだようだった。

——珍《めずら》かなる旋律《せんりつ》。不可思議。

音楽神は、鳥のように首を傾《かし》げる。

その言葉にふと思い出したのは、かつてユールノヴァで、死の乙女《おとめ》セレーネに言われたことだ。エカテリーナの、魂《たましい》について。

『とても目立つの。聞いたことのない旋律が響いてくるような、不思議な色の光が射しているような……』

——これもまた美し。しかし……我がモノに非《あら》ず。

い、異世界産の魂のせいかー！

その言葉を残し、音楽神は翼をひと打ちして貴賓席から飛び去った。

音楽神は舞台《ぶたい》に向かう。そこには、オリガとレナートがいる。

二人ともただただ驚いて、音楽神を見つめている。

音楽神は微笑んだ。艶やかな唇が弧《こ》を描《えが》く。

——これは我がモノ達。美《うま》しき歌、美《うま》しき音色。良き哉《かな》、良き哉。

そして二人に、両手を差し伸《の》べた。

——良き歌い手、良き弾き手。我が庭に来よ。今一度、聴《き》かせて給《たも》れ。

オリガも、レナートも、夢を見ているような表情だ。音楽神に、完全に魅了《みりょう》されているのだろう。その手を取るべく、ゆっくりと手を伸ばす。神の招きを受けて、応じるほか人間に何ができよう。

が、声が上がった。

「そんな！」

悲鳴のように、リーディヤが叫ぶ。

「お待ちくださいませ、そんな、なぜ！　わたくしは……わたくしのはず……」

どうしようもなく漏《も》れた心の叫びに違いなかった。

けれど、音楽神は振《ふ》り向かない。目をやることすらしない。

「音楽神様！」

叫んで、ついにリーディヤは駆《か》け出した。

「わたくしを、わたくしをお連れくださいませ！」

走る、という行為《こうい》は貴族令嬢《れいじょう》にふさわしくないとされている。皇后となるべく育てられてきた彼女は常に、侍女《じじょ》が持つ日傘《ひがさ》の下を、しずしずと歩いてきたに違いない。

それなのに今、きらびやかなドレスをなびかせて、リーディヤは必死に走っている。

「音楽神様、わたくしを……どうか、わたくしの歌を……！」

今は音楽神以外の何も目に入らないに違いないオリガとレナートが、音楽神の手を取った。

「わたくしの歌を聞いてくださいませ！」

リーディヤが舞台に駆け上がる。

けれどその瞬間《しゅんかん》、音楽神と、オリガとレナートの姿が、ふっと消えた。五彩《ごさい》の光も消えて、すべてが夢だったかのように、舞台の上はがらんとしている。

リーディヤはくずれ落ち、声を上げて泣き出した。

音楽神の庭に招かれるのは、音楽神殿《しんでん》の舞台で音楽を奉納《ほうのう》した時だと聞いていた。

それなのに、この離宮《りきゅう》での演奏で音楽神様が現れたのは。

――そなたの側で、美《うま》しき歌、美《うま》しき音色が響いていた。それゆえ、来た。

あの言葉からして、音楽神様の加護を持つ皇太后陛下がいらしたからなのだろう。皇太后陛下が耳にする音楽は、音楽神様にも届くということだ。

リーディヤは、それを知っていたのかもしれない。だから、皇太后陛下に音楽を聞いていただく機会を得ると、寸暇《すんか》を惜《お》しんでレッスンに打ち込み、完璧《かんぺき》に仕上げてきたのだろう。レナートの言葉を借りれば、鬼気《きき》迫《せま》る気迫《きはく》で。

特に今回は、私との勝負だと思っていたから、その場で音楽神の招きを受けることができれば完璧な勝利だと、いつも以上に力が入ったのではないだろうか。

そして音楽神様が降臨。すぐ側まで舞い降りて来られた時には、ついに長年の願いが叶《かな》った、ついに成し遂《と》げたのだと思って歓喜しただろうに。

それなのに、この結末……。

今までに出会った誰《だれ》よりも強く高位の貴族令嬢としての自負を持ち、その身分にふさわしい振る舞《ま》いしかしてこなかったリーディヤが、今は舞台にくずれ落ちたまま泣き続けている。

公爵《こうしやく》令嬢って、こういう時、どうするのが正解なんだろうね。

そっと見ないふりをする？

セレズノア様おかわいそう……とか呟《つぶや》いて、はらはら涙《なみだ》を流す？

まあ、私がやってることは間違った対応に違いない。

私、走ってますから！

「セレズノア様！」

エカテリーナは舞台のリーディヤへ駆け寄っている。

あ、両陛下と皇子に何も断らずに貴賓《きひん》席から駆け出してしまった。ほんと間違《まちが》ってるわ自分。

でも、でも、仕方がないんだよー！

こんな挫折《ざせつ》、ほっといたら立ち直れないだろ！　下手《へた》したら引きこもるわ！

なんか思い出したけど、甲子園《こうしえん》を目指していた高校球児が、県大会の決勝で九回まで勝ってたのにサヨナラヒットが自分の守備位置に飛んで来たのを取れなくて負けて引きこもったとか
……リーディヤの姿にダブるのよ。

たぶん、同じくらいのショックだよ。そりゃ、くずれ落ちるわ。立ち上がれないで号泣《ごうきゅう》して当たり前だわ。

高校球児と侯爵《こうしやく》令嬢、一緒《いっしょ》にしていいのか？

だけど小さな頃《ころ》から一途《いちず》に目指してきた夢が破れた、っていうのは同じだし！

……なんか責任感じるし。

リーディヤが言い出した領法改定を止めるためにこういう舞台を整えたんだから、君が理不《りふ》尽《じん》なことやろうとしたのが悪い！　とは思うのよ。

でも私の身分のおかげで、すごく楽勝な策が取れていたから。ちょっとやりすぎなマウンティングみたいなことになって、いろいろ彼女を追い込んだと思う。ユールノヴァ公爵令嬢っていう肩書《かたがき》がこんなに強いって、自分でいまいちわかってなかったのよ。

そのあげくに、まさかこんな事態になるとは思わなかったよー。音楽神様が貴賓席に来て、私とリーディヤの前に降りた時のぬか喜びが、一番の打撃《だげき》だったんじゃないだろうか。

私の魂が異世界産で珍《めずら》しいだけだったんだよ。なのにあれで、てっきり自分へのお迎《むか》えだと思い込んでしまったんだと思うと……すまん。私が悪いことしたわけじゃないけど、なんかすまん。

そういう責任とかさておいて、シンプルに。

泣いてる女の子をほっとくなんて、無理だから！

そんなわけで、エカテリーナはリーディヤのもとへたどり着くと、舞台に突《つ》っ伏《ぷ》して泣いている彼女の身体《からだ》に腕《うで》を回して抱《だ》き寄せた。

「セレズノア様！」

だがリーディヤは、何か叫んでエカテリーナを押しのけようとする。

かまわず、エカテリーナは思い切り腕に力を込めて、リーディヤを抱きしめた。こんなに力を込めては、痛いかもしれない。けれど、心があまりに痛い時は、身体の痛みが必要なことがあるはずだから。

そうして、彼女の耳元で、思い切り叫《さけ》んだ。

「今ではないだけです！」

びくっ、とリーディヤの身体が揺《ゆ》れた。

「いずれ、貴女様《あなた》の時は来る！　今がその時ではなかっただけです！」

ごめん、正直そうなるかはわからないです。音楽神様が招いてくれるかは、音楽神様のみぞ知ること。

でも、これは間違いなく言える。

「貴女様の歌は、美しかった！　ずっと、本気で、打ち込んでこられたことが、伝わってきましたわ」

リーディヤの歌は、本当にレベルが高かった。事前にお母様のことを持ち出されてイラッときていた私が、コロッと感心して感動してしまったほど。

前世の私は歌が好きだったけど、何かあって合唱部の部活がなくなった時は、友達とやったーと喜び合ってスイーツとか食べに行った。でもリーディヤは、一日たりとも休まずにレッスンを重ねてきたことだろう。それは、すごいことだ。

きっと彼女は、歌うことが好きだ。まだ何も知らない子供だった頃から、無邪気《むじゃき》に歌っていたのだろう。家のため、地位のためという重石《おもし》が加わってからも、歌い続けてきたのだろう。

「貴女様はずっと、努力してこられた。だから、貴女様の歌は、美しい。それをわたくしは、感じました」

リーディヤの考え方、やり方に、うなずけない点はいろいろあるけれど。

彼女の努力は、尊い。それは、確かだ。

「貴女様は、もっと成長なさいます。もっと大輪の花を咲《さ》かせることができるようになってから、貴女様の時は来る。そうに違いありませんわ」

甲子園は三年間限定だけど、音楽神様の招きへの挑戦《ちょうせん》は、一生できるんだから。

君、自分がどんなに若いか、どんなに未来に満ちているか、わかってないだろうね。高校生なんてそんなもんだよ。

私はまだまだこの世界の価値観に馴染《なじ》めていないけど、両陛下の御前《ごぜん》で身分について追及《ついきゅう》したリーディヤの『正義』が尖《とが》りすぎだっていうことは解《わか》る。高校生の正義が純粋《じゅんすい》なのは、無知だからだ。これからいろんな出会いや挫折があって、彼女は変わっていくだろう。

君はまだまだ、未熟なんだから。それはつまり、未来に伸《の》びしろがあるっていうことだよ！

けれど、リーディヤはまだ嗚咽《おえつ》しながら、エカテリーナの腕を自分から引き剥《は》がそうとしている。

ああっ、仮想敵の私が何を言っても響《ひび》かない！　追い込んだ張本人だしね！　どうしたら！

教えて前世の熱い人ー！

困ったエカテリーナが、脳内に日めくりカレンダーを召喚《しょうかん》しようとした時。

「リーディヤ」

静かな声がした。

はっ、とエカテリーナとリーディヤが顔を上げる。二人の傍《かたわ》らに、皇太后が立っていた。

皇太后は微笑《ほほえ》みかける。リーディヤに。

「リーディヤ……そなたが今日、挫折を知ったのなら。それを幸いと知りなさい」

「陛下……？」

リーディヤは啞然《あぜん》と目を見張った。

「かつてわたくしがお招きを受けた時、音楽神様は仰《おお》せになりました。そなたの歌は、苦悩《くのう》が美しいと……。リーディヤ、そなたは、挫折を知らなかった。努力が報《むく》われ、己《おのれ》が尊重される、完璧な世界しか知らなかった。そなたはその若さで、完璧な歌を歌えます。それでも完璧は、最上ではない」

その時ふっと皇太后の唇《くちびる》をかすめた笑《え》みは、自嘲《じちょう》のようだった。

「……最上の歌とはいかなるものか。それはわたくしも未《いま》だ追い求めるもの、偉《えら》そうに語れるものではありません。けれど、完璧だけでは、最上ではない。そのことは、解っています。もし、今日、そなたが挫折を知り、苦悩を得たのなら。そなたは、完璧から旅立つことができるかもしれません。行き着く果てを誰も知らない、最上の歌を求める旅に……出るかどうかは、そなた次第《しだい》です」

リーディヤは言葉を失っている。

それでも涙は止まっていて、エカテリーナはよしよしと彼女の頭を撫《な》でた。

これってあれだ、一皮剝《ひとかわむ》ける機会ってことだよ。

頑張《がんば》れ。

うつむいて考え込んでいるリーディヤは、エカテリーナになでなでされていることにも気付いていないようだ。

が、いきなり気付いた。

「きゃっ!?」

一声叫んで、ビョンっ！　と跳《と》び離《はな》れる。真っ赤な顔で口をぱくぱくさせてエカテリーナを凝視《ぎょうし》して、パニックに陥《おちい》っているようだ。

「……」

いや、すまん。仮想敵が頭なでなでとか。

でもそんな、跳び離れんでも。カエルみたいに。

ていうか、ビョンって君、体幹強いな。やっぱり声楽って地味に鍛《きた》えられるんだなー。

皇太后が、ふっと笑った。

「美しいドレスなのに、汚《よご》れてしまったようですね。リーディヤ、着替《きが》えていらっしゃい」

その言葉と共に、皇太后の腹心らしき侍女《じじょ》が進み出て一礼する。

そしてリーディヤの手を取って立ち上がらせると、案内して下がっていった。

「わたくしたちは席に戻《もど》りましょうね、エカテリーナ」

そう言って、皇太后はエカテリーナに手を差し出す。

エカテリーナは思わず目を丸くしたが、おずおずとその手に手を預けて、立ち上がった。

オリガとレナートのことを気にして舞台《ぶたい》を振《ふ》り返るエカテリーナに、皇太后が微笑む。

「音楽神様は『今一度』と仰せでした。あの者たちだけでなく、そなたのあの曲もお気に召《め》したのでしょう。曲をお聞かせすれば、ここへ帰してくださいますよ。ずっとあの二人をお側《そば》に置かれるおつもりではないはず」

「お教えありがとう存じますわ、安心いたしました」

経験者は語る、であるから、間違《まちが》いないだろう。ほっとして、エカテリーナは皇太后に笑顔を返した。

「よい曲でした。旋律《せんりつ》も歌詞も奥深く、味わい深い。そなたの才能も素晴《すば》らしいと思いますよ」

あああ。

私の才能とかでは全然ないんですぅう！

「い、いえ。実は、セレザール様にいろいろ直していただいたのですわ。わたくしの才能などでは……」

おほほ、と笑ってごまかすエカテリーナに温かい視線を注いだ皇太后は、ふと表情をあらためる。

「エカテリーナ……あの娘《むすめ》、オリガといいましたか。あの者の縁者《えんじゃ》に、イリーナという名前の者はおりませんか」

思いがけない言葉に、エカテリーナは目を見張った。首を横に振る。

「申し訳ございません、わたくしオリガ様のご親戚《しんせき》について、詳《くわ》しくは存じ上げませんの……」

「そう。突然《とつぜん》尋《たず》ねて、驚《おどろ》かせてしまいましたね。気にしないでおくれ」

皇太后に従って貴賓《きひん》席に戻ると、先帝《せんてい》とミハイルが微笑んで迎《むか》えてくれた。

しばらく二人きりだったはずだけど、祖父と孫で何の話をしていたんだろう。そう気にしながらも、席につく前にエカテリーナは両陛下とミハイルに礼をとる。

「先ほどお許しも得ず席を離れましたこと、心よりお詫《わ》び申し上げます。両陛下の御前でこのような無礼……お恥《は》ずかしい限りにございます」

「よい。リーディヤは皇太后の親族であり、この離宮《りきゅう》にもたびたび訪《おとず》れてくれた娘ゆえ、そなたの対応を嬉《うれ》しく思っておる。そもそも内輪の席だ、気楽にせよ」

先帝ヴァレンティンが微笑んだ。

「だが礼儀《れいぎ》正《ただ》しいのはよいことだ。そういうところは、そなたはアレクセイと似ておるのだな」

わーいお兄様と似てるって言われたー！

常時ブラコンのエカテリーナは、あっさり浮《う》かれる。

お兄様、公爵《こうしゃく》を継承《けいしょう》する前は、ここで先帝陛下に時々会っていたのかな。いや、お祖父《じい》様が亡《な》くなってからは、基本的にはユールノヴァ領で仕事をしていたはず。お祖父様がまだ生きていた頃《ころ》に、まだ皇帝だった陛下に会っていたんだろう。

お兄様はその当時から、本当に子供？　とか思われるような、大人顔負けな言動をしていたんだろうな。可愛《かわい》かっただろうなー。ふふ、見たい。

「そなたとアレクセイは、離れて育ったと聞いておるが……」

先帝の声音《こわね》に、憂《うれ》わしげな響きが混じる。エカテリーナは思わずミハイルに目をやった。

君、何をお話ししたの？

ミハイルはただ、穏《おだ》やかに微笑みを返す。

どう答えるか少し悩《なや》み、エカテリーナは口を開いた。

「はい、離れて育ちましたので、今は共に暮らすことができて幸せにございます」

無難な返答ができたと思ったが、先帝は沈黙《ちんもく》している。と、深いため息をついた。

「最後にアレクサンドルに会《お》うた時、義兄《セルゲイ》亡き今そなたが妻子をしかと守るようにと、申し付けたのであったが……余は、ユールノヴァの内向きのことには、干渉《かんしょう》できなんだ」

その呟《つぶや》きに、エカテリーナは目を見張る。

先帝陛下、お母様と私やお兄様のこと、気にかけてくれていたのか。親父《おやじ》と最後に会った時ということは、譲位《じょうい》してこの離宮へ移る直前のことかな。譲位した後は、公爵である親父と会うことはなかったはずだから。

ほんとにね……親父がその言葉に従っていれば。

お祖父様がご存命のうちは、お母様と私の暮らしはそう悪くはなかった。とはいえお母様は私とずっと公爵領の別邸《べってい》にいたから、本来は夫と共にいるべき公爵夫人が人前に現れないことは、噂《スキャンダル》だったに違いない。

　暮らしが本当に悲惨《ひさん》になったのは、お祖父様の没後《ぼつご》しばらくしてから。その頃には先帝陛下はここで隠棲《いんせい》していて、有力貴族と会うこともなくなっていたから、そんなことは知るよしもなかっただろう。

　そもそも、家庭内での虐待《ぎゃくたい》は外部からの干渉が難しい。それは、二十一世紀の日本でも同じだった。お祖父様がご存命の頃に、お母様が親父に見切りをつけていれば変わっていただろうけど……お母様はずっと親父に恋《こい》していて、親父から離れようとはしなかったから、誰《だれ》であろうと助けることはできなかったはず。

　一番悪いのは親父より祖母なんですけどね。実の姉があそこまで悪辣《あくらつ》な真似《まね》をしていたなんて知ったら、陛下はショックを受けちゃうだろうな。

　でも先帝陛下は、祖母よりセルゲイお祖父様の方を慕《した》っていたみたいだった。お祖父様が亡くなってすぐ、お祖父様の愛馬ゼフィロスが殺され、それを反省する様子もなかった祖母……退位後はほとんど交渉がなかったのかも。

「陛下にそのようにお気に留めていただき、恐悦至極《きょうえつしごく》に存じます。……わたくしは、今は、本当に幸せでございますわ」

　先帝はうなずいた。

「優《やさ》しい娘だ。今度の訪問も、友人のためであったな。才能ある人間を見出《みいだ》し育てることを楽しむ姿、義兄によく似ておる。懐《なつ》かしいことだ……これからも、いつなりと訪ねて来てもらいたい。セルゲイに代わって、余がそなたの幸せを願っていることを、心に留めておくがよい」

「温かいお言葉、ありがとう存じます」

頭を下げて、エカテリーナはちらりとミハイルに目をやった。

君、陛下に何を話したの？　君は本当に聡《さと》いから、ユールノヴァ領で思った以上にいろいろ気付いちゃっていたのかな。

エカテリーナと目を合わせたミハイルが、小声で言った。

「さっき……君が行ってしまうかと思った。怖《こわ》かったよ」

……。

……。

……。

ななな、なんだろう、この感じ。

はっ！　そうか、そりゃそうだ！　私がここから突然《とつぜん》消えたりしたら、シスコンお兄様がどんな暴発をすることか！　そりゃ怖いよね！

何かから全力で目をそらすエカテリーナである。まあアレクセイの暴発は、かなり確度が高いと言えるが。

ともあれエカテリーナは言葉を返すこともできず、ひたすらおろおろと目を泳がせている。

ミハイルはそんなエカテリーナを、苦笑《くしょう》しつつも優しく見ている。

そして孫世代のそんなやりとりを、先帝と皇太后がほのぼのとしたまなざしで見守っていたのだった。

着替《きが》えを終えたリーディヤが戻って来た時には、エカテリーナはなにやらほっとした。

皇太后の昔の服を借りたそうだが、シンプルで上質なドレスは、先ほどまで着ていたものよりリーディヤに似合っているようだ。

「わたくしの若い頃を見るようだこと。リーディヤ、その衣装《いしょう》はそなたにあげましょうね。そなたのドレスは、侍女《じじょ》がきれいにして返すそうですよ。両親には、わたくしがそう言っていたと伝えなさい」

皇太后は優しく言った。

リーディヤのほうは、賜《たまわ》り物の礼を言い先ほど取り乱したことを詫びて席に着いた後は、伏《ふ》し目がちで人形のようにおとなしくしている。ただ時々、ちらとエカテリーナを盗《ぬす》み見ているようだった。

怒《いか》りや憎《にく》しみの視線ではなさそうで、エカテリーナは安堵《あんど》しつつも、どうするか悩む。こちらからリーディヤに声をかけるべきか、なんと言って声をかけるべきか、励《はげ》ますならやっぱり日めくりカレンダーを召喚《しょうかん》するべきか。

アホな方向に思考が迷走《めいそう》しかけた時。

舞台《ぶたい》に、五彩《ごさい》の光が湧《わ》き上がった。

光は珠《たま》になり、大きく膨《ふく》れ上がる。大人の一抱《ひとかか》え……いや、もっと大きく。

そして、弾《はじ》けた。

乱舞する色と光。それが薄《うす》れると、舞台にはオリガとレナートが戻《もど》っていた。

最初に動いたのは、先帝の傍《かたわ》らに控《ひか》える侍従だった。

先帝に視線で尋《たず》ね、うなずかれると、落ち着いた足取りで舞台へ向かう。音楽神の庭から戻ったばかりの天才音楽家たちを、先帝皇太后両陛下のもとへ案内するのだろう。

そして、メイドや従僕たちも、静かに動いていた。すみやかに椅子《いす》が二脚《きゃく》と、二人分の茶器が運ばれてくる。エカテリーナの隣《となり》へ。

なんという冷静な対応……目の前で人が神に招かれ、光に包まれて戻って来るという、普通《ふつう》なら人生で一度も見ることのない光景を見たというのに、この一糸乱れぬ仕事っぷり。プロだ。世界が違《ちが》ってもやはり、プロフェッショナルには仕事の流儀《りゅうぎ》というものがあるのだなあ。

しみじみ思うエカテリーナである。

そんなプロフェッショナルな侍従に案内されてやってきたオリガとレナートは、喜びやら緊《きん》張《ちょう》やら何やらで、赤くなったり青くなったり忙《いそが》しい様子だった。いや、レナートは自信家の面をのぞかせて喜ばしげ、得意げなのだが、オリガは緊張で青ざめている。

そんなオリガだが、エカテリーナが視線をとらえて微笑《ほほえ》みかけると、ほっとした様子で笑顔《えがお》を返してくれた。

侍従は二人を、先帝と皇太后の間近に案内する。

男爵令嬢《れいじょう》や子爵令息が、両陛下とこの距離《きより》で対面することは通常考えられない。この対応が、神に招かれるという出来事が世俗《せぞく》の身分を超《こ》えるほどの名誉《めいよ》であると示している。

「今度《こたび》のこと、重畳《ちょうじょう》至極であった」

先帝が言い、オリガとレナートは揃《そろ》って礼をとった。

「本当に良かったこと。オリガとレナート。音楽神殿《しんでん》には使いを出していますすぐに迎《むか》えが来るでしょう。これからのことについて、神官が相談に乗ってくれますよ。学園や、家への連絡《れんらく》も、神殿が配慮《はいりょ》してくれるはず。それゆえそれまでは安心して、ここで歓待《かんたい》を受けておくれ。そなたたちにはこれから、輝《かがや》かしい未来が待っています」

皇太后の言葉に、目を見張りつつ二人は再び礼をとる。レナートの頬《ほお》は紅潮し、さらにオリガは、おばあちゃんが敬愛する皇太后陛下からのお言葉に、涙《なみだ》ぐんでいた。

そんなオリガに、皇太后は言う。

「そなたは、わたくしの昔の知人に似ている。そなたの親族に、イリーナという名前の者はおりませんか」

それを聞いて、オリガは目を丸くした。

「イリーナは、わたしのおばあちゃんの名前です」

言ってしまってから、オリガはあわてふためいて言い直した。

「いえあのっ、そ、祖母！　わ、わたくしの、祖母にございます！」

だが彼女が、いやその場にいた一同がそろって仰天《ぎょうてん》したことに、皇太后はオリガの訂正《ていせい》にも気付かぬ様子で、はらはらと涙を流している。

「そうでしたか……やはり……ああ、確かにあの子の面影《おもかげ》がある……」

「クレメンティーナ――如何《いかが》した」

心配そうに、先帝《せんてい》が皇太后の肩《かた》に手を置いた。その手に自分の手を重ねて、皇太后は微笑む。

「ご案じくださいますな、陛下。理由をお話しいたします。……そなたたちも、驚《おどろ》いたことでしょうね。まずは席に着いて、身を休めておくれ」

オリガとレナートに顔を向けて、皇太后は優しく言った。感情が乱れても、女主人としてのもてなしを忘れないところは、さすがである。見習わねば！　と、エカテリーナは内心で拳《こぶし》を握《にぎ》って思っていたりする。

二人が席に着き、侍従が淹《い》れた茶を飲んで一息ついたところで、皇太后は語り出した。

オリガの祖母イリーナと、セレズノア侯爵《こうしゃく》令嬢クレメンティーナの関係を。


イリーナは、セレズノアの領都付近の出身。のちに嫁入《よめい》りするフルールス家と同様、土豪《どごう》と呼ばれる土着系の、小さな領地を持つ家の娘《むすめ》だった。

領都では、土豪の家の者は、事あるごとにセレズノア侯爵邸《てい》でのさまざまな仕事に駆《か》り出されるのだそうだ。季節ごとの庭園の整備や、宴会《えんかい》の準備や片付けなど、内容は多岐《たき》に亘《わた》る。そうした役目のために来た母親にくっついて、十二歳のイリーナは初めて侯爵邸にやってきたらしい。

「イリーナは初めての場所で母親とはぐれてしまい、わたくしがいた音楽室に迷い込んできたのです。いえ、きっと彼女は、ピアノの音に惹《ひ》きつけられてきたのでしょう。わたくしは今でも覚えています、泣きはらした目をしていながら、うっとりした表情でピアノの音色に聴《き》き入っていた、あの日のイリーナを……」

あの子と呼んではいるが、当時のクレメンティーナも十二歳。同い年の二人は、一瞬《いっしゅん》で仲良くなった。音楽が大好き、という共通点があったからだ。

侯爵家のお嬢様のところへ入り込んでしまった娘を見つけたイリーナの母親は真っ青になったが、クレメンティーナはこれからもイリーナを連れてくるよう頼《たの》んだ。侯爵家の者には内緒《ないしょ》で、音楽室でこっそり落ち合えるように。お嬢様の頼みを母親は聞き入れて、二人の少女はたびたび会えるようになった。

「わたくしも当時から、習い事の中で音楽が一番、特別でした。いろいろな楽器を弾《ひ》いて聴かせたり、歌を教えたりするたびに、イリーナは目を輝かせてすごいすごいと褒《ほ》めてくれた。ですが、イリーナは天性の歌い手でした。美しい声で、楽しげに歌って……枝に歌う小鳥のようだと、いつも思っていたものです。わたくしは音楽教師からきちんとした基礎《きそ》を教わって、誰《だれ》からも褒められる歌が歌えました。けれど、彼女のように、ただ歌いたいように歌っているのに美しい、それこそが本物ではないかと、引け目のようなものを感じていました。……イリーナにピアノを教えると、すぐに上手になった。彼女との連弾《れんだん》は、とても楽しかった」

夢見るような表情で、皇太后クレメンティーナは当時を懐《なつ》かしんでいる。唇《くちびる》に浮《う》かぶ微笑みは、しかしふっとかき消えた。

「……ですがそのような付き合いができたのは、ほんの一年ほどのことでした。父に見つかったのです」

皇太后の父、リーディヤから見れば曾祖父《そうそふ》にあたる当時のセレズノア侯爵は、自分の娘が土豪の娘と並んでピアノを弾いている姿を見て激怒《げきど》した。音楽には関心のない人物で音楽室に来ることはなかったのだが、この日はたまたま通りかかり、二人分のピアノの音色を不審《ふしん》に思ったのだった。

セレズノアの領法により、イリーナは身分に応じた髪型《かみがた》と服装をしており、身分違いは一目瞭然《いちもくりょうぜん》。怒鳴り声と共に音楽室に踏《ふ》み込んだ侯爵は、いきなりイリーナに手をあげた。

「わたくしはあの時、大きな悲鳴を上げてしまいました。小鳥のようなイリーナが、暴力にさらされるとは……！　イリーナは本当に、小鳥やうさぎのような小さく愛らしい生き物に似た、暴力とは対極にある少女だったのです。そなたのように」

そう言った皇太后の視線はオリガへ向けられていて、小動物のような可愛《かわい》らしさを持つオリガとよく似ていたのだと思うと、エカテリーナとしては納得《なっとく》しかない。

ていうか侯爵！　女の子に暴力なんてサイッテー！

私がその場にいたら、大太鼓《おおだいこ》の撥《マレット》とかでドンドコ殴《なぐ》ってやりたかったわ！　セレズノア家の音楽室に大太鼓があればの話だけど！

「父の怒《いか》りはわたくしにも向けられました。父にとっては、わたくしはセレズノアの娘としての誇《ほこ》りに欠ける、出来損《できそこ》ないだったのです。当時、セレズノア家は音楽に力を入れておりませんでしたから、音楽にばかり浸《ひた》っていることも怒りの対象となり——わたくしは音楽室への立ち入りを禁止され、イリーナと直接会うことは二度とできませんでした」

無言で皇太后の話を聞く、リーディヤの表情が強張《こわば》っている。彼女は皇太后の語る時代を知らない。実家の全面的なバックアップを受けて音楽に打ち込んできた彼女にとって、セレズノア侯爵家は音楽の名家、音楽の才能はただただ称賛《しょうさん》されるはずの場所に違いない。曾祖父は、おそらく彼女が生まれる前か幼少時に没《ぼっ》して、記憶《きおく》にもないだろう。

エカテリーナはなるほどと思っていた。皇太后は三姉妹の真ん中で、姉と妹より美貌《びぼう》で劣《おと》るため重視されなかったと聞いたことがある。これほど気品に満ちた方が。しかし容色というより、家風に合わない行動ゆえに軽《かろ》んじられたのなら、納得がいく。

先帝が再び皇太后の肩に手を置いた。

「昔のことにございますわ、陛下。遠い昔の」

そう言いながらも、皇太后は嬉《うれ》しげに夫に微笑みかける。

「魔法学園《まほうがくえん》への入学が、わたくしの転機になりました。父との確執《かくしつ》、姉と妹との確執に悩《なや》み、イリーナのような『天然の』才能こそが本物ではないかと自分に疑問を持つ日々でしたが、それでも好きなだけ歌を歌い、音楽室のピアノを借りて弾き、休日には音楽神殿へ足繁《あししげ》く通い……卒業直前の最後の機会に、音楽神様のお招きを受けることができたのです。そして、陛下にお会いできました」

「うむ。余は今でも覚えておる、初めてそなたの歌声を聴いた日を」

皇太后は、先帝の二歳年上。学園卒業と共に音楽神殿に身を寄せ、国家式典で歌声を披露《ひろう》した際に、先帝の目に留まったのだった。当時は虚弱《きょじゃく》で内気な美少年だった皇子ヴァレンティンにとって、神に選ばれた歌姫《うたひめ》は眩《まぶ》しい存在だっただろう。

微笑《ほほえ》ましくも目のやり場に困る思いのエカテリーナは、二人の孫であるミハイルがなんとも言えない表情で目をそらしているのに気付いて、微笑んだ。

だよねえ。

孫世代の困惑《こんわく》に気付いたのか、皇太后が小さく咳払《せきばら》いする。

「話が逸《そ》れてしまいましたね。イリーナとは、手紙のやりとりだけは隠《かく》れてしていました。イリーナがお嫁にいって、セレズノアの領都から離《はな》れてしまうまではですが……ですから最後に、音楽神殿に頼んで結婚《けっこん》祝いの贈《おく》り物をしたのですよ。そなたの家にはピアノがあると聞きましたが、まことですか」

オリガへの問いに、エカテリーナがんん？　となった。

まさか。

「は、はい。うちには、あっいえ、我が家には、祖母の嫁入り道具のピアノがございます。祖母の宝物で、家のみんなで大切にしております」

「そう、嬉しいこと」

皇太后はにっこりと笑う。

「それが、わたくしがイリーナに贈ったものです」

ええええー！

今日のこれは、そのピアノを守るためだったんですが！

リーディヤちゃん、君、皇太后陛下の心のこもった贈り物を、所有禁止にしちゃうところだったぞ！

驚愕《きょうがく》しつつ、エカテリーナはリーディヤをちらりと見て――目をそらした。

リーディヤちゃん、口が開いてる。目を剝《む》いている。駄目《だめ》だよ、それは侯爵令嬢として、してはならない顔だよ。

見てはならないものを見てしまった。

あれだ、古墳《こふん》時代の副葬品《ふくそうひん》。

世にも珍《めずら》しい、侯爵令嬢のハニワ顔だよ！

そういえば、オリガちゃんが練習の合間に話してくれたことがあった。おばあちゃんは皇太后陛下の大ファンだったと。

『……道ですれ違《ちが》った人が皇太后陛下のことを話していたのを聞いて、おばあちゃんたら駆け戻《もど》って「今の話は本当？」って訊《き》いたことがありました。見ず知らずの人たちだったのに。悪口なんて聞いたら「そんなお方じゃないのに」って泣き出したり』

それは相当だなあ、なんて思っていたけれど……ファン心理じゃなかった。変わらぬ友情だった！

ご本人を知っていたのなら、そんなお方じゃないのに、っていう言葉はすごく納得がいく。皇太后陛下と友達だったなんて、普通《ふつう》ならつい自慢《じまん》したり、何かの時に頼《たよ》ったりするんじゃないだろうか。けれどイリーナさんは家族にも決してそのことを言わず、ただただ陰《かげ》ながら、皇太后陛下の幸せを祈《いの》っていたのだろう。

すごい。なんて美しい友情……きっとイリーナさんは最後まで、小鳥のように無欲で純粋《じゅんすい》な人だったに違いない。

もらったピアノを、毎日家族の誰かが弾いて、家族みんなで歌っているという話も、オリガちゃんがしてくれたなあ。みんなおばあちゃんに弾き方を習ったって。これもいい話だよね。

私もずっと音楽が好きです。私は幸せです。歌声が、幸せな気持ちが、ピアノの音色と一緒《いっしょ》にあなたに届きますように……。

そんな気持ちがこもっていたのかもしれない。

今日の離宮《りきゅう》訪問が、セレズノア家の領法改定を阻止《そし》するためであることは、皇子から先帝《せんてい》陛下に伝えてあった。当然、皇太后陛下もご存じ。オリガちゃんに、家にピアノがあると聞きました、と言っておられたのは、ご存じだったことを証明する。たまたまオリガちゃんがイリーナさんの孫だったのは驚《おどろ》きの偶然《ぐうぜん》だけど、きっと皇太后陛下は、改定について知った時から、実家を止める気満々だったんだろうな……。もし今日ここへ来ていなくて、領法改定が施行《しこう》されてしまって、後から皇太后陛下がそのことを知ったのだったら……ど、どういうことになっていたんだろう。

わかんないけど怖《こわ》い！　そりゃリーディヤちゃんも思わずハニワになるわ！

なんだかんだでリーディヤを気にせずにはいられないエカテリーナだったが、皇太后は意図的に彼女をそっとしているようで、オリガと親しく言葉を交《か》わし、イリーナがすでに亡《な》くなっていると知って涙《なみだ》を流した。

けれど、すぐに涙を拭《ぬぐ》う。

「イリーナが幸せだったと知って、わたくしも幸せです。今日は良い日……」

そして皇太后は、若い客人たちを見回して微笑んだ。

「久しぶりに、歌いたくなりました。昔イリーナが教えてくれた歌を……。聴《き》いてくれますか」

そして皇太后は舞台《ぶたい》に立ち、歌った。

月光花と戦士蝶《ちょう》の歌。音楽の夕べでオリガが歌った歌だ。

皇太后は現在、六十代。歌い手としての全盛期は、もはや過ぎている。だがそれでも、若き日に音楽神の庭に招かれた天才にして、その後も最上の歌を求め続けてきた皇太后の、その歌声は——異次元だった。

　月は夜空に花と咲《さ》き、湖《うみ》に一夜《ひとよ》の花が咲く
　今ぞ死の時、愛の時

鋼《はがね》の翅《はね》を震《ふる》わせて
つわものどもは飛び立ちぬ……

一瞬《いっしゅん》で、連れていかれた。歌の世界に。

身体《からだ》はここに、離宮の劇場にいる。けれど脳裏《のうり》にありありと、戦士たちの戦いが見える。不思議なことに、彼らは黒い翅の戦士蝶ではなかった。人間の青年たちだった。

打ち合う剣《けん》に火花が散る。花が咲くごとく血潮が散る。さまざまな時代で、繰《く》り返し。

いくたびも斃《たお》れ伏《ふ》しながら、それでも、求めるものを求めてやまず、彼らは、剣を取る。

彼らの熱狂《ねっきょう》、彼らの苦痛、彼らの悲哀《ひあい》が、心に迫《せま》ってくる。

生きている。

共にある。

同じものを愛し、求めている。

その生命が、散って墜《お》ちる。

──これは、歌が暗喩《あんゆ》するセレズノアでの反乱の光景だ。抑圧《よくあつ》にあらがい、自由を求めて立ち上がっては、鎮圧《ちんあつ》されてきた若者たちの姿。歌われる歌詞は鋼の翅を持つ蝶、それなのに、歌の真意が、聴く者の脳裏に鮮《あざ》やかに広がる。

なぜ、こんなことができるのだろう。

そんな疑問すら心の片隅《かたすみ》に追いやられ、気が付けば、涙を流していた。

ついに最後の戦士が花へとたどり着いた、そう歌われた時。

脳裏で瀕死《ひんし》の戦士は恋人《こいびと》に抱《だ》かれ、眠《ねむ》りにつく。永遠に。

哀《あわ》れで美しい、その光景を最後に。

夢から醒《さ》めるように、曲が終わったのだった。


舞台にたたずむ皇太后の周囲に、五色の光がきらめく。音楽神が、祝福している。

皇太后の視線の先は、オリガ、そしてリーディヤだ。

音楽を志す少女たちへの贈り物として、皇太后は歌った。

オリガちゃんもリーディヤちゃんも、今、強烈《きょうれつ》にレッスンがしたいだろうな。この境地にたどり着くために。

そう思って、涙を拭いながらエカテリーナは微笑んだ。

この歌を、セレズノア家出身の皇太后が歌い、オリガとリーディヤという真逆の立場の令《れい》嬢《じょう》が共に聴いたのは、奇妙《きみょう》な状況《じょうきょう》ではある。

けれど、今日という日がきっといつか、よりよい未来に繋《つな》がっていくような気がした。

それからしばらくして、音楽神殿《しんでん》からの迎《むか》えが到着《とうちゃく》し、うやうやしく頭を下げる神官たちに連れられて、オリガとレナートは去って行った。

「なにもかもエカテリーナ様のおかげです。なんてお礼を言えばいいか……！」

別れ際《ぎわ》、涙ながらにオリガが言ったが、エカテリーナは笑って首を横に振《ふ》った。

「すべてはオリガ様とセレザール様の才能ゆえですわ。オリガ様が素晴《すば》らしい歌声をお持ちでなかったら、わたくし、何もいたしませんでしたもの。本当におめでとう存じます」

わっと泣き出したオリガがエカテリーナに抱きついて、二人の少女はしばし抱き合う。

その横でレナートもミハイルに心からの礼を述べたが、そちらはそれぞれがそれぞれに、隣《となり》の少女たちに気を取られていたのだった。

「あの……頑張《がんば》ってください。僕、応援《おうえん》しています」

「ああ……ありがとう。君たちのようになれるよう、頑張るよ」

そんな会話が耳に入って、内心エカテリーナは首を傾《かし》げる。

いや皇子、ここは君が、これからの二人を応援するところだよね。なんで君が応援されてるの？　君、音楽を頑張る気なの？

今日もいろいろと安定の残念女である。

エカテリーナ、ミハイル、リーディヤの三名も、それを機に離宮を辞することになった。

「ぜひまた訪ねて来て欲しい。いつでも待っておるぞ」

決して社交辞令ではない、心のこもった言葉を先帝から頂戴《ちょうだい》して、御前《ごぜん》から下がった少年少女は馬車へと向かう。

リーディヤはずっとほぼ無言で、心配なエカテリーナは、彼女に同じ馬車に乗ろうと誘《さそ》った。

行きの馬車でハブにしてしまったことが、まだ気になっていたのもある。

しかし、リーディヤは首を横に振った。一人でゆっくり考えたいことがあるので、と言われると、重ねてすすめることはできない。それにそもそも、帰りの行き先はそれぞれの皇都邸《てい》だから、乗り合わせて一人ずつ送って行くのでは効率が悪いのだ。

ただ、リーディヤはぼそっと言った。

「……お誘いいただいたことは、ありがたく思っておりますわ」

目も合わせないで言われたが、すこし染まった頬《ほお》の色からしても決して嫌味《いやみ》とかではないようで、エカテリーナは少しほっとする。

それでリーディヤにはここで別れを告げて、行きと同様にエカテリーナとミハイルが同じ馬車、リーディヤは自家の馬車に一人で乗り込んだのだった。


「……また邪魔《じゃま》しに来るのが増えた気がする」

ミハイルの独語に、エカテリーナは首を傾げた。

「邪魔とは、何のことですの？」

「いや気にしないで。それより、今日は本当にすごい日だったね」

「はい、まさかこれほど驚《おどろ》くべき日になろうとは、予想もできませんでしたわ！」

ミハイルに振られた言葉に、ささやかな疑問は頭から消し飛んでエカテリーナは熱心に同意する。

「オリガ様もセレザール様も素晴らしいと思っておりましたけれど、両陛下の御前で音楽神様のお招きを受けるとは……それに、オリガ様のおばあさまが皇太后陛下のご友人。ご実家のピアノもオリガ様のご将来も、安泰《あんたい》となりましたわ」

「うん、ピアノに関しては、セレズノア家も救われたと言っていいだろうね。君が動いたからこそだ、セレズノアはユールノヴァに借りができた」

うっ。

日本人のメンタル的には『いやいやこちらも予想外だし、こんなこと借りだなんて思わないでくださいよ』とか言いたくなるけど……いやこれはただの事実なんだけれども……高位貴族の権力争いでは、きっちり貸し借りの収支をつけて相手を抑《おさ》えるべき、なんだろう、な……。

お、お兄様の役に立てるように、そういうのに慣れなければー！

「それに、セレザール子爵《ししやく》家とフルールス男爵家では、爵位はともかくセレズノア侯爵《こうしやく》家との関係性で釣《つ》り合いが取れないところだったけど、共に音楽神様に招かれたとなれば世俗《せぞく》の身分は超越《ちようえつ》する。あの二人はきっと幸せになるだろうね、良いことばかりだ」

ん？

「あの、ミハイル様。今のお言葉は、どういう……」

「え？」

珍《めずら》しく、ミハイルはきょとんとした。

「まさか、気付いていなかったの？　セレザール君とフルールス嬢は、想《おも》い合っているようだけど」

え。

えええええええ!?

「そ……それは、本当ですの!?」

「うん。さっきもそういう口ぶりだったし」

と言って、ミハイルはこらえきれない様子でくっくっと笑い出す。

「こういうことは女性のほうが気付くものだと思っていたけど……君は自分のことでなくても、恋愛《れんあい》関係は鈍《にぶ》いんだね」

がーん。

ショックに打ちのめされるエカテリーナである。

既視感《きしかん》！

この感じ、前世で誰《だれ》かと誰かが付き合っているって聞いて、えー！　と驚いたら『なんで気付かないの!?』と呆《あき》れられたり怒《おこ》られたりした時のまんま！

だ、だってそんな、レナート君はどう見ても鬼《おに》コーチで、オリガちゃんと付き合うとかいつの間に？

あっ、でもそういえば、レナート君がオリガちゃんの名前を呼び捨てにするようになって、あれって思ったことあったー！　普通《ふつう》は、あれでピンと来たりするもんなの？　だ、だってだって。

お……皇子に鈍いって言われた。わーん、私お姉さんなのにー！

大ショックー！

馬車がユールノヴァ公爵家皇都邸に着いた時も、まだエカテリーナはショックが冷めやらない状態で、ミハイルに心配されつつ別れを告げて、よれよれと馬車を降りることになった。

が。

「エカテリーナ」

「お兄様ー！」

玄関《げんかん》に現れた兄アレクセイに、エカテリーナはあっさり元気を回復して飛びつく。

そんな妹を、アレクセイはしっかりと抱きしめた。

「お兄様、お迎《むか》えありがとう存じます。でも、ご当主たるお兄様が家人を出迎えなど」

「一刻も早くお前に会いたかった。お前と離《はな》れている時間は私にとって長すぎる、別れてから千年の時が過ぎた気がしたよ」

兄妹《きょうだい》が別れてから数時間である。

「お兄様ったら」

会えない時間が愛を育てるとかいう話があったけど、お兄様は数時間で千年分のシスコンを育ててしまうんですね。さすがお兄様！

推定樹齢《じゅれい》七千年の縄文杉《じょうもんすぎ》も、お兄様のシスコンには敵《かな》いません！　私のブラコンも、もっと育てなければ！

「わたくしもお兄様にお会いしとうございました。今日は、お兄様にお話ししたいことが、たくさんありましたの！」

「ああ、ぜひその美しい声を聞かせておくれ、私の妙音鳥《みょうおんちょう》」

そして兄にエスコートされて、エカテリーナは公爵邸に帰宅したのだった。

離宮《りきゅう》から帰る、もう一台の馬車の中。

侯爵令嬢《れいじょう》リーディヤ・セレズノアは、うつむいてもの思いにふけっていた。

今日の出来事を、父にどう話すべきか。それを考えておかなければならない。それなのに、想いはすぐに、千々《ちぢ》に乱れてしまう。

皇太后陛下。

オリガ・フルールス。

そして……エカテリーナ・ユールノヴァ。

彼女のことは、魔法学園の入学式から意識していた。セレズノア侯爵家のライバル、三大公爵家の令嬢。かつて皇后の外戚《がいせき》としてセレズノア家が手にするはずだった権勢を奪《うば》った、セルゲイ・ユールノヴァ公の孫娘《まごむすめ》。

両親からも、ことあるごとにその様子を尋《たず》ねられ、決して負けてはならないと叱咤《しった》激励《げきれい》されていた。

入学式で初めて目にした彼女は、美しく、気品があり、それでいて……男性の心を惹《ひ》き付けそうな肢体《したい》まで持ち合わせていて、つい苛立《いらだ》ちを覚えたものだ。

でもミハイル様は、そのようなことに惑《まど》うお方ではない。賢《かしこ》く、皇国の未来を見据《みす》えた伴侶《はんりょ》を選べるお方。

わたくしが音楽神の庭に招かれ、その加護を得る日が来れば、わたくしの価値を認めて、この手を取ってくださる。だから、超然《ちょうぜん》として、今まで通りレッスンに打ち込めばよいだけ。

そう思って自分をなだめていたのに、あっさりと二人は親しくなってしまった。

とはいえエカテリーナは、皇都の社交界には出たことがない。皇子のパートナーを務めるには、経験不足。だから、きっと遅《おく》れを取り戻《もど》そうと、盛大《せいだい》なパーティーでも開催《かいさい》して華々《はなばな》しく存在を誇示《こじ》し、他《ほか》の令嬢たちを牽制《けんせい》しようとするだろう。そう思って、母が迎《むか》え撃《う》つ準備をしていたのに。

まったく、そういう動きはなかった。学園での交友すらも地味で、男爵令嬢とは名ばかりの平民ごときと親しくし、交流するにふさわしい家柄《いえがら》の令息令嬢に近付く気配すらない。

育ちに問題があるため、まともな社交ができないのではないか。教育をほとんど受けておらず、教養がないらしい。

そんな噂《うわさ》が扇《おうぎ》の陰《かげ》で囁《ささや》かれ、社交界の貴婦人たちはまだ見ぬユールノヴァ公爵令嬢に、嘲《ちょう》笑《しょう》まじりの好奇《こうき》の視線を向けていたものだ。

それなのに。

最初の試験で、エカテリーナ・ユールノヴァの順位は堂々の一位だった。

皇子ミハイルを抑えてのトップだけに、社交界でもちょっとした話題となった。それまでの、彼女への見方が見方だったから。

続いて皇都の貴婦人たちの話題となったのが、ユールノヴァ邸《てい》への行幸の後、皇后マグダレーナがユールノヴァで開発された新たな『天上の青』を衣装《いしょう》に取り入れたことだ。

皇后は、左右される。皇后のファッションリーダー。『神々の山嶺《さんれい》』の向こうから来た新奇な絹織物を抜群《ばつぐん》のセンスで着こなす彼女の衣装は、常に注目の的だ。皇后の衣装によって、流行は大きく左右される。皇后も当然それを意識しており、どんなに熱心に売り込みをかけられても、自分のセンスに合わないものは受け付けない。

そんな皇后のお眼鏡《めがね》にかなったからには、公爵令嬢が身に着けていた衣装はよほど素晴《すば》らしいものだったのでは。一体どういうドレスだったのかと、貴婦人たちはあれこれ取り沙汰《ざた》した。

そして『天上の青』は、それ自体の美しさもあって、またたく間に皇都の貴婦人たちに広まってゆく。

学園でのエカテリーナの人気は、高まる一方だった。

始まりは、学園に魔獣《まじゅう》が出現するという一大事に、闘《たたか》って魔獣をしりぞけた四人の一人であったこと。初めは彼女を遠巻きにしていた生徒たちが、それから交流するようになった。一見気位が高そうなのに、実は気さくで朗《ほが》らか。身分で接し方を変えることがなく、親しみやすい方。などと評されて、特に下級貴族たちが好意を向けた。

ここで、エカテリーナが初めて社交的な催《もよお》しを開く。皇室御一家《ごいっか》が観賞された公爵邸の薔薇《ばら》園に、身分を問わず生徒たちを招待して、ガーデンパーティーを行ったのだ。

読めた、と思った。エカテリーナは、社交で出遅れていることを逆手にとって、下級貴族からの支持を集める策に出ていたのだと。

身分というものの構造から必然的に、上位貴族は数が少ない。ゆえに学園の生徒は、下級貴族の子息子女が圧倒《あっとう》的に多い。数の力で、劣勢《れっせい》を逆転しようというのだろう。

やはり、セルゲイ公の血筋。身分の上下を軽《かろ》んじる、危険思想を受け継《つ》いでいる。リーディヤの考えに両親も同意して、セレズノア家は戦慄《せんりつ》したものだ。

さらに、エカテリーナの攻勢《こうせい》は続く。皇帝《こうてい》陛下に献上《けんじょう》された、ガラスペンなるもの。隣国《りんごく》との間で結んだ条約に調印する際、陛下がそれで署名すると、隣国の外務大臣がペンの美しさに見惚《みほ》れていた、などという話が広まった。そして、有力貴族や富豪《ふごう》たちが、こぞってそのガラスペンを求める事態に。

そんな中、皇子ミハイルが夏休みをユールノヴァで過ごすという知らせがもたらされた。

それは、十七歳の若さで公爵位を継承《けいしょう》したアレクセイへの、皇帝陛下からの応援《おうえん》という意味ではあった。けれどそれもまた、次代の皇帝を支える人材としてのアレクセイへの期待であると人々は見る。さらには、いずれ外戚となり権勢を振《ふ》るう人材として、期待しておられるのだろう。彼の祖父セルゲイ公と、まさに同じように。

とまで、うがった見方をする者が多く現れたのだった。

エカテリーナ・ユールノヴァは、次代の皇后の最有力候補。

そう噂する人々が増えるにしたがって、リーディヤの周囲からは人が消えていった。誰《だれ》にでも優《やさ》しいミハイルだけれど、名前呼びを許された令嬢はわずかだ。その一人であるリーディヤを未来の皇后と見ていた人々が、去っていった。

さらには扇の陰から、嘲笑する視線さえ向けられるようになったのだ。あれは、『選ばれなかった』令嬢だと。

このままではいられない。

偶然《ぐうぜん》を装《よそお》ってエカテリーナと会ったのも、そんな気持ちからだった。目の前で言葉を交《か》わすミハイルとエカテリーナは思った以上に親しげで、じりじりと胸を焼かれるような心地《ここち》がした。

自分で料理をするなんて、やはり公爵令嬢としてあるべき育ち方をしなかったのだろう。すっかり誑《たぶら》かされてしまって、ミハイル様は彼女の策略に気付いていないようだ。こんなことは間違《まちが》っている。皇国の未来を守るためには、セレズノア家がミハイル様を支え、国の根幹を立て直さなければならないのだ。

父母も苛立ち、どうあってもユールノヴァを追い落とさねばならないと、側近たちと協議を重ねていた。だが、ユールノヴァはあまりにも強大だ、力で凌《しの》ぐことなどできない。

――わたくしが、直接、ユールノヴァ様に勝つしかないのだわ。

そう決意して、彼女への支持を削《そ》ぐべく動き出したところへ、降って湧《わ》いた離宮への誘《さそ》いだった。先帝陛下、皇太后陛下の前で、歌を競《きそ》う。

これ以上の好機はない。実力を見せつけて、さらには彼女の目の前で、今度こそ音楽神の庭に招かれてみせる。

意気込んで臨《のぞ》んだ今日だった。

美貌《びぼう》と肢体と、悪辣《あくらつ》な策略で、ミハイル様を誑かす悪女。それがエカテリーナ・ユールノヴァだと思っていた。

その目の前で、惨《みじ》めな敗北を喫《きっ》したのはこちらのほう。きっと彼女は、心の中で嘲笑《あざわら》っている。これほどの恥辱《ちじょく》にどうして耐《た》えられるだろう、もう生命を絶つしかない。崩《くず》れ落ちて泣きながら、そう思い定めていた。

けれど……。

『セレズノア様！』

彼女が、駆《か》け寄ってきて。

痛いほど、抱《だ》きしめてくれた。

『貴女《あなた》様の歌は、美しかった！』

『貴女様はずっと、努力してこられた』

『もっと大輪の花を咲《さ》かせることができるようになってから、貴女様の時は来る。そうに違いありませんわ』

必死になって、言葉を選んで。策略などどこにもなく、ただただ、慰《なぐさ》めようとして。

それで、解《わか》ってしまった。

――このかたは……お人好《ひとよ》しなのだわ。

父も母も、こんな惨めな様子の娘《むすめ》には、駆け寄って抱きしめてくれたりはしない。それは、侯爵《こうしゃく》として正しい在り方だ。

公爵令嬢《れいじょう》として正しくないエカテリーナ。けれど。けれど。

彼女は、あまりにも――温かかった。

優しいだけではないに違いない。ここまで見事に、こちらを追い込んだのだから。でも、優しい。狡猾《こうかつ》な面も持ち合わせながら、いちばん真ん中が、優しさで出来ている。

――だからミハイル様は、このかたを好きになった……。

変なひと。

こんな人、好きになってしまうに、決まっている。

だから、もう……ミハイル様は、わたくしの手を取ってはくださらない。

いいの。わたくしには、歌があるのだもの。

今の気持ちを、どう歌おう。そういえば、あの歌。オリガが歌った歌の一節にあった。夢を失《な》くしてしまうことより、自分を信じられなくなってしまうほうが悲しいと。

あの歌を、歌ってみようかしら。

お父様には、ピアノのことでセレズノア家が皇太后陛下の不興を買ったと話そう。曾お祖父《ひいじい》様と皇太后陛下のことも。そしてミハイル様の意中の人がエカテリーナで、覆《くつがえ》すことはもうできないと、話してしまおう。

だからいっそ、ユールノヴァに与《くみ》するのも手ですと、そこまで話してしまおうか。

エカテリーナ様の周囲には、まだ高位の貴族はいない。手を組むなら今のうち。政治的な方向性は違うけれど、そういう家同士で協力するくらい、よくあること。

我がセレズノア家と方向性が近いのはユールマグナだけれど、財政難と噂されていることを、わたくしはちゃんと知っている。ユールマグナ家のあの方は、よくエカテリーナ様の動向や評判を話題にしていたけれど、それはセレズノアとユールノヴァを争わせて利益を得るためであることとくらい、解っていた。最初にエカテリーナ様の悪評が流れたのも、情報操作があったのだろう。

冷静に判断して、ユールマグナより勢いのあるユールノヴァと手を結ぶほうが、セレズノア家のためになるはず。

そんな話をすれば、お父様はお怒《いか》りになるだろう。でもセレズノアご不興の中わたくしは、歌への精進《しょうじん》がお気に召《め》して、皇太后陛下からこのドレスを賜《たまわ》った。そう話せば、お父様はわたくしを罰《ばっ》したりはなさらないはず。陛下から、これ以上の不興を買わないために。皇太后陛下も、家でのわたくしの立場を悪くしないためにこのドレスをくださり、両親に伝えるようにとおっしゃったはずだもの。

これからは、歌に生きればいい。

完璧《かんぺき》を超《こ》えた最上の歌を歌うために、わたくしは生きる。

だから、ミハイル様に、ずっとわたくしの王子様だった方に、もう手を取ってはもらえないことなど、悲しくはないの。

わたくしは、誇《ほこ》り高き、セレズノア侯爵家の娘なのだもの。正しく侯爵令嬢として、育てられてきたのだもの。

悲しくはない。

だから……膝《ひざ》の上の手に滴《しずく》が落ちるのは、気のせい。

アレクセイの頼み事～贈り物は準備中～

ハルディン画伯《がはく》との晩餐《ばんさん》を終えた後、女主人の役目として来客を玄関《げんかん》ホールまで送ろうとしたエカテリーナを、アレクセイが止めた。

「画伯とは、少し話すべきことがある。お前はここで挨拶《あいさつ》しなさい」

思いがけない言葉に目を見張ったものの、エカテリーナはすぐにうなずく。

「殿方《とのがた》同士のお話がおありですのね。わたくし、仰《おお》せの通りにいたしますわ」

賢《かしこ》い子だ、とアレクセイは目を細めた。

十五歳の公爵令嬢《こうしやくれいじよう》としては稀《まれ》なことに、エカテリーナはアレクセイの執務《しつむ》室に出入りしている関係で、領政にも意見することがある。聡明《そうめい》で、他の誰《だれ》にも思い付けないようなことを思い付く発想力の持ち主であるがゆえに、ノヴァクやハリル、アーロンたちのような主要な側近の方から、彼女の意見を求めるのだ。

それでもエカテリーナは、常にアレクセイをユールノヴァ公爵家の当主、主君として立ててくれる。自分は女主人としてユールノヴァ公爵家の奥向きのことを引き受けて兄を助ける、と謙虚《けんきよ》で健気《けなげ》な姿勢を崩《くず》さない。

彼女は、公爵という地位にさまざまな面があることを、驚《おどろ》くほど理解しているようだ。そして、兄が自分に見せようとしないことは敢《あ》えて見ない、という賢さを持っているのだった。

エカテリーナはハルディンに一礼した。

「楽しいひとときをありがとう存じました。ごゆるりとご歓談《かんだん》あそばせ」

公爵令嬢に、ハルディンは丁重な礼を返す。

「ご歓待《かんたい》にお礼を申し上げます。素晴らしい晩餐でした」

「シェフに申し伝えますわ。お口に合って、ようございました」

微笑《ほほえ》むと、エカテリーナは下がっていった。


「依頼《いらい》のこと、どうだろう」

場所を移して小さな談話室で、改めて向き合ったハルディンに、アレクセイが彼らしく単刀直入に言った。

「お受けいたします。ご依頼の通りに、描《えが》いてご覧に入れましょう」

執事《しつじ》のグラハムが注いだワインを前に、画家は微笑む。

「セルゲイ公のお孫様からこのような依頼をいただいたからには、お受けしないという選択肢《せんたくし》はございませんが……実を申せば、頭の中にありありと絵が浮《う》かんでいるのです。描かなければ頭が破裂《はれつ》してしまいそうなほどで」

ハルディンの金銀妖瞳《ヘテロクロミア》が、輝《かがや》いていた。

「そういうものか」

アレクセイは芸術家の感覚を解するほうではない。頭が破裂しそう、という言葉には首を傾《かし》げたが、何より安堵《あんど》していた。

「十二月だが、間に合うだろうか」

「構図も何もかも決まっておりますので、問題ございません。他の仕事は後に回して、最優先で取り組ませていただきます。なにしろ、セルゲイ公へのご恩返しですので」

きっぱりと言われて、アレクセイはようやくほっと息をつく。笑顔になって、ハルディンにワインを勧《すす》めた。

「そう言ってもらえて何よりだ。これが駄目《だめ》なら、私には他にあの子が喜んでくれるような贈り物を、考え付くことができないところだった」

ワインに口をつけて、その味わいに目を細めていたハルディンは、アレクセイの言葉にくすりと笑みを漏《も》らした。

「お嬢様《じょうさま》は、閣下を心から慕《した》っておられるご様子。閣下からの贈り物なら、たとえ花一輪でもこよなくお喜びになることとお見受けしましたが」

その言葉に、アレクセイはネオンブルーの目を見開き、うなずいた。

「そうか。花は、明日《あした》にも贈ることにしよう。あの子は優しい、慎《つつ》ましい子だから、そういうもののほうが心置きなく受け取ってくれるのは確かだ……だが」

アレクセイは上衣の内ポケットから、ベルベットの小箱を大切そうに取り出す。開いて、差し出した。

「見せておこう。私の誕生日に、あの子が贈ってくれたものだ」

受け取って、しげしげと見たものの、画家は首を傾げた。

「美しいものですが、これは、なんでしょうか」

「ペンだ」

皇帝《こうてい》コンスタンティンとも同じような会話を交わしたことを思い出して、アレクセイは微笑む。部屋の隅《すみ》に控《ひか》えていた従僕イヴァンに紙とインクを持ってこさせて、ガラスペンで文章を書いてみせると、ハルディンは目を丸くした。

「あの子が、自分で思いついて作らせた。公爵令嬢による発明品だ」

アレクセイの声音には、つい、自慢《じまん》げな響《ひび》きが宿る。

「見た目の美しさだけではないぞ。ペン先を削《けず》る必要もなく、一度インク壺《つぼ》につければこれだけの文字が書ける、優れた筆記用具なのだ」

「発明ですか……驚きました。お若いご令嬢が考え出したものとは、とても思えません」

エカテリーナが聞いたら『すみません私が考え出したんじゃないんですー！』と内心で叫《さけ》ぶに違《ちが》いない。

しかし、アレクセイは深くうなずいた。

「そうだろう、驚くのは当然だ。これほどのものを贈られたからには、こちらもあの子を驚かせ、喜ばせたい。私なりに知恵《ちえ》を絞《しぼ》って、画伯を頼《たよ》ることになった」

「左様でございましたか。珍《めずら》しい趣向《しゅこう》のご依頼ですから、どういったご事情かと思っておりましたが、納得いたしました。お話ししている間は、気品あふれるご令嬢でありながら無邪気《むじゃき》で快活なお方と思っておりましたが、まさかこのような才覚をお持ちでいらっしゃるとは」

「あの子は、あまり世間を知らない。だがそれだからこそ、斬新《ざんしん》な発想ができるのかもしれない。領政でも、しばしば私を助けてくれるほどだ」

「そうでしたか。そう……それで、なのでしょうか」

呟《つぶや》いて、ハルディンはそっと自分の、左右で色の異なる目に手をやった。

「実は……お嬢様にお会いした時、私にはお嬢様と重なるように、二つの影《かげ》のようなものが見えたのです。ひとつは小さく、今より幼いお姿。もうひとつはずっと年上の、大人の女性らしきお姿……他の方にも影が見えたことはあるのですが、お嬢様のように二つの異なる姿が見えたのは、初めてです」

言ってしまってから、ハルディンは非礼に気付いてうろたえる。

「これは、公爵家のご令嬢に対して、ご無礼を」

だが、アレクセイは驚きつつも、真摯《しんし》に受け止めた。真剣《しんけん》な表情で尋《たず》ねる。

「それは……不吉《ふきつ》なものではないのか」

「いえ、そうは見えませんでした。影が見えた他の方も、不吉なことなど起きたと耳にしたことはございません。むしろ、幸運や繁栄《はんえい》に恵《めぐ》まれる方が多いように思えます」

「そうか」

　ほっとしつつ、ふと思いつく。

「大人の女性とは、もしや、母だろうか。あの子を見守っているのでは」

「は、いえ……母君と考えるには、お若いように思われました」

「……違うのか」

　首を横に振《ふ》られて、アレクセイはいささか落胆《らくたん》した。

　ハルディンは微笑む。

「このようなことを口にすれば、笑われるか不気味がられるかのどちらかなのですが。信じていただけて感謝いたします」

「あの子に関しては、いろいろ不可思議なことがあったからな。慣れたようだ」

　ふふ、とアレクセイは笑った。

「信じなくてもいいが、領地ではあの子は、神々や最古の竜《りゅう》と会っていた。まるで神話の世界だと言ったのは、誰だったか……」

「なんと……？」

　言葉に窮《きゅう》したハルディンだったが、ふと表情をあらためる。

「母君といえば、ご要望にお応えできず、申し訳ございません。私は、お会いしたことがない方は、描くことができませんので」

「ああ、気にしなくていい。無理を強いるつもりはない、芸術というのは難しいものだな」

言葉に苦笑が混じるのは、芸術を解さない自分自身に向けたアレクセイの自嘲《じちょう》だ。以前、エカテリーナと共に太陽神殿《しんでん》が所有している古代アストラ帝国《ていこく》時代の美術品を見学したことがあったが、あくまで妹が喜ぶだろうと手配しただけで、彼自身はさして興味はなかった。美しいとは思うが、耽溺《たんでき》する者の気持ちは理解できない。

彼が進んで触《ふ》れる芸術は、詩のみ。それも、それ自体を好むというより……喪失《そうしつ》の痛みが未《いま》だ胸にあることを確認するために、手にとってきた気がする。

水色の頭を軽く振って、アレクセイは気持ちを切《き》り替《か》えた。

「母の似姿は、他に手配している。彫像《ちょうぞう》だが、それも十二月には間に合うはずだ」

正しくは母の似姿ではなく、太陽神殿が所有している女神像、夜の女王像のレプリカではある。しかし太陽神殿でその神像を見た時、アレクセイがエカテリーナにそっくりだと思ったそれを、エカテリーナは母によく似ていると悲しげに見つめていた。

その時から、アレクセイとエカテリーナにとって女神像のレプリカは、母アナスタシアを偲《しの》ぶための似姿だ。

制作する彫刻家《ちょうこくか》には、母に生き写しのエカテリーナの姿をスケッチすることを許し、より姿を母に近付けるよう注文している。木像の制作は最短でも二ヶ月ほどはかかるようだが、今回はポーズなどが難しく、彩色《さいしき》にも細心の注意を払《はら》う必要があるため、制作期間も長くなるとのことだ。だがそれだけに、美しい像になるはずだった。

ユールノヴァ公爵邸《こうしゃくてい》には、アナスタシアの肖像画《しょうぞうが》がない。かつては何枚かあった——おぼろげにしかアレクセイの記憶《きおく》にないそれらは、祖父セルゲイの没後《ぼつご》に、祖母アレクサンドラが燃やしてしまった。

ユールノヴァ公爵夫人として当然得られるはずだった、名誉《めいよ》も栄華《えいが》もすべて取り上げられて、不幸な人生を送った母。

母によく似たエカテリーナには、すべてを与《あた》えてやりたい、とアレクセイは思っている。名誉、栄華、幸福……あらゆるものを。

……それなのにエカテリーナは、人に与えようとするばかりだ。

『お兄様のお幸せが、わたくしの幸せですわ』

エカテリーナはいつも、そう言ってくれる。

「画伯《がはく》には、今回の注文の他にも、エカテリーナの肖像画を描《えが》いてもらいたい。楽しげな笑顔のあの子を、描いてくれるか」

「喜んで。美しいお姿を、精一杯《せいいっぱい》写し取らせていただきます。それにお嬢様はきっと、閣下とお二人の絵をお喜びになるのでは。ご一緒《いっしょ》にポーズをとっていただければ、お嬢様の幸せな笑顔を描けることでしょう」

ハルディンの言葉にアレクセイは虚《きょ》をつかれてネオンブルーの目を見張ったが、少し照れながらうなずいた。

「私は、自分の絵を描かれるのはあまり好きではないが……あの子が喜ぶなら。エカテリーナが望むものは、すべて与える。そう、誓《ちか》っている」

翌朝。

朝食をとるために食堂に現れたエカテリーナは、朝の鍛錬《たんれん》を終えてきたアレクセイから、腕《うで》いっぱいの花束を差し出されて大喜びすることになる。

「素敵《すてき》！　お兄様、いかがなさいましたの？　今日は、何か特別な日でしたかしら？」

「いや、何でもないただの一日だ。お前と過ごすことのできる、ただの何でもない一日だ。これより尊い日はないと、今さらながらに気付いた」

「まあ……」

嬉《うれ》しそうなエカテリーナに、そっと花束を渡《わた》すと、エカテリーナの腕は花でいっぱいになった。色とりどりの秋薔薇《ばら》の花に、エカテリーナの白い顔が埋《う》もれてしまいそうだ。

「今まで、あまり花を贈《おく》ったことはなかったな。花よりも美しいお前に、花を贈るのは愚《おろ》かなことのように思っていた。喜んでくれるなら、もっと早くこうしておくべきだった。許してくれ」

「お兄様ったら」

いつもの応えを返して、エカテリーナは微笑《ほほえ》む。

「お兄様の贈り物は、なんでも嬉《うれ》しゅうございます。以前いただいた銀枝角《ぎんえだづの》の大鹿《おおじか》の角は、大切に飾《かざ》っておりますのよ」

ここで、エカテリーナは何かを思いついた様子で目を輝《かがや》かせた。

「今日は、このお花を銀枝角と一緒に飾ることにいたしますわ。あの枝角を頭に戴《いただ》いていた大鹿は、ユールノヴァの森の中で群れを率いていた長い月日、季節ごとの花々を喰《は》んで暮らしていたことでしょう。きっと喜んでくれることと存じます。魂《たましい》の慰《なぐさ》めになれば幸いですわ」

「大鹿の魂にまで寄《よ》り添《そ》うとは、優しい子だ」

アレクセイはくすりと笑う。

エカテリーナは唇《くちびる》を尖《とが》らせた。

「大鹿のことを考えてみましたら、お兄様に少し似ている気がしたのですもの。自分に従う群れを守るために、我が身を顧《かえり》みず重みに耐《た》えて生きてきた、誇《ほこ》り高《たか》い美しい生き物でしたのでしょう。それに、討たれたことでお兄様に恨《うら》みを抱《いだ》いているかもしれませんわ。無念を鎮《しず》めるためにも、敬意を持って扱《あつか》わなければと思いましたの」

「……そうか」

アレクセイは腕を広げ、花ごと妹を抱《だ》きしめた。

「愛しているよ、私のエカテリーナ」

いつもこうして、兄を気遣《きづか》ってくれるエカテリーナ。一緒に暮らせるようになって、アレクセイの人生は、薔薇が咲《さ》き乱《みだ》れるような彩《いろど》りに溢《あふ》れるようになった。

用意している贈り物を、エカテリーナは喜んでくれるだろうか。この子が自分にくれるほどの喜びを、この子に与えることはできるだろうか。

この子が、幸せになってくれることを願う。

薔薇の香《かお》りの中、最愛の妹を腕に抱きながら、アレクセイは祈《いの》るようにそう思っていた。

あとがき

お読みくださってありがとうございます。浜千鳥《はまちどり》です。

本作、六巻となりました！

そして、すみませんまだまだ続きます！　私、この作品でデビューさせていただいたのですが、デビュー作がこんなに長いってどういうことだ。誠に申し訳ございません。しかもこの六巻、今までで一番ページ数が多くなりました。なんだかすみません。

でも、とても嬉《うれ》しいです。小説以外にもたくさんの娯楽《ごらく》があるこの時代に、本作を選んで読んでいただけるのは、本当に幸せなことです。ここまで読み続けてくださった皆様《みなさま》に、心から感謝いたします。

長かった夏休みも前巻でようやく終わり、エカテリーナは皇都に、そして学園に戻《もど》ってきました。学生生活を楽しもうとしたところで、一巻から登場している友人の意外な特技が明らかになったり、その友人の危機を救おうと奔走《ほんそう》したりします。そして、前世でプレイした乙女《おとめ》ゲームの攻略《こうりゃく》対象と思われる新たなキャラ、さらにエカテリーナと敵対するキャラの登場も。

ガラス工房《こうぼう》の職人やガラスペンも、再び登場します。……いろいろ伏線《ふくせん》を回収したり、新たに伏線を準備したりしているから、ドンドン長くなっていくような気がするのですけどね……。

でも、とっとと回収しないと、忘れたと思われてしまいそうですし。本当に忘れる危険も、割と本気で、ありますし！

もちろんアレクセイは変わらずシスコンです。その標高はどうやら、エベレストを超《こ》えているようです。ウェブサイトでの連載《れんさい》中に感想欄《らん》で教えていただいたのですが、太陽系最高峰《さいこうほう》、火星のオリンポス山と同等だとか……。

太陽系……壮大《そうだい》すぎるシスコン……（遠い目）

そんな壮大なシスコンに、今回もミハイルは挑《いど》む気でいるようです。無酸素で挑んだら死ぬやつですけど。なんだか試練が厳しすぎる。ごめんよミハイル。

お世話になっている角川ビーンズ文庫が、めでたくも二十周年を迎《むか》えました。その際、記念イベントの一環《いっかん》として、本作も素敵《すてき》なグッズを作っていただきました。嬉しく部屋に飾《かざ》っております。多くの方にお世話になりました。この場を借りてお礼を申し上げます。

いつもお世話になっている、担当編集者様、校正やデザインの方々、ありがとうございます。毎回素晴らしいイラストを描《か》いてくださる八美《はちび》☆わん先生へ、心からの感謝を。

そしてあらためて、読んでくださる読者の皆様、本当にありがとうございます。

どうかこれからも、エカテリーナとアレクセイと、本作をよろしくお願いいたします。

浜千鳥

「悪役令嬢、ブラコンにジョブチェンジします６」の感想をお寄せください。
おたよりのあて先
〒102-8177　東京都千代田区富士見2-13-3
株式会社KADOKAWA　角川ビーンズ文庫編集部気付
「浜　千鳥」先生・「八美☆わん」先生
また、編集部へのご意見ご希望は、同じ住所で「ビーンズ文庫編集部」
までお寄せください。

悪役令嬢《あくやくれいじょう》、ブラコンにジョブチェンジします６

浜《はま》　千《ち》鳥《どり》

角川ビーンズ文庫　23206

令和４年10月１日　初版発行

発行者――――青柳昌行
発　行――――株式会社KADOKAWA
〒102-8177　東京都千代田区富士見2-13-3
電話 0570-002-301（ナビダイヤル）
印刷所――――株式会社暁印刷
製本所――――本間製本株式会社
装幀者――――micro fish

●お問い合わせ
https://www.kadokawa.co.jp/（「お問い合わせ」へお進みください）
※内容によっては、お答えできない場合があります。
※サポートは日本国内のみとさせていただきます。
※Japanese text only

ISBN978-4-04-112580-9C0193 定価はカバーに表示してあります。　◇◇◇

JASRAC 出 2203791-201

死にかけ悪役令嬢の失踪
改心しても無駄だったので
初恋の人がさらってくれました
元・悪役令嬢なので、
初恋が成就するなんて
想定の範囲外です！
著／和泉《いずみ》杏《きょう》花《か》
イラスト／鈴ノ助《すずのすけ》

角川ビーンズ小説大賞
原稿募集中！
君の〝物語〟がここから始まる！
角川ビーンズ
小説大賞が
パワーアップ！
https://beans.kadokawa.co.jp
詳細は公式サイトでチェック!!!
【一般部門】&【WEBテーマ部門】
賞金 大賞 100万円
優秀賞 30万円
他副賞
締切 3月31日
発表 9月発表（予定）
イラスト／紫　真依